唐浩明全集

创美工厂®

唐　浩　明　全　集

唐浩明评点曾国藩诗文

精装典藏版

唐浩明　著

SPM 南方传媒 | 广东人民出版社
·广州·

图书在版编目（C I P）数据

唐浩明评点曾国藩诗文 / 唐浩明著． — 广州：广东人民出版社，2024.4

（唐浩明全集）

ISBN 978-7-218-16751-0

Ⅰ．①唐…　Ⅱ．①唐…　Ⅲ．①古典诗歌—诗集—中国—清后期 ②古典散文—散文集—中国—清后期　Ⅳ．①I215.22

中国国家版本馆CIP数据核字（2023）第158923号

TANG HAOMING PINGDIAN ZENG GUOFAN SHIWEN

唐浩明评点曾国藩诗文

唐浩明　著

出 版 人：肖风华

策　　划：肖风华　向继东

责任编辑：钱飞遥

责任技编：吴彦斌　马　健

出版发行：广东人民出版社

地　　址：广州市越秀区大沙头四马路10号（邮政编码：510199）

电　　话：（020）85716809（总编室）

传　　真：（020）83289585

网　　址：http://www.gdpph.com

印　　刷：北京通州皇家印刷厂

开　　本：960 毫米 × 650 毫米　　1/16

印　　张：17　　　　字　　数：220千

版　　次：2024年4月第1版

印　　次：2024年4月第1次印刷

定　　价：1680.00元（全17册）

如发现印装质量问题，影响阅读，请与出版社（020-87712513）联系调换。

售书热线：（020）87717307

总　序

二十世纪八十年代中期，我开始动笔创作历史小说。从那以后，写作便成为我生活中一个极为重要的内容，几乎占据业余时间的全部。不知不觉间，三十年就这么过去了，真有点杜甫所说的“丹青不知老将至”的味道。偶尔回头一望，过去的岁月，如同逝水飘烟，一片迷离，幸而有这些文字，仿佛能告诉自己这一路是如何走过来的。

三十年来，我的写作主要在两个领域：一是长篇历史小说，一是“评点曾国藩”系列。

三部历史长篇《曾国藩》《杨度》《张之洞》花费了整整十五年的时间。为什么要写历史小说？若要找源头，可以追溯到酷爱读书的少年时代，先是在书摊边租看《三国演义》连环画，后来是去图书馆借阅原著。在一段很长的时间里，我认为那是天底下最好的书。若干年后，当我无意间走进晚清，走进那个三千年一大变局中，内心有许多冲动，有许多话要说。当思考采用何种方式来表达时，便自然而然地想到《三国演义》，三部历史小说就这样产生了。历史有许多种表述方式，用文学方式来述说历史，依旧为今天的中国人所喜爱。这三部历史长篇多年来不断重印，说明的正是这个事实。

时光到了二十一世纪。伴随着新世纪的到来，中国文化界有一个很突出的亮点，那就是勃兴于民间的国学热。曾国藩被公认为中国传统文化的最后一位代表，他在新世纪被重视，应该是国学热中的必然现象。小说《曾国藩》得到持续的关注，曾氏这个人物，也引起全社会的浓厚兴趣。国内书店书摊上充斥着各色各样的关于曾氏的书籍。这些书良莠不齐。书越多，历史上的那个曾国藩反而变得越模糊。作为当代重提曾氏的“始作俑者”，我有一种正本清源的义务感。我决定放下历史小说的创作，一心研究曾国藩。值得庆幸的是，曾氏给后人留下一千多万文字，为今人深入研究他提供了丰富的第一手资料。我熟悉这些资料，想借助对这些资料的研究，让世人了解一个真实的曾国藩，也希望借助对这个传统文化标本的解剖，来帮助寻常百姓形象地感知我们的国学，于是就有了“评点曾国藩”系列。这件事情做下来，便又耗去十五年光阴。

从二〇一五年下半年起，我开始修订我的历史小说。现在交给广东人民出版社的《曾国藩》，便是这个修订本。这是该书问世二十多年来的第一次修订。这次修订主要在三个方面。一是在评点的过程中，我对这个历史人物有了更深刻的认识。基于这种认识，我对小说某些章节做了相应修改。二是增加了一些能生动体现曾氏性格的真实故事。三是文字上的提炼、加工与修缮等。受时间的限制，另外两部长篇这次来不及修订，仍以原貌再版。

在写历史小说与评点的空隙中，我也写过一些散文随笔，一部分是应报刊之约而写，一部分则是关于我的小说主人公的专题演讲稿。这次结集为《冷月孤灯·静远楼读史》，也是这些文章第一次结集出版。

感谢广东人民出版社，感谢老朋友向继东兄，没有他们的盛情，就不会有这套作品集，也不会有散篇文章的汇编成书。

是为序。

唐浩明

二〇一六年七月

于长沙静远楼

序：一生最爱是诗文

有一年，我在深圳举办的市民讲坛上讲曾国藩。讲座完后，有听众向我提问题：曾国藩最喜欢做什么事？他最想做一个什么样的人？我说：曾国藩最喜欢做的事是吟诗作文，他的人生目标是做一个优秀作家。话音刚落，全场哄堂大笑，随即鼓起掌来。我想我的这个回答一定出乎大家的意外。可能他们以为曾国藩的人生理想是做圣贤，退一步也要做大政治家。有的听众也许以为我是在玩幽默，因为我是个作家。当然，其中也会有不少文学爱好者，他们为这个回答而兴奋。不管出自何种原因而大笑，我能感觉到这个回答给大家带来了快乐，因为跟圣贤比起来，作家毕竟与芸芸众生贴近亲切。

其实，我的回答是很认真的，也自认为符合曾氏的本意。这有大量的证据可以作为支撑。

我们从曾氏最喜欢读的书来看。

道光二十四年三月，他在给诸弟的家书中开列一张他平日的熟读书目：《易经》《诗经》《史记》《明史》《屈子》《庄子》以及杜诗韩文。八种书中诗文占了一半，《史记》半是历史半是文学，《庄子》则半是哲学半是文学。如果将这层因素考虑进去，则诗文的分量就更重。

他说人生有三乐，第一乐是“读书声出金石，飘飘意远”。哪些书让他读时声出金石呢？他说：“李杜韩苏之诗，韩欧曾王之文，非高声朗诵不能得其雄伟之概，非密咏恬吟不能探其深远之韵。”由此可知让他读出声音来的书都是文学作品。这个“乐”到底有多大，我们听听他的回答：“余所好者，尤在陶之五古、杜之五律、陆之七绝，以为人生具此高淡襟怀，虽南面王不以易其乐也。”因具有诗人那种高淡胸襟所获得的精神快乐，虽南面为王也不可取代。

我们从他所编的书来看。

他一生编了两部大书。一部曰《十八家诗钞》，一部曰《经史百家杂钞》。这两部书皆起念于翰林院，完成于军营，耗时达十余年。他在政务丛杂、戎马倥偬之际，为何要花费极大心血与精力来编前人的诗文？答案只有一个：他从心里喜欢文学！

最有力的支撑当然是他本人留下的文字。他留下的文字虽然很多，但绝大部分是奏折、批牍以及与官场士林联系的信函，这些都是公务文书，属于私人著述的只有一部诗文集。当时不少大吏都喜欢从事经学史学研究，因为经史之学才是正经学问。遗憾的是，曾氏没有这些方面的专著。说曾氏忙，没有时间为之，固然也是理由，但关键的原因不在这里。他在翰林院七八年，为时并不短，如果要写，完全可以写出一两部书来。这说明曾氏的心不在此。他说早年在京师时读《易经》昏昏欲睡，而读李白的诗则意气飞扬，足见他的心思不在哲学上。他的心思在哪里呢？他说：“惟古文与诗二者用功颇深，探索颇苦，而未能介然用之，独辟康庄，古文尤确有依据，若遽先朝露，则寸心所得遂成广陵之散。”原来，他艰难探索、刻苦力行的，是诗和古文的研究与创作。他的确是在孜孜以求做一个作家！

他要做一个什么级别的作家呢？

咸丰十一年八月，胡林翼去世。此事引发湘军集团的集体悲哀，湘军高层纷纷以诗文挽联来寄托哀思。左宗棠写了一篇《祭润帅文》，寄给曾氏看。曾氏在这年十月二十九日给左氏复信，说读你的这篇文章，是愈读愈妙，哀婉之情、雄深之气，再加上诙诡之趣，差不多可与韩昌黎、曾文节鼎足而三。一个月后，他给李续宜写信，又说李的奏稿将刚劲寓于和平之中，可与曾文节并驾齐驱。同时又告诉李，他给左宗棠的信里也提到曾文节，而且说这是给左的极高待遇。最有趣的是，他还要问李：你道曾文节是谁?

清制，有翰林功名且官居二品以上者，死后可得“文”之谥，至于“文”后的那个字则要依本人生前的事迹定。因战事而死，通常可得一个“节”字。如咸丰十年因太平军攻打杭州而投水自杀的戴熙，死后被谥为文节。曾氏是做好死于战事准备的。曾文节，显然是他的夫子自道。这位老夫子要明白地告诉世人：曾文节就是今天的韩愈，谁能与曾文节相提并论，那就是极好的文章。

这诚然是曾氏的风趣，但曾氏渴望做今世韩愈之心，不也昭然若揭了吗?

这位以当世韩愈自命的曾文节，为后人留下三百二十余首诗、一百四十余篇文章、一百七十余副联语。他的诗作被称为开拓了晚清的宋诗运动。他的文章，被公认为代表晚清桐城派的最高成就，他本人则成为湘乡文派的开宗立派者。最有意思的是，当代著名学者南怀瑾认为清代的联语可以与唐诗宋词并列，而清联的代表人物则是曾国藩与左宗棠。如果南氏此说能得到学术界的认可，那么，曾氏将在中国文学史上有很高的地位。曾氏喜为联语，但并没有把它看得很重。一百多年后，居然能得到后人的这等评价，这大概是曾氏生时没有料到的事。

笔者从新版曾氏全集中选取诗一百三十五首、词两阕、联语四十四副、文章四十七篇，着重在写作背景与笔者自己的浅薄理解两个方面，给读者一些评点，希望能有助于读者对曾氏诗文的阅读与欣赏。

唐浩明

乙未盛夏

于长沙静远楼

目　录

诗（附词·联语）

附一：词

附二：联语

文

□岁暮杂感十首

原文

芒鞋镇日踏春还，残腊将更却等闲。三百六旬同逝水，四千余里说家山。缁尘已自沾京雒，羌笛何须怨玉关。为报南来新雁到，故乡消息在云间。

高嵋山下是侬家，岁岁年年斗物华。老柏有情还忆我，夭桃无语自开花。几回南国思红豆，曾记西风浣碧纱。最是故园难忘处，待莺亭畔路三叉。

莽莽寒山匝四围，眼穿望不到庭闱。絮漂江浦无人管，草绿湖南有梦归。乡思怕听残漏转，逸情欲逐乱云飞。
敬从九烈神君诉，游子于今要换衣。

去年此际赋长征，豪气思屠大海鲸。湖上三更邀月饮，
天边万岭挟舟行。竟将云梦吞如芥，未信君山刬不平。
偏是东皇来去易，又吹草绿满蓬瀛。

纷纷节候尽平常，西舍东家底事忙？十二万年都小劫，
七千余岁亦中殇。蜉蝣身世知何极，胡蝶梦魂又一场。
少昊笑侬情太寡，故堆锦绣富春光。

韶华弹指总悠悠，我到人间廿五秋。自愧望洋迷学海，
更无清福住糟邱。尊前瓦注曾千局，脚底红尘即九州。
自笑此身何处著，笙歌丛里合闲游。

为臧为否两蹉跎，搔首乾坤踏踏歌。万事拼同骈拇视，
浮生无奈茧丝多。频年踪迹随波谲，大半光阴被墨磨。
匣里龙泉吟不住，问予何日斫蛟鼍。

旧雨曾遗尺鲤鱼，经年不报意何如？自从三益暌违久，
学得五君世态疏。碧树那知离别憾，青灯偏照故人书。
殷勤护惜金炉鸭，香火因缘付与渠。

拟学坡公馈岁诗，花笺何处寄相思？阳和未老貂先敝，
暖气初回鸟竟知。游子情怀随地远，天家雨露及时施。
小儒莫献升平颂，幸傍龙楼睹上仪。

咚咚岁鼓走轻雷，竹马儿童彩戏才。仙仗九重围雾住，
宫花一万锁烟开。迷离佳气从空绕，不断狂香拂面来。
我比春风尤放荡，长安日日骋龙媒。

评点　满怀思念与憧憬的北漂青年

道光十四年，二十四岁的曾氏中举。这年秋天，他来到北京，参加隔年春天的礼部正科会试。遗憾的是，曾氏未考中。道光十六年为恩科会试，这是一个好机会，出于金钱与时间的双重考虑，曾氏选择留在京师，寓居长郡会馆，读书、温习功课，业余则游览京师名胜，以待来科再试。这年十二月，在寒冷而寂寞的古都，曾氏写了十首满腹感慨的七律。

第一首。说的是一年来每天都在思念家乡。在信息传播不发达的那个时代，只能把思念之情寄托在虚拟的鱼雁传书上。“为报南来新雁到，故乡消息在云间”，是这首诗的佳句。

第二首。写的是高嵋山下的故居，以柏树、桃花、红豆、浣纱作为载体，承载着浓烈的乡情。

第三首。写的是诗人急不可耐的，归心似箭。

第四首。回味去年赴京时的满腔豪迈。“竟将云梦吞如芥，未信君山刬不平。”天下无不可为的年少轻狂心态，在这两句诗中得到很好的表现。

第五首。“蜉蝣身世知何极，胡蝶梦魂又一场。”转眼间，一年时光就这样过去了。韶华易逝，这是所有珍惜生命的青年永恒的苦恼。

第六首。前途茫茫，现实无奈：“脚底红尘即九州。”

第七首。千军万马过独木桥，功名的获得太不容易了，至于人生理想的实现，那更是遥遥无期：“匣里龙泉吟不住，问予何日斫蛟鼍。”

第八首。在京师怀念旧时友人。“青灯偏照故人书”，写的是眼前实景，却诗意馥郁。这就是好诗。读来明白如话，细品余音袅袅。看似妙手偶得，背后可能拈断数根须。

第九首。渴望朝廷施恩，明年高中。诗人没有料到的是，会试再次告罢。

第十首。写的是京师年节之气氛。龙媒，即骏马，曾氏可以雇马代步，观看北京城的迎新文艺表演，可见曾氏在京中的生活尚不十分困窘。

一个满怀对家乡的思念、对下科会试强烈期待的湖湘北漂青年的形象，生动地活跃在这十首诗中。

□寄郭筠仙浙江四首

原文

一病多劳勤护惜，嗟君此别太匆匆。二三知己天涯隔，
强半光阴道路中。兔走会须营窟穴，鸿飞原不计西东。
读书识字知何益？赢得行踪似转蓬。

碣石逶迤起阵云，楼船羽檄日纷纷。螳螂竟欲当车辙，
髋髀安能抗斧斤？但解终童陈策略，已闻王歙立功勋。
如今旅梦应安稳，早绝天骄荡海氛。

无穷志愿付因循，弹指人间三十春。一局楸枰虞变幻，
百围梁栋借轮囷。苍茫独立时怀古，艰苦新尝识保身。
自愧太仓糜好爵，故交数辈尚清贫。

向晚严霜破屋寒，娟娟纤月倚檐端。自翻行箧殷勤觅，
苦索家书展转看。宦海情怀蝉翼薄，离人心绪茧丝团。
更怜吴会飘零客，纸帐孤灯坐夜阑。

评点　怀念在浙江做幕僚的郭嵩焘

曾氏与郭嵩焘（字筠仙）、刘蓉（字霞仙）于道光十七年在长沙结金兰之交。这一年，郭考中举人。次年，郭赴京师参加戊戌科会试。曾氏于是科中进士点翰林，郭告罢。这年秋天，曾氏与郭结伴返湘。道光十九年冬，曾氏再赴北京参加翰林院结业考试，顺利通过，留在翰苑做一个从七品检讨的小京官。道光二十年，郭进京再度会试，再次落第。这年九月初八日，郭离京赴浙江投浙江学政罗文俊之幕。十一月初七、初八，曾氏写这四首七律，寄给西子湖畔的郭嵩焘。

道光二十年六月，曾氏一人在京，寓居万顺客店，肺病严重，多靠欧阳兆熊、郭嵩焘等人的照顾才渡过难关。第一首的开篇之句“一病多劳勤护惜”，说的就是这件事。因为读书求学，于是有了更大的追求；因为有大追求，故而四处经营：“赢得行踪似转蓬。”

郭嵩焘在浙江的时候，正值鸦片战争时期。这年七月，英军攻占浙江定海。浙江正处于战事前沿，郭嵩焘积极向罗文俊献战守机宜。“终童陈策略”，即谓此。不久后，郭便离开浙江返回湖南。这说明郭的这些所陈，或不为当局所重，或根本就是书生之见。

第三首，感叹自己已到而立之年，但并没有立，又怜惜最好的朋友郭、刘等尚未得一官半职。

第四首，由自身单薄的宦海情怀推及飘零吴越的郭嵩焘。曾氏借这四首诗送去同是天涯客的慰藉。

曾氏与郭、刘一生都维持深厚的情谊，并由好友转化为姻亲。人世间的如此友谊很难得。这种维持要靠共同的努力。郭一生也很珍惜

与曾氏的这种缘分。《郭嵩焘全集》中保留着不少郭写给曾氏的文字。郭嵩焘写给曾氏最早的诗，现存有作于道光十八年的《除夜寄怀曾伯涵兄刘孟容兄》：“念兹平生友，飘泊各蓬梗。曾君志方强，高轩奉朝请。”

□寄弟

原文

昔我初去家，诸弟各弱小。阿季髡两髦，觑人眸子瞭。
后园偷枣栗，猱升极木杪。叔也从之求，揖我谓我娇。
分甘一不均，战争在毫秒。余时轻别离，昂头信一掉。
老弟况童骏，乐多忧愁少。瞥然成六秋，光阴如过鸟。
世味一饱尝，甘心厌荼蓼。梦里还乡国，沟涂苦了了。
朝企恒抵昏，夕思或达晓。君诗忽见慰，回此肝肠绕。
生世非一途，处身贵深窈。众万奔恬愉，圣贤类悄悄。
二陆盛掞张，鹤唳悲江表。夷齐争三光，岂不在饿殍！
我今寄好语，君其听勿藐！一愿先知命，再愿耐擗摽。

评点　知命与忍耐

道光二十年十二月初一日，曾氏写了这首怀念诸弟的五言诗。曾氏初次离家远赴外地，应为道光十四年的秋冬。那一年曾氏中举。不久，他满怀希冀地离家奔赴北京，以便参加明年的春闱。那时诸弟均未成年。最大的国潢也还只有十五岁，最小的国葆仅七岁。凶眼看人、后院偷枣的“阿季”，即表字季洪的国葆。当年兄弟分别，彼此都不当作一回事，而今饱尝世味，朝朝夕夕都在怀念过去怡怡一堂的日子。

六年过去了，二十一岁的国潢、十九岁的国华、十七岁的国荃都已到渴望功名的年龄段，但功名并不眷顾他们，于是做大哥的规劝道：“一愿先知命，再愿耐擗摽。”擗摽，拊心捶胸，意谓痛苦伤心。大哥希望诸弟第一要有命运的意识，凡事不可强求；第二要经得起挫折和打击。

□杂诗九首

原文

早岁事铅椠，傲兀追前轨。张网挈陬维，登山追岌嶪。
述作窥韩愈，功名�篾侯拟。三公渺如稊，万金睨如屣。
肠胃郁千奇，不敢矜瓜背。稍待兰蕙滋，烈芬行可喜。
岂期挝驽骀，前驱不逾咫！滔滔大江流，年光激若矢。
春秋三十一，顽然亦如此。染丝不成章，橘迁化为枳。
壮盛百无能，老苍真可耻。樗散吾所甘，多是惭毛里。

西山何郁郁，白日驰昭昭。六街净如练，双阙凌神霄。
沉沉府中居，员井镂琼瑶。罘罳周四角，窗雾漾鲛绡。
公子盛文藻，九陌鸣金镳。群从袂成幄，掠风马蹄骄。
红烛舞绛雪，会宴皆金貂。朝餐罗鲭鲤，晚衙沸笙箫。
今夕既相酢，明日还见招。天高地则厚，何事不逍遥！

手皲不烘煁，足跰不趋径。问我何自苦，我歌君且听：
激湍无驻波，止水光凝凝。榱栋与樽栌，岂曰非天定！
束蒿代虹梁，于道未为称。朝菌濡浓露，夭夭不及暝。

适意一须臾，骨朽犹诟病。可怜繁华子，醉梦几时醒？
炫妆岂无服，自媒羞妾媵。已矣吾何营，闭户览明镜。

伤禽悲弦声，游鱼惊月影。丈夫贵倔强，女子多虚警。
强弧有时弛，夷途有时梗。飓风扬海涛，潮平已复静。
君子别有忧，众人恐未省。

霜落万瓦寒，天高月浩浩。美人在何许？相思心如捣。
我昔觌美人，对面如蓬岛。神光薄轩墀，朱霞荡初晓。
彩凤仪丹霄，顾视无凡鸟。意密恩还疏，微诚不敢道。
贻我彤管炜，粲兮希世宝。可怜金屋恩，长门闷秋草。
谣诼日以多，觏闵曾不少。宠眷难再得，蛾眉行衰老。
区区抱私爱，夜夜祝苍昊。

天鸡鸣半夜，六合未清晓。乌鹊鸣向晨，羽毛夸矫矫。
一旦金丸惊，戢翼喑百鸟。鸱鸮流恶声，万方忧集蓼。
清蝇鸣棘樊，缪彰复虚齃。闲鸣百无补，嗟尔秦吉了。
蝼蝈草间鸣，乱人徒扰扰。

入门忽怳怳，出门复皇皇。嗟我素心人，各在天一方。
庸夫厌鼎食，谊士谋糟糠。奔走遍天下，归去仍空囊。
秋老江湖阔，何以慰凄凉？勿劳我之思，我今足稻粱。
所忧非所职，所乐殊未央。日暮登高邱，四顾何茫茫。
落叶东南飞，孤雁西北翔。思君不得觏，惨淡咏斯章。

松柏翳危岩，葛藟相钩带。兄弟非它人，患难亦相赖。
行酒烹肥羊，嘉宾填门外。丧乱一以闻，寂寞何人会？
维鸟有鹣鹣，维兽有狼狈。兄弟审无猜，外侮将予奈！
愿为同岑石，无为水下濑。水急不可矶，石坚犹可磕。
谁谓百年长，仓皇已老大！我迈而斯征，辛勤共粗粝。
来世安可期？今生勿玩愒！

谁能烹隽燕？我愿燎桑薪；谁愿钓巨鳌？我愿理其纶。
南涧芼苹藻，可以羞鬼神。大材与小辨，相须会有因。
嗟余不足役，岂谓时无人！

评点　诗人多感触，词臣聊赋诗

道光二十一年九十月间，曾氏在京师写下这组诗。曾氏来到北京才一年多，身居下僚，亦无亲密朋友，心中的大规划既未形成，平时的交往中又乏倾心诉谈的对象，曾氏的心情应是落寞的。

第一首。写自己不羡慕富贵，但愿有一番事业。但事业在何处，心中有焦虑。“壮盛百无能，老苍真可耻”，诗人很担心生命虚度。

第二首。写京师豪门贵族的醉生梦死。

第三首。写自己不追逐繁华，不落入世俗。

第四首。诗人自有卓然独立之志。

第五首。写诗人心中的苦闷：理想虽崇高，但怎么样才能实现呢？

第六首。峣峣易折，官场更是如此。

第七首。我的知心朋友在哪里呢？“日暮登高邱，四顾何茫茫”这十个字，应是诗人这一年多来的真实写照。

第八首。怀念在老家的诸弟。

第九首。渴望得到贵人相助，也渴望助人成就大事。

感时伤世，千愁万结郁积心中，承汉魏五言诗之遗绪，得《古诗十九首》之真传。

□送凌十一归长沙五首

原文

昨日微雨送残秋，落叶东西随水流。世间万事皆前定，
行止迟速非自由。谋道谋食两无补，只有足迹遍九州。
一杯劝君且欢喜，丈夫由来轻万里。

皇天陶钧造万器，瓮盎瓶罍巧安置。颇怪君才无不能，
胸中多藏如列肆。刀光刺眼瞬不摇，小事痴骏大事智。
吁嗟世事安可知，干将补履不如锥。

蜾蠃负青虫，祝祝亦相似。眼见平地矗高台，
缩版登登无基址。王侯将相岂有种，时来不得商进止。
君归读书更十年，看君白日上青天。

憾我不学山中人，少小从耕拾束薪。朝去暮还对妻子，
杀鸡为黍会四邻。世事痴聋百不识，笑置诗书如埃尘。
君归自有青塘山，筑室种树莫言艰。

如我自镜犹可憎，非君谁复肯相偶。寂寞陋巷长叩门，
三日一见开笑口。常时徒步啖尘土，偶然驱车马如狗。
君此归去慰门闾，我今留滞当何如。

评点　才茂而命不足以副之

长沙人凌九玉城、凌十一玉垣皆为当世英才，曾氏曾以大苏小苏视之，但命皆不足以副之。

玉城赴京会试，落第后心情抑郁，道光二十一年离京回湘，曾氏作《送凌九归》以赠之："白日杲杲黄埃飞，君胡少住遽言归。"曾氏称赞凌氏兄弟："君家才望人所艳，兄弟纵横两龙剑。"鼓励他们莫悲观失望："霜蹄暂教长板蹶，云藻终向天庭掞。"

不料，凌玉城在回归中病逝。曾氏闻讯，心中哀伤，作挽联曰："曰归曰归指故乡，岂期露宿风餐，便为异域招魂客；有弟有弟今诗伯，从此孤儿寡妇，付与天涯急难人。"

谁知道光二十二年秋天，弟弟凌玉垣又辞官回家。玉垣道光十七年以拔贡身份授七品小京官，道光十九年在京中举，官工部主事。凌科第不高，在满眼皆进士翰林的京师里很有压抑之感，遂学五柳先生回家归隐，曾氏作了这五首诗为之送行。

诗作情感真挚，明白如话。"昨日微雨送残秋，落叶东西随水流。"就眼前之景切入诗境，吻合之妙，天衣无缝。曾氏对凌氏兄弟是真正的器重。与去年的诗一样，他对玉垣也有很高的期待。这既是对归乡游子的鼓励，亦是自己的心里话："王侯将相岂有种，时来不得商进止。君归读书更十年，看君白日上青天。"可惜的是，凌玉垣并没有白日上青天，数年后他再次来到北京。道光二十九年，凌考取军机处章京，未及补用便去世，终年四十。

笔者为凌氏兄弟才未大展、忧郁早逝而叹惜。古往今来，艰难世事困厄了多少英才！叹惜之余，笔者也为凌氏兄弟感到幸运。他们虽志向未遂，但毕竟挤进了这个圈子，而且触摸到了权力中心的边缘。人世间不知还有多少人，才华和抱负都不弱于凌氏兄弟，却一辈子连这一点也没达到！

才华和抱负可以给人生带来快乐，但也可能带来痛苦。倘若凌氏兄弟从一开始便甘愿做一个在青塘山筑室种树的普通人，或许他们可得享天年，平庸但愉悦地度过一生。然而，古今中外，又有几个人一开始便能将荣华富贵看通透呢？

□三十二初度次日书怀

原文

男儿三十殊非少，今我过之讵足欢！龌龊挈瓶嗟器小，
酣歌鼓缶已春阑。眼中云物知何兆，镜里心情只独看。
饱食甘眠无用处，多惭名字侣鹓鸾。

评点　对自我的严要求高标准

道光二十二年十月十二日，曾氏日记载：“作《初度次日书怀》诗一首。”先一天，曾氏三十一岁生日，按中国人的习惯，从这一天起就是三十二岁了，故以初度称之。从去年开始，曾氏有意识地严格修身，以求涤旧生新。他借日记来督促鞭策自己。我们试看《书怀》诗的当天日记，它能帮助我们更好地理解这首诗：“言物行恒，诚身之道也，万化基于此矣。余病根在无恒，故家内琐事，今日立条例，明日仍散漫，下人无规可循，将来莅众，必不能信，作事必不能成，戒之。”

“饱食甘眠无用处，多惭名字侣鹓鸾。”三十二岁的曾氏，在同一年龄段的青年人中，已经是非常优秀了。但他还是为自己的词臣身份感到惭愧。这是出于对自我的严格要求！这与当时“痛自刻责”的虔诚修身者的整体心态是一致的。

□忆弟二首

原文

无端绕室思茫茫，明月当天万瓦霜。可惜良宵空兀坐，
遥怜诸弟在何方？纷纷书帙谁能展，艳艳灯花有底忙。
出户独吟聊妄想，孤云断处是家乡。

忽忆他时襄水上，恶风半夜撼春雷。舟人捩舵声同泣，
客子扶床面已灰。仰荷皇天全薄命，信知浮世等轻埃。
汝今归去复何似？回首世途诚险哉。襄阳遇风，戊戌九月出都事。弟今年南归，亦由襄水达武昌。

评点　孤云断处是家乡

道光二十二年十月十二、十四日两天，在对岁月飞逝的感叹声中，曾氏又写下了两首思念诸弟的七律。

十月中旬，北京已是深秋。接近圆满的明月，显得格外的清辉四溢。就在这样的良宵，他思念着远方的诸弟。当时的曾氏，是很希望能有兄弟步他后尘，通过科考来到北京，既为家族续添光彩，也使他在京师不至于太孤单。可惜，他的弟弟们做不到。二陆二苏之所以成为千古美谈，正是因为后世这样的现象太少了的缘故。由思念诸弟到思念家中的一切，“孤云断处是家乡”这句诗便自然而然地跳了出来。望断天涯，几乎是所有游子的共同心态，以“孤云”来衬托，更显在外的孤独与寂寥。

第二首是专为九弟国荃写的。道光二十一年十二月，国荃随同父

亲护送欧阳夫人及侄儿纪泽来到北京。三个月后，父亲返湘，老九留下，在大哥身边读书。道光二十二年七月，老九离京回家。因老九回家途中也要过襄水（襄阳府以下的汉水称襄水），曾氏想起道光十八年九月由京返湘途中半夜在襄水遭遇风雷的险状：舟人捩舵声同泣，客子扶床面已灰。

过去的年代，交通不方便，出远门是一件冒险的事，故俗话说“在家千日好，出门一时难”。而今交通虽然已大为便利，但旅途危险也不时存在，出门在外，仍需小心谨慎。

□早起忆九弟二首

原文

别汝经三月，音书何太难！夜长魂梦苦，人少屋庐寒，
骨肉成漂泊，云霄悔羽翰。朝朝乌鹊噪，物性固欺谩。

尚余词赋好，随众颂康哉。报国羌无力，擎天别有才。
寒云迷雁影，远道望龙媒。百尺金台矗，看君蹀躞来。

评点　盼望九弟凭功名来京师

这两首诗作于道光二十年十月二十日。曾氏的四个弟弟中，论长相，老九最像他；论才干，老九也是诸弟中的翘楚。故而，曾氏对这个弟弟特别疼爱，也对他寄予特别的期待。“百尺金台矗，看君蹀躞来”，这两句诗既是对老九的激励，也是他心中真诚的愿望。

□傲奴

原文

君不见萧郎老仆如家鸡，十年笞楚心不携？
君不见卓氏雄资冠西蜀，颐使千人百人伏？
今我何为独不然，胸中无学手无钱。平生意气自许颇，
谁知傲奴乃过我！昨者一语天地睽，公然对面相勃谿。
傲奴诽我未贤圣，我坐傲奴小不敬。拂衣一去何翩翩，
可怜傲骨撑青天。噫嘻乎，傲奴！安得好风吹汝朱门权
要地，看汝仓皇换骨生百媚！

评点　为拂袖而去的奴仆赋诗

据曾氏日记，可知此诗写于道光二十二年十月二十七日。关于这首诗，这年十一月十七日，他在给诸弟的家书中提到："门上陈升一言不合而去，故余作傲奴诗。现换一周升作门人，颇好。余读《易·旅卦》'丧其童仆'。象曰：'以旅与下，其义丧也。'解之者曰：'以旅与下者，谓视童仆为旅人，刻薄寡恩，漠然无情，则童仆亦将视主上如逆旅矣。'余待下虽不刻薄，而颇有视如逆旅之意，故人不尽忠。以后余当视之如家人手足也，分虽严明而情贵周通。"

这是二十天后的反思而得出的认识，但我们在《傲奴》中看不到这点。他把责任完全推给了别人，而自己只是因为"胸中无学手无钱"。他用嘲讽的口气责备仆人弃他而去是为了投奔"朱门权要地"。好在他还是有一些反省，认识到自己也有不对之处。

最有趣的是诗中记叙了主奴之间的争吵："傲奴诽我未贤圣，我

坐傲奴小不敬。”仆人指责主人并不是圣贤，而主人则责备仆人对上不恭敬。看来，这段时期曾氏一定把“圣贤”二字经常挂在嘴边，于是仆人便以此来责难他。

诗中的“携”，作二心解。《左传》上说“招携以礼，怀远以德”，意谓以礼义招来有二心的人，以德行来使远方的人怀念。

□反长歌行

原文

冯树堂三十初度，有汲汲顾影之忧，故为诗以广之。得失靡常，鸷名无极。繁称杂奏，归之于正道云。

羲和驱日如驱豕，鞭之不行汗流泚。顷刻奔驰过百年，
老尽世人渠独喜。渠独喜，我宁愁？已拚一老百无耻。
冯夫子，我歌君莫鄙。柏梁铜爵安在哉？
盗跖唐尧俱朽矣。北翁得马知何祥？臧縠亡羊定谁是？
平原转眼成嵩邱，华屋隔宵生荆杞。上蔡黄狗空叹嗟，
洛阳铜驼百迁徙。万事支离那可论，吾生得失亦如此。
却笑张毅空饰文，更怜单豹强治里。修袠修襮皆虚名，
老向人前矜爪觜。君看从古轩赫人，一半名场夸毗子。
今晨令问倾王侯，明日枯胔饱蚼蚁。铭功诔德千万言，
可信人间有真史！冯夫子，我歌君且起。
君今三十胡皇皇，浮名驱君不自止。频嗟短景难少延，
便得长春宁足恃？世间自有清静业，日往月来了无累。
人迹不到禽不来，万年废井养秋水。

评点　进取之心也不可太急切

此诗作于道光二十二年十一月中旬。以《长歌行》为名的乐府歌辞有两首，其中一首广为人知："青青园中葵，朝露待日晞。阳春布德泽，万物生光辉。常恐秋节至，焜黄华叶衰。百川东到海，何时复归西？少壮不努力，老大徒伤悲。"这首歌辞以流光易逝、青春不再为警惕，劝勉人在少年时当珍惜时间，努力学习，免得年老时后悔。

这是一首励志诗，历来受到人们的赞赏，流传甚广。但曾氏却要为他的好友冯卓怀写一首《反长歌行》，旨在反其意而用之。为什么呢？因为冯太努力了，太在意功名前途了。如此，则压力太大，精神太紧张，有悖于养生之道。无追求固然不好，但汲汲以求也不好，"过"与"不及"都不正常。冯是"过"了，所以曾氏要用"反"来矫正他。

盗跖尧舜最终都化为朽尘，塞翁失马得马均可不悲不喜。就拿曾氏本人来说，世人都羡慕他的事功巨大，封侯拜相，却不知他辉煌的岁月，恰是他痛苦的经历。倘若没有后来力挽狂澜的事功，说不定他会舒舒服服地度过下半生，也很可能多活十年二十年。究竟是得大还是失大，真还不是简单几句话就可以说清楚的！

□访苗先麓

原文

苗精《说文》之学，著书十年，一贫如洗。今年六十，无子。

大隐东方朔，著书扬子云。出门无所诣，落日一从君。
倦鸟宜何集，闲鸥亦有群。烹茶余几火，小啜愧殷勤。
苗无仆从，亲煮茶敬客。

□题苗先麓《寒灯订韵图》

原文

大雅久沦歇，正音委榛芜。永明肇四声，稍变周汉模。
开皇集八士，牙旷相饰揄。夜半画纲纪，韵学兹权舆。
承袭一千载，灌莽成康衢。韩公颇好古，枉啜六经腴。
放者骋游骑，敛者如辕驹。进退失所恃，不得返皇初。
有宋盛文藻，才老信狂夫。陈生兴晚明，秉烛照幽墟。
胜广驱除毕，沛下风云趋。圣清造元音，昆山一鸿儒。
中天悬日月，堂堂烛五书。上追召陵叟，千载若合符。
斯文有正轨，来者何于于！江戴扬其波，段孔入其郛。
苗髯最晚出，汇为众说都。精思屈鬼膝，高论揖唐虞。
鬻熊皎入梦，薪火耀天枢。神光不可熄，长夜一灯孤。
风雪交四壁，横膏校残书。人谓髯何惫，髯谓吾自娱。
自我与髯友，大海礼闲鸥。时洗筝笛耳，一听秦青讴。
物外有真知，肝鬲助歌歈。爱髯不忍别，作诗写区区。

评点　一个清贫而快乐的音韵学家

这两首诗都为苗先麓而作，故放在一起来评点。前首作于道光二十二年十二月，后首作于道光二十八年九月。苗先麓是个什么人？借助于同治八年八月曾氏所写的《苗先麓墓志铭》，我们可以知道苗的大概。

苗先麓名夔，直隶肃宁人，乾隆四十八年出生，咸丰七年去世，享年七十五岁。苗从小在读书上异于常人，但不乐科举，亦不喜文章诗词，所好在文字音韵上。二十岁时，即著有《毛诗韵订》，后又著有《广箍》一书。中年后，苗先麓得到显宦大儒王念孙、王怀祖父子的赏识，名声开始传播，先后跟随汪振基、祁寯藻等人审阅山西、江苏等地学子的文章。道光二十一年，祁寯藻募集资金，为苗刻《说文声订》《说文声读表》《毛诗韵订》《建首字读》等著作。

就在这段时候，曾氏结识寓居京师的苗。此时苗已六十岁左右。苗无钱无位亦无子，数十年来孜孜矻矻埋首案头。“神光不可熄，长夜一灯孤。风雪交四壁，横膏校残书。”从这些诗句中，我们看到一位学者的孤寂与坚韧。苗的动力来自何处？“人谓髯何惫，髯谓吾自娱。”原来，在别人眼中索然无味的苦事，在苗那里是一件可得到快乐的趣事。

永恒的动力，不是功利，而是内心的喜悦。苗先麓的学术研究历程，再一次验证了这个真理。

□题毛西垣诗集后即送之归巴陵五首

原文

伐木截两端，半作牺尊半沟壑。南邻北里轻薄儿，
昨日熏腾今冷落。巨屦小屦天所区，焉能屑屑齐美恶？
劝君把酒持双螯，百年烂醉拼嬉遨。不学陋儒谈狗曲，
修襮整巾徒碌碌。

欧君谓小岑昔言乡国彦，汝与吴生谓南屏皆狂狷。
看汝织古得新机，惜哉弋时无急箭。独抱质缶辞雕镌，
世人皆憎我独羡。金盘银盏有时灰，得不垂顾瓶与罍。

朝诵幽通赋，夕吟显志篇。咄哉此子颇闻道，
烦毒迷惑剧可怜。古来骚人都如此，君亦苦语相纠缠。
日月潇洒百蛰苏，老抱幽忧胡为乎？

长羡江头白发翁，扁舟如瓦飘西东。船头得鱼船尾煮，
稚子哈笑老妇聋。王税早输百无事，从古不遇打头风。
君家正临洞庭水，一饱弄舟乐何底！舍此他求真左矣。

我生乾坤一赘人，逐众转徙如飞蚊。衮衮台省无相识，
纷纷时事了不闻。门外车马何隐辚！独立阶下看浮云。
君今归哉渺千里，我方尘土无穷已。

评点　人在魏阙心慕江湖

岳阳人毛贵铭（号西垣）以选贡生身份入都，中庚子顺天乡试举人，但会试不第，加之家中清贫，居京不易，遂浩然回归。曾氏早就从好友欧阳兆熊（字小岑）那里得知毛贵铭与吴敏树，皆为岳阳才学出众而性情狷狂的文人。在读了毛贵铭的诗集之后，于道光二十二年间慨然写了这五首诗，既为之压卷，又与之送行。

曾氏以儒学起家，却在诗中正面引前人视《曲礼》为狗曲之讥。曾氏身为朝廷官员，却称借《幽通赋》《显志赋》发牢骚的班固、冯衍等人为闻道之人。曾氏身居繁华帝都，每天拿着朝廷俸禄衣食无忧，却要说“长羡江头白发翁，扁舟如瓦飘西东。船头得鱼船尾煮，稚子哈笑老妇聋。王税早输百无事，从古不遇打头风”。

曾氏为何要写这样的诗？他是为着安慰无法在北京居住下去的才子毛西垣吗？在笔者看来，这层内容一定有。一个是翰林院的检讨，一个是居无定所的北漂，在世俗的眼光中，当然前者是成功者，后者

是失意者。眼下，对一个失意者的回归，成功者予以理解赞同甚至欣赏，无疑体现的是人性中的善的一面。

然而在笔者看来，曾氏的这种理解、赞同与欣赏，更多的应是他的真情流露。读者可能要问，如果这样的话，曾氏对京师生活也有不满，那他为什么不离职回家呢？离职回籍的翰林有的是，曾氏诗中赞扬，行动上并没有这样做，是不是虚伪呢？

这种疑问固然有其道理，但还是把事情看得简单了。笔者说真情流露是有根据的。其根据源于在一段较长时期中，曾氏在不少诗作中都表现了这种情绪。曾经的愿景一旦实现后，又会遇到许多新的问题。曾氏一家住进北京后，新问题接踵而来。比如银钱拮据、人际关系淡薄、迁升压力大等等，这些都会给他的情绪带来影响，再加上对祖父母、父母的牵挂，对诸弟妹的想念等等，也会增添异乡为客的游子寂寞之感。所有这些，都凝结在“孤云断处是家乡”的诗意中。当然，它与“离京回籍”还是有相当距离的。曾氏还年轻，前途远大得很，更重要的是，他的人生目标是要做国之藩篱。倘若回了家，这一宏大的抱负岂不完全泡汤！

□怀刘蓉

原文

我思竟何属？四海一刘蓉。具眼规皇古，低头拜老农。
乾坤皆在壁，霜雪必蟠胸。他日余能访，千山捉卧龙。

评点　此卧龙非彼卧龙

此诗作于道光二十二年间。刘蓉在曾氏的心目中，于朋友这个序列似乎有着独一无二的分量："我思竟何属？四海一刘蓉。"他为何如此看重刘呢？"卧龙"二字透露了答案。原来，曾氏认为刘蓉乃诸葛亮一类的人物。那时，湖南士林有"三亮"之说：老亮罗泽南、小亮刘蓉、今亮左宗棠。若干年后战争爆发，三亮先后投身激流中，身手皆不凡。尤其是左宗棠，从军事才干上来说，真的不亚于诸葛亮。乱世百姓受苦，但乱世又为英雄提供了舞台，倘若没有太平天国的战事起来，"三亮"之说，也不过是湖湘文人之间的自娱自乐而已。

有趣的是，据野史记载，曾氏组建湘军后，有谗人进此诗给朝廷，抓住"他日余能访，千山捉卧龙"两句大做文章，说曾氏早就有野心，一直想做刘备式的人物，在四处寻找诸葛亮做帮手。曾氏日后备受猜忌，说不定这两句诗也起了一些作用。

此诗作于道光二十二年，此时刘蓉二十七岁，连秀才功名都没有，但曾氏器重他。一是器重他的学问。道光二十三年六月初三日，他在日记中说："昨日接霞仙书，恳恳千余言，识见博大而平实。其文气深稳，多养到之言。一别四年，其所造遽已臻此，对之惭愧天地，再不努力，他日何面目见故人耶！"二是器重刘蓉的胸襟。道光三十年，曾氏为刘蓉的养晦堂作记："吾友刘君孟容，湛默而严恭，好道而寡欲。自其壮岁，则已泊然而外富贵矣，既而察物观变，又能外乎名誉，于是名其所居曰养晦堂。"

其实，曾氏当年要捉的卧龙，与刘备三顾茅庐的诸葛亮，完全是两回事！

□赠何子贞前辈

原文

以纸索子贞作字，久不见偿，诗速之也。

九嶷山水天下清，中有彦者何子贞。大谲老谋不自白，
世人谁解此纵横。八法道卑安足数，君独好之如珉珵。
终年磨墨眼不眯，终日握管意未平。自言简笺通性道，
要令天地佐平成。怡神金鲫朝吹浪，失势怒猊夜捣营。
同心古来亦有几，俗耳乍入能无惊。可怜四十好怀抱，
空使九州播书名。嗟我波澜颇莫二，知而不为真不智。
捧心耻与时争妍，画足久为圣所弃。行当就子更柱弦，
可能为吾倒筐筥。去年一诺今未偿，旧迹已陈谁复记。
世间万事须眼前，须臾变态如云烟。烦君一挥清我室，
驱逐毒热无烦煎。高堂巨壁蛟龙走，鄙夫白昼欹枕眠。

评点　文人雅举：以诗索字

这首诗的前面有一段序言：写信给何绍基，向他讨字，很久得不到回报，于是便写这首长诗来催促。就在写此诗的前两个月，即道光二十二年十一月，曾氏还做了一首题曰《琐琐行戏简何子敬乞腌菜》。何子敬即何绍基的弟弟绍祺。这两首诗属同一风格：幽默风趣。这说明曾氏与何氏兄弟关系亲密。

何绍基的父亲何凌汉，此时正在北京做尚书，是当时湘人京官中地位最高者。何绍基与其弟绍业、绍祺、绍京都以书法名世，有“何氏四杰”之称。无论是出于同乡情谊，还是出于仰慕何家的门第，抑

或是因为有与“何氏四杰”相同的爱好，曾氏与何家关系亲密都是可以理解的。早期曾氏的日记中常有出入何府的记载。道光二十二年十月十七日，曾氏写道：“本日在何宅听唱昆腔，我心甚静且和。”从这两句话中，我们可以窥视当年何府的富贵与气韵。

曾氏其实与何绍基是同辈人，但为何称之为“前辈”呢？原来，这是按翰林院的规矩叫的。在翰苑中，科名后者称科名前者为前辈。何绍基是道光十六年的翰林，故而道光十八年点翰林的曾氏要称他为前辈。

这首长诗，前四句说来自九嶷山下的何子贞与众不同，胸中有大谋略，但不外露。接下来的十二句，全部说的是何绍基及其书法：何长年累月沉浸在书法艺术中，好此不倦，乐此不疲。何认为书法可以与大道相通。刚刚四十出头的年纪，书名便远播九州。下面的六句，曾氏批评自己对书法艺术的喜爱之心不如何的笃诚，希望就此改弦易辙，也盼望能得到何的指点。最后八句落到正题上：去年的承诺，今年还未兑现，渴望前辈的墨宝，能给我的陋室带来清新，驱散酷热与烦愁，让我每天在您如龙如蛟的书法艺术中，无忧无愁地白日高眠。

书法是高雅的艺术，诗是高雅的文字。以诗索字，实乃当时京师文人的高雅举措。此事若搁在今天，求字者当提着一大沓钞票，写字者大概也不会看重用文字组成的诗。真个是一个时代有一个时代的风尚！

□读李义山诗集

原文

渺绵出声响，奥缓生光莹。

太息涪翁去，无人会此情。

评点 后世无人识义山

李商隐（字义山）是曾氏喜欢的诗人，他选编的《十八家诗钞》，其中便有李商隐一家，并将李商隐的诗列入阴柔中的情韵类。这无疑是很准确的。义山诗中最让人吟咏再三的，就是他那些深情款款、韵味绵绵的情诗，即使不能十分吃透他的所指，但仍觉得诗意极妙、诗境极美。

曾氏道光二十三年正月初四日记中有“车中看义山诗，似有所得”的字句，这首诗或许就写在这段时期里。前两句说的是他对义山诗的整体认识，后两句感叹自黄庭坚之后再无人能解读义山诗的情思。诗家总爱西昆好，独恨无人作郑笺！

□感春六首

原文

奉君以象白猩唇之异味，青琴碧玉之妖姬。
子复漠然不我与，我今寸意当诉谁？散发狂歌非关醉，
枯株兀坐未是痴。手撮黄尘障河决，自有幻想非人知。
城南海棠已烂放，牡丹如雾行离披。如此青春忍不赏，
直待白发宁可追！

今我不欢子不悦，携手天街踏明月。西南白气十丈长，
锐头突尾射天狼。东方狗国亦已靖，复道群鼠舞伊凉。
征兵七千赴羌陇，威稜肃厉不可当。国家声灵薄万里，
岂有大辂阻孱螳。立收乌合成齑粉，早晚红旗报未央。
呜呼天意正如此，小儒不用稽灾祥。

男儿读书良不恶，乃用文章自束缚。
何子贞吴南屏朱伯韩邵蕙西不知羞，排日肝肾困锤凿。
河西别驾酸到骨，昨者立谈三距跃。
老汤海秋语言更支离，万兀千摇仍述作。
丈夫求志动渭莘，虫鱼篆刻安足尘？
贾马杜韩无一用，岂况吾辈轻薄人！

明珠二百斛，江湖三十年。
遍求名剑终不得，耳闻目见皆钝铅。闻道海外双龙剑，
神光夜夜烛九天。沴气妖星不敢遻，横斩蛟鳄血流川。
天子宝之无伦比，列置深殿阊风前。千金万金买玉匣，
火齐木难嵌中边。元臣故老重文学，吐弃剑术如腥膻。
如今君王亦薄恩，缺折委弃何当言。

荡荡青天不可上，天门双螭势吞象。豺狼虎豹守九关，
厉齿磨牙谁敢仰？群乌哑哑叫紫宸，惜哉翅短难长往。
一朝孤凤鸣云中，震断九州无凡响。丹心烂漫开瑶池，
碧血淋漓染仙仗。要令恶鸟变音声，坐看哀鸿同长养。
上有日月照精诚，旁有鬼神瞰高朗。

太华山顶一虬松，万龄千代无人踪。夜半霹雳从天下，
巨木飞送清渭东。横卧江干径十里，盘坳上有层云封。
长安梓人骇一见，天子正造咸阳宫。大斧长绳立挽致，
来牛去马填坑谼。虹梁百围饰玉带，螭柱万石枞金钟。
莫言儒生终龌龊，万一雉卵变蛟龙。

评点　郁闷之心的强烈倾泻

春天是个特殊的季节。

连续几个月的严寒业已过去，天气日渐回升，人们的心情也日渐舒展。春天是一个让人温暖的季节。

万物复苏，生机蓬勃，天地宇宙一派活络，人世间也充满活力。春天是一个激励生命的季节。

草木繁茂，百花盛开，意味着夏天的累累硕果，秋天的满仓收成。春天还是一个满怀憧憬的季节。

于是，人们盼望春天，热爱春天，也同时格外珍惜春天。但这种种情愫，在那些志存高远、用世心切，而且又特别情感丰富、思维敏感的文人那里，则显得更为复杂。他们会因春光美好而想到青春短促，会因抱负宏大而更加心绪焦虑等等。曾氏的这六首感春诗，可以说是这方面的代表作。

这六首诗作于道光二十三年三月下旬。在六月初他给六弟温甫的信中，对自己的这几首诗的评价是“慷慨悲歌，自谓不让陈卧子，而语太激烈，不敢示人”。他甚至连向他索诗的六弟都不寄，可见他自觉这些诗是太情绪化、太意气用事了。

我们且来读读这六首诗。

第一首。写的自己空有伟大的志向、卓越的才华，但得不到赏识器重。既然如此，城南的海棠、牡丹都已花开烂漫，何不去赏花忘忧！青春本与春天为伴，若辜负了如此年华，将来老了岂不白白地悔恨！

第二首。写的是对内乱外侮的态度。我们看到的是一个既不谙世情，又死守“天国”“蛮夷”陈旧观念的书生，面对着蜩螗国事的虚骄心态。说什么“立收乌合成齑粉，早晚红旗报未央”，其实“未央”早已架在火堆上了，它本身随时都可能变成“齑粉”。

第三首。纯是一派自讽自嘲的酸儒面孔。诗人不仅嘲讽自己，也把身旁的一批好友随手拿来嘲讽。这批人中有公认的书法大家何绍贞、经学家邵懿辰、学者汤鹏、散文家吴敏树等等。这种做法，颇有点像今日的娱乐界，表演者不仅调侃自己，也顺便将圈内的名人好友拿来开涮。甚至连日后被他自己视为圣哲的贾谊、司马迁、杜甫、韩愈也在这里被看作“无一用”之人。这个牢骚也发得太大了！为什么会有如此强烈的牢骚？是面对着国家多事而痛感无能为力？是整天在诗文故纸堆里打转而厌倦？还是因为进京三年了，经济困厄的环境没有改善？或许，这些原因都有。

第四首。以二百斛明珠，耗三十年岁月，求得海外宝剑，如今却弃置不用。这个故事明显有所喻。很可能比喻朝廷在内外交困之时重武轻文，自己二十多年寒窗积累的满腹经纶得不到施展的平台。

第五首。一个巴望立时即上青云的轻狂少年的形象，真是呼之欲出：“一朝孤凤鸣云中，震断九州无凡响。”联系到来年三月，曾氏对六弟九弟说“惟古文各体诗，自觉有进境，将来此事当有成就，恨当世无韩愈、王安石一流人与我相质证耳”，可以看出，那几年的曾氏，真有眼空无物之狂狷！

第六首。又一个寓言故事。一棵古松，长在太华山下无人问津，偶尔被风雷驱之于渭水旁，受大匠赏识，而用之于咸阳宫。一株不出名的松树，就此成了皇宫的栋梁之材。“莫言儒生终龌龊，万一雉卵变蛟龙”，结尾的两句揭示了主题。

我们也于此两句顿悟：这六首感春诗，实乃用世心太强烈，而提拔与重用没有及时跟上的三十三岁翰林，面对着春风春景时那一番郁闷心情的自我倾泻。

□温甫读书城南寄示二首

原文

十年长隐南山雾，今日始为出岫云。事业真如移马磨，
羽毛何得避鸡群。求珠采玉从吾好，秋菊春兰各自芬。
嗟我蹉跎无一用，尘埃车马日纷纷。

岳麓东环湘水回，长沙风物信佳哉！妙高峰上携谁步？
爱晚亭边醉几回。夏后功名余片石，汉王钟鼓拨寒灰。
知君此日沉吟地，是我当年眺览来。

评点　对六弟的殷殷期盼

上篇评点中说到曾国华（字温甫）向大哥求诗，大哥不愿把感春诗抄予，而专门作了两首诗送给正在城南书院读书的六弟。我们看这两首诗，字句平和，态度雍容，满溢着对长沙城的思念、对胞弟的期盼。与《感春六首》相比，是完全不同的风格。如果不是信史凿凿，简直可以断定它们不是出于同一时段的同一人之手笔。

关于这两首诗，笔者在《唐浩明评点曾国藩家书》中的《感春诗慷慨悲歌》中作了评点，请读者参看，此处不再赘述。

□赠李生

原文

生名嗣元，是科四川十九名。余在闱中，最赏其文。揭晓来谒，则神清似郭筠仙，愈倾爱之。看书亦不少，真美才也。年廿二岁。因作古风一首赠之云。

岷山万仞雪，太古人迹稀。中有窈窕谷，绿蕙芳以菲。
幽芬亦已郁，赏识方庶几。涧边棘荆满，山上春草肥。
托根亮同地，岂辨谁是非！地亦不能易，香亦不能飞。
忽逢荷樵子，采撷盈裳衣。临风再三嗅，俯仰情依依。
由来有臭味，不必崇知希。

评点　拳拳爱才的乡试主考

道光二十三年曾氏得到一桩极为幸运的美差。这年六月，他因考试差成绩优秀而被钦命为四川乡试正主考。四川这趟美差，让他至少获得三个方面的收益。第一，他因此获得三千两左右的现金收入，一举而脱贫。第二，经他的手录取六十二名举人、十二名副榜。这些人都是他的学生，一辈子感恩于他，由此积累了人脉。第三，他免费完成一次由京到川的壮游，大为扩大眼界与胸襟。

名列第十九名举人的李嗣元，是曾氏最为欣赏的青年才俊。为此，在当年九月，曾氏写了这首诗。将李比之为岷山雪岭上的一枝蕙兰。“临风再三嗅，俯仰情依依。”一个身份贵重的乡试主考，对一个二十刚出头的年青举人如此充满感情，这应该不是出于他们之间的私人友谊，而是才与才的惺惺相惜。

李嗣元在道光三十年中进士入翰苑，散馆后分发刑部，咸丰七年出任云南知府，咸丰八年进京前夕死于战事。李终未大用，亦是一件遗憾之事。

□入陕西境六绝句

原文

西风已谢朔风遒，客子劳劳且未休。
行过嘉陵三百里，飞崖绝壁又秦州。

破晓七盘山上望，回看蜀国万峰环。
英雄割据终何有？陵谷沧桑事等闲。
南栈惟七盘岭与朝天关最高。

乱山合处响沉沉，古洞千年海样深。
独卧篮舆初梦觉，时闻脚底老龙吟。
两山忽合，中如长虹，名龙洞。背下有洞，可容数千人。

忽忆老�吾匹俦谓郭大，汨罗江上苦吟秋。
未成嘉会方王贡，便恐才名驾应刘。

江流日夜走荆襄，陇蜀由来四战场。
故垒无人谈往事，空山有客吊斜阳。
入秦三十里为百牢关。关以东，水皆东流入沔；关以西，水皆西流入嘉陵江。

七二寒溪没骭深，溪边茅屋隔枫林。
归人正怯征衣薄，又听山城响暮砧。

宁羌州多山涧，病涉，俗名“七十二道脚不干”。十月二日

评点　古道雄奇感慨多

道光二十三年九月下旬，曾氏离成都返京。十月二日，曾氏来到陕西境内。就在这一天，曾氏写下这六首绝句。

由蜀入秦这一路，风光既艰险雄奇，人文又多瑰丽神秘，很容易激起青年文学侍从的满腔诗情。故而，这期间曾氏成诗颇多。为方便读这六首绝句，笔者特为抄录写诗的前几天，曾氏旅途日记中的片段文字：

“在剑阁看碑，皆唐宋人诗。前明及近人刻石无可观者。”（九月二十八日）

“早，过天雄关。下视群山，空濛一气，嘉陵江如带，田如屋瓦塘如豆。”（九月二十九日）

“又四十三里住朝天镇。中间过朝天关，甚高，千盘百折，望对山瀑布，尤可爱。南栈惟此与七盘岭最险峻。”（九月三十日）

一个以诗文为职事的翰林，此情此景，岂能无诗？

第一首。写晚秋时节，告别四川进入陕西时“飞崖绝壁”的感觉。

第二首。巴山蜀水凭借着险峻的地势和富饶的出产，历史上常常成为独立中央的割据之地。最著名的当属三国时期的蜀国。令人沮丧的是，不管何等大事，不管当时如何轰轰烈烈，在天地宇宙中，亦不过“陵谷沧桑事等闲”而已。

第三首。咏可容纳数千人的千年古洞。

第四首。这一路来，曾氏想念冯卓怀、陈源兖、诸弟，这时又忽

然想起了郭嵩焘。郭赴北京参加会试，已经是两次落第了。这些年来，他先后在浙江学政、辰州知府处做过幕僚。曾氏担心他若还不能中试，今后或许就只有长做幕僚的命了。

第五首。放眼望去，目中所极尽皆古战场。冷清故垒，寂寂空山，过客一吊，情伤斜阳！

第六首。咏宁羌州山溪涧多且水冷。正在为衣衫单薄发愁，前面又将遇到须蹚水而过的溪涧，怎不令人心怯！

□留侯庙

原文

小智徇声荣，达人志江海。咄咄张子房，身名大自在。
信美齐与梁，几人饱菹醢。留邑兹岩疆，亮无怀璧罪。
国仇亦已偿，不退当何待！郁郁紫柏山，英风渺千载。
遗踪今则无，仙者岂予绐！朅来瞻庙庭，万山雪皑皑。
赤日岩中生，照耀金银彩。亦欲从之游，惜哉吾懒怠。

评点　留侯难复制

曾氏道光二十三年十月初七日夜住留坝厅。因为这里留下一些当年留侯张良（字子房）的遗迹，并有留侯庙，曾氏遂作此诗。

张良是汉初三大功臣之一。他的最大特点是不居功，不恋人间富贵。司马迁以激赏之心态，记下张良留给后人振聋发聩启示无穷的言辞：“今以三寸舌为帝者师，封万户，位列侯，于良足矣。愿弃人间事，欲从赤松子游耳。”曾氏的这首诗，也是从这方面来赞扬张良的：“郁郁紫柏山，英风渺千载。”

二十年后，曾氏以毅勇侯之身欲学留侯，但可惜的是“功成身退”只学到一半：心退而身未退。倘若同治三年曾氏坚决彻底地学习张良，从南京回到湘乡高嵋山下，他至少可以免去后来的捻战之羞、津案之辱，说不定寿命也可以延长十年八载！呜呼，自古以来，留侯受人景仰，却难以复制！

□三十三生日三首

原文

三十余龄似转车，吾生泛泛信天涯。白云望远千山隔，
黄叶催人两鬓华。去日行藏同踏雪，迂儒事业类团沙。
名山坛席都无分，欲傍青门学种瓜。

六载承明厌秘书，河东一赋又吹嘘。多惭衮职无遗事，
实借文言有庆余。白璧出山终就琢，黄金掷谷总成虚。
何时却返初衣好，归钓蒸溪缩项鱼？蒸水去吾家十里。

苦饫风尘未息机，驽骀已络紫金鞿。诗禅入悟无三昧，
世路回头有百非。翁子少年原落拓，承宫家世本清微。
故山鸥鸟吾盟在谓刘大，曾记江边各忍饥。

评点　旅途中过生日

道光二十三年十月十一日，曾氏来到宝鸡县。宝鸡是陕西的重镇，也是曾氏自从离开成都之后遇到的最大的都市。从此，他告别险峻而冷清的山路，来到人烟稠密地势平坦的古秦官道，曾氏的心情自然是

欢喜许多。我们来读读他当天写的日记：“夜月如画。独立台上，看南山积雪与渭水寒流。雪月沙水，并皆皓白，真清绝也。琼楼玉宇，何以过此！恨不得李太白、苏长公来此一吐奇句耳，孤负孤负！”

这一天，恰是曾氏的三十三岁生日。按今天的算法，曾氏是三十二周岁。三十三岁，只是初度而已。一个三十二岁的青年，已做了五年的翰林，现在又顺利主考了四川乡试，应该很值得欣慰。但我们读这三首七律，整个基调都不高昂，尤其是每首的结尾两句——“名山坛席都无分，欲傍青门学种瓜”，“何时却返初衣好，归钓蒸溪缩项鱼”，“故山鸥鸟吾盟在，曾记江边各忍饥”，字里行间，都颇有点“消沉”的意味。

但如果我们反问一句，如果此时就让曾氏回到白玉堂学种瓜，常年去蒸水河钓鱼，难道就称了他的心意吗？答案无疑是否定的，曾氏不仅不会快乐，反而会更郁闷。那他为何这样写？是矫情吗？也不是的。所谓“大有大的难处”“苦有它的苦中之乐”。曾氏未做官之前，日思夜想就是要做官；做了官以后，又亲历其中许多不尽如人意处，于是又怀念起当年布衣蔬食的日子。其实，这是人之常情，并非是什么虚伪、矫情等德性上的问题。

这一点也可以给我们启示：人活在世上，有许多种生活模式，不必刻意去追求某一种。既努力奋进，又随缘安分，如此便好。前人说“得之不喜，失之不忧”，真阅历之言也。

□闻客话里中近事

原文

蓬莱清浅信推迁，回首乡关事可怜。今日朝簪陪末秩，早时社鼓舞华筵。陈平宰国无消息，庾信辞家有岁年。
蹩躠生涯非我里，滔滔四望极敷天。

评点　故乡永在心头

人们对于故乡，总有一种难分难舍的情怀。这并非源于故乡本身的好，而是因为故乡与自己的生命紧紧连在一起。生命的年轮，已无声无息地将故乡镌刻其中。所以，故乡与生命不可分割。怀念故乡，从本质上来说是怀念自己过往的生命历程。

湘乡荷叶内外，涓水河流域，乃曾氏家族世世代代居住之地。曾氏本人生于斯，长于斯，结婚生子于斯，这块土地已化入他的生命之中。故而道光二十四年五月，在北国京师，偶听客人谈到家乡的近事，便不免触动他心中深处的情思：当年的粗俗社鼓、家常筵席，令他回味无穷。一个朝廷无人的从五品京官，与“宰国”之间，似乎有着遥不可及的距离。于是，这个“农家子”又动起回乡的念头了。

□秋怀诗五首

原文

大叶下如雨，西风吹我衣。天地气一肃，回头万事非。
虚舟无抵忤，恩怨召杀机。年年绊物累，俯仰怜诟讥。
终然学黄鹄，浩荡沧溟飞。

蟋蟀吟西轩，商声方兹始。小人快一鸣，得时一如此。
大泽藏蛰龙，严冬卧不起。明岁泽九州，功成返湫底。
吾道恶多言，喧嚣空复尔。

吾爱邵夫子谓仁和邵懿辰，古之三益者。凿凿攻我瑕，
不随世人哑。薄俗尊文章，吾亦事苟且。赫赫扬子云，
末途裂如瓦。再拜谢獿人，斤斧行可舍！

城头昨宵月，今夕亏其圆。丈夫矜小节，一缺谁复全。
蜗庐抱奇景，高视羲皇前。苍蝇黦尺璧，江汉谁洗蠲。
马融颂西第，今为时所怜。

吾友刘孟容，遗我两好书。三年不报答，幽怨今何如？
深山閟大宝，光气塞州闾。樊英履坛席，名业箕斗虚。
补天倘无术，不如且荷锄。

评点　秋风中的愁绪

秋天是一个特殊的季节。它以收获给人以喜悦，也以叶落水寒而给人以愁悲。收获的喜悦多属于农人，但农人不写诗作文。肃杀之气氛最容易引发敏感脆弱的文人的愁绪。文人爱舞文弄墨，于是文学史上多悲秋之作。

曾氏这五首写于道光二十四年八月的秋怀诗，其总体氛围亦属灰色的。

第一首。“天地气一肃，回头万事非。”这两句诗为《秋怀诗五首》定下了基调。令笔者不太明白的是，曾氏这几年的文学侍从做得挺不错，官职已升到翰林院侍读，品衔也升到从五品，又放了一次结结实实的美差。他手中既无实权遭人嫉妒，亦无做出什么过激的举动令人仇恨，他为什么会有“召杀机”“怜诟讥”之忧，甚至要学不受羁绊的黄鹄呢？

第二首。曾氏借诗喻志：胸储大志，深藏不露，以蛰伏大泽中的

龙为榜样。

第三首，咏邵懿辰。曾氏视邵为畏友。道光二十三年二月十二日，曾氏日记记载：“蕙西（即邵懿辰）责予数事：一曰慢，谓交友不能久而敬也；二曰自是，谓看诗文要执己见也；三曰伪，谓对人能作几副面孔也。直哉吾友，吾日蹈大恶而不知矣！”这样能讲真话的人，真是难得，值得曾氏如此深情怀念。

这首诗的后四句，颇有点费解，笔者试图给大家略为解释一下。曾氏说：赫赫有名的扬雄，晚年因写《剧秦美新》阿谀王莽而声名瓦裂。再次拜谢那些涂墙粉壁的人，如果没有他们，施行斧斫的工匠们便无事可做了。獿人，用泥粉装饰墙壁的人，他们与玩弄刀斧的匠人互为配合。扬雄《解难》：“是故钟期死，伯牙绝弦破琴而不肯与众鼓；獿人亡，则匠石辍以斤而不敢妄斫。”曾氏这几句诗的意思是：文人与文章需要欣赏者，可以说诗文因欣赏而存在。

第四首。由月圆之短暂月缺之长久想到人之难全，作于次年的《求阙斋记》，其思想的源头，可以从这首诗中窥探到。然而这首诗中，曾氏似乎更看重伤害全之“小节”：“苍蝇黥尺璧，江汉谁洗蠲？”价值高昂的尺璧一旦被苍蝇屎玷污，即便挽来江汉之水亦难洗净！比如马融，高名博学，但巴结大将军梁冀写《西第颂》一事，终究是他一生中洗刷不去的污点。故而，曾氏欲借清贫“蜗庐”以葆真。

第五首，怀念刘蓉。对于这个至今仍无功名的挚友，曾氏再次予以高度肯定：“补天倘无术，不如且荷锄。”这两句诗，颇有现今流行的戏台上的唱词“当官不为民作主，不如回家种红薯”的味道。

□送妹夫王五归五首

原文

飘然弃我即山林，野服黄冠抵万金。滚滚污尘得少辟，茫茫歧路一长吟。梁鸿旅食妻孥共，苏季贫归忧患深。东去大江芦荻老，皇天飒飒正秋霖。

荆楚楩楠夹道栽，于人无忤世无猜。岂知斤斧联翩至，复道牛羊烂漫来！金碧觚棱依日月，峥嵘大栋逼风雷。回头却羡曲辕栎，岁岁偷闲作弃材。

高嵋山下草芊绵，去国蹉跎今六年。村老半闻悲薤露，人间容易即桑田。炎云凉雨有翻覆，舞榭歌台况变迁。莫讶荣枯无定态，君今犹守旧青毡。王氏故富室，今贫矣。

有齐季女吾弟行，操臼君家老孟光。曾是弋凫相劳餫，犹闻雏凤已轩昂。秦嘉上计心情薄，王霸躬耕身世忘。织屦辟纑终古事，牛衣岁月即羲皇。

老弟三年困省门，寒山无律可回温。由来命分政须尔，久信文章不足尊。南雁乖违少书信，西风牢落对乾坤。因君传语告予季，失马亡羊莫更论。

评点　冒失的王率五

道光二十四年五月，曾氏胞妹国蕙之夫王待聘（在家族内被称之为率五）来到北京投奔内兄。关于这件事，曾氏在去年六月二十三日给父母的信中作了禀告：“王率五妹夫于五月二十三日到京，其从弟仕四同来。二人在湘潭支钱十千，在长沙搭船，四月十二日至汉口。在汉口杉牌厂内住十天。二十二在汉口起身，步行至京，道上备尝辛苦。幸天气最好，一路无雨无风，平安到京。在道上仅伤风两日，服药两帖而愈。到京又服凉药二帖，补药三帖，现在精神全好。初到京时，遍身衣裤鞋袜皆坏，件件临时新制，而率五仍不知艰苦。”八月二十九日，曾氏在给祖父母的信中说：昨天“孙送（率五）至城外，率五挥泪而别，甚为可怜。率五来意，本欲考供事，冀得一官养家。孙以供事必须十余年乃可得一典史，宦海风波，安危莫卜，卑官小吏尤多危机，每见佐杂末秩下场鲜有好者。孙在外已久，阅历已多，故再三苦言劝率五居乡，勤俭守旧，不必出外做官。”

就在送王率五出京后的几天，曾氏写下这五首七律。

第一首。劝告妹夫不要以为只有做官才好，平平安安的普通百姓，才是真正可与“万金”相比。梁鸿不遇，但夫妻同甘共苦，此中有真幸福。苏秦后来虽大富大贵，但贫贱时家人冷淡他，那时的日子也并不好过。光阴易逝，务必珍惜。

第二首。告诉妹夫，宦海多风险。高大的楠木会招来砍伐，金碧辉煌的屋脊易遭风雷摧毁，不如曲木散材，得保天年。

第三首。怀念家乡，并借此奉劝妹夫世事多变，能在家守护祖宗田庐就是最好的。

第四首。称赞自己的妹妹是贤妻良母，希望妹夫珍爱这个清贫却温馨的家庭。

第五首。人生或富贵或贫穷，都是命里注定的。世上的道路千百条，并非只有靠文章博取功名一条路。塞翁失马，焉知非福？

五首诗的主旨即“牛衣岁月即羲皇”一句，也就是曾氏给祖父母信中所说的那些话：在家好好过清贫日子，不要出来做官。

□酬九弟四首

原文

违离予季今三载，辛苦学诗绝可怜。王粲辞家遘多患，
陆云入洛正华年。轮辕尘里鬓毛改，鼙鼓声中筋骨坚。
门内生涯何足道？要须尝胆报尧天。

汉家八叶耀威弧，冬斡春胶造作殊。岂谓戈鋋照京口，
翻然玉帛答倭奴？故山岂识风尘事，旧德惟传嫁娶图。
长是太平依日月，杖藜零涕说康衢。

杜韩不作苏黄逝，今我说诗将附谁？手似五丁开石壁，
心如六合一游丝。神斤事业无凡赏，春草池塘有梦思。
何日联床对灯火，为君烂醉舞仙僛。

辰君平正午君奇，屈指老沅真白眉。入世巾袍各肮脏，
闭门谐谑即支离。中年例有妻孥役，识字由来教养衰。
家食等闲不经意，如今漂泊在天涯。澄侯以庚辰生，温甫以壬午生。

评点　四个弟弟中最看重老九

实事求是地说，曾氏四个弟弟中最有本事的当属老九国荃。乱后组建吉字营最后打下南京这件事且不提，承平时期，老九得优贡功名，老九的字写得好，这两点即强过老四、老六和老幺。曾氏对这个小他十三岁的弟弟，有着一种特别的疼爱。

老九在十七岁那年随着父亲一道进京，父亲回家后他独自留在京师大哥家中，在大哥指导下读了一年半的书。道光二十二年七月离京回家。到曾氏道光二十四年写这组诗时，老九离京已三个年头了。

第一首。回忆老九在京读书的岁月，鼓励他不要贪图安逸，要存卧薪尝胆之志。

第二首。因发生在近期的鸦片战争，而更意识到和平岁月的安好："长是太平依日月，杖藜零涕说康衢。"从"翻然玉帛答倭奴"这句诗中，可看出血气方刚的曾氏，对于朝廷在英人面前的软弱是持不赞同观点的。

第三首。这一年八月二十九日，曾氏在给诸弟信中说："余于诗亦有工夫，恨当世无韩昌黎及苏黄一辈人可与发吾狂言者。"这句话可作为第三首诗的注脚。傲，酒醉后的攲斜舞姿。

第四首。开篇的两句堪称警言。以"平正"二字来概括老四国潢的一生，以"奇"字来突出老六国华与众不同的行事，以白眉来喻老九，这些在后来的岁月中都得到高度吻合的验证。俗话说：知子莫如父，知弟莫如兄。其实，世间大多数的父不知子，兄不知弟，如曾氏这般早就识透诸弟的兄长，真还不多。

□酬岷樵

原文

市廛交态角一哄，朝为沸汤莫冰冻。江侯尔岂今世人，
要须羊左与伯仲。汉上邹生狷者徒，
卧病长安极屡空谓邹柳溪。导养难绝三彭仇，
恶谶欲寻二竖梦。君独仁之相掖携，心献厥诚匪貌贡。
执役能令贱者羞，感物颇为时人诵。丈夫智勇弥九州，
守愚常抱汉阴瓮。不学世上轻薄儿，巧笑人前事机弄。
昔我持此语冯生谓树堂，沉饮深觥岂辞痛。
郭生酒后犹激昂谓筠仙，往往新篇发嘲讽。
君今劲节盘高秋，况有诗句惊万众。《喜雨》一章已恢奇，
犹嫌伏辕受羁鞚。顷来贶我珍琼瑶，韬以锦囊无杀缝。
我今尘海久沦胥，方寸迷濛足雾霿。乃知贫贱真可欢，
富贵縻身百无用。因君寄语谈天客，狂夫小言或微中。
但教毛羽垂九天，未要好风遽吹送。

邹兴愚，字柳溪，新化人。客居陕西兴安，道光庚子举陕西乡试，家酷贫而自守严，不苟取。今年大病京师，不得与礼部试。医药杂役，皆岷樵躬之。急难之谊，吾见亦罕。予既为此诗，后十日而兴愚死。予与岷樵及兴愚之族兄子律三人者，为经纪其后事，秩然可以无悔。将以七月归其丧兴安。岷樵盖有终始者。子律字春生，亦笃士。六月十二日附记。

评点　民间有大才

前人言曾氏善识人，有识英雄于微末之中的巨眼。赏识江忠源，应是此一传言的最好事例。

曾氏如何认识江，又如何评价江，笔者在《唐浩明评点曾国藩家书》中曾有过叙述，这里就不再说了。

这首诗写于曾氏初识江之后的次年。跋语中说“予既为此诗，后十日而兴愚死”，查曾氏所作《新化邹君墓志铭》中有“六月九日卒于京师”，可知此诗写于道光二十五年五月三十日。

诗一开头便把江忠源喻之为公羊高、左丘明一类人物。接下来，称赞江照顾贫病交加的邹兴愚的义举。江忠源当时的身份类似今天的北漂，纵然不是流落街头，也绝不会富有。但江阳光、乐观、胸怀开阔，令曾氏心生敬意，并受到启发，以至于发出“乃知贫贱真可欢，富贵縻身百无用”的感叹。当然，这里说的“富贵”绝不是指曾氏自己，因为当时的曾氏离“富贵”甚远，而是指京师中那些钟鸣鼎食之家。

人们追求富贵，而富贵又真的最易销蚀人的精神。因追求富贵，庸人身上迸发出火光；因有了富贵，后代子孙又回归平庸沉沦。人类在这里完成了一个圆圈。

□赠梅伯言二首

原文

隘巷萧萧劣过车，蓬门寂寂似逃虚。为杓不愿庚桑楚，
争席谁名扬子居？喜泼绿成新引竹，仍磨丹复旧仇书。
长安挂眼无冠盖，独有文章未肯疏。

单绪真传自皖桐，不孤当代一文雄。读书养性原家教，
绩学参微况祖风。众妙观如蜂庤蜜，独高格似鹤骞空。
上池我亦源头识，可奈频过风日中。

□送梅伯言归金陵三首

原文

金门混迹发苍苍，从此菰蒲岁月长。人世正酣争夺梦，
老翁已泊水云乡。自翻素业衡轻重，久觉红尘可悯伤。
只恐诗名天下满，九州无处匿韩康。

征君绝学冠寰瀛，又见文孙树立宏。六叶弓裘传柏枧，
百年耆旧数宣城。缅怀仁庙虚前席，尽访鸿儒佐太平。
岂独当时能感激，至今臣子涕纵横。伯言，宣城人，著有《柏枧山房诗文集》。

文笔昌黎百世师，桐城诸老实宗之。方姚以后无孤诣，
嘉道之间又一奇。碧海鳌呿鲸掣候，青山花放水流时。
两般妙境知音寡，它日曹溪付与谁？

评点　曾氏心目中的梅曾亮

这两组诗，前者作于道光二十五年，后者作于道光二十九年，都是赠送梅曾亮的，故而将它们放到一起来欣赏评点。

梅曾亮，字伯言，江苏南京人，祖籍安徽宣城。梅曾亮于道光二年中进士，任职户部郎中。郎中正五品衔，在京师只能算一个中级官员，

但梅是大名人，他的名望来自诗文。梅是道光年间京城文坛上公认的执牛耳者。梅为姚鼐的高足，乃桐城文派中的重量级人物。梅既文名天下满，又年长曾氏二十五岁，曾氏在这两组诗里，对梅表示了很大的尊敬。如“单绪真传自皖桐，不孤当代一文雄”，“只恐诗名天下满，九州无处匿韩康”，“方姚以后无孤诣，嘉道之间又一奇”。这些称赞，毫无疑问出自曾氏的心扉。

但对于梅，曾氏还有另外一些说法。咸丰九年十二月，曾氏在给吴敏树的那封著名的信中说：“往在京师，雅不欲溷入梅郎中之后尘。”晚年，他在与赵烈文的闲谈中，也说过类似的话：“初服官京师，与诸名士游接。时梅伯言以古文、何子贞以学问书法皆负重名，吾时时察其造诣，心独不肯下之。”（同治六年八月二十一日《能静居日记》）

这些话说明曾氏在京师时，既不愿随大流去追逐梅曾亮，同时也并不对梅曾亮十分心悦诚服。这是年轻气盛时的曾氏心态的真实流露。中年之后，尤其是身为湘军统帅历尽人间艰难之后，曾氏的心境扩大许多，于人我之间、功名之际自觉以“平”“淡”二字处置，对人对事的认识也便客观得多了。同治元年九月二十一日，他在日记中写道：“夜阅《梅伯言文集》，叹其钻研之久，工力之深。”也就在与赵烈文闲聊的那天夜晚，他在接下来的话里说：“比咸丰以后，奉命讨贼，驰驱戎马，益不暇，今日复审视梅伯言之文，反觉有过人处。往者之见，客气多耳。”

□题苍筤谷图

原文

我家湘上高嵋山，茅屋修竹一万竿。春雨晨锄劚玉版，
秋风夜馆鸣琅玕。自来京华昵车马，满腔俗恶不可删。
洞庭天地一大物，一从北渡遂不还。苦忆故乡好林壑，
梦想此君无由攀。嗟君与我同里社，误脱野服充朝班。
一别苍筤谢猿鹤，十年台省翔鹓鸾。鱼须文笏岂不好！
却思乡井长三叹。钱唐画师天所纵，手割湘云落此间。
风枝雨叶战寒碧，明窗大几生虚澜。簿书尘埃不称意，
得此亦足镌疏顽。还君此画与君约，一月更借十回看。

评点　愁中最美是乡愁

笔者有一个观点，即曾氏诗中写得最好的是七古。曾氏在七古中放开思绪，恣肆笔墨，其真情真性在那些流畅的诗句中得到很好的倾泻；而七古诗中，又属这首《题苍筤谷图》写得最好。

这首七古二十八句，一不用典，二不冷僻，明白晓畅，一气呵成，如同春天的山溪水，清亮而丰沛，沁人心脾。

曾氏离家已七个年头了。从来到京师的那一天起，他就想念家乡，即便后来欧阳夫人带着儿子来到北京，曾氏对家乡的思念之情仍未稍减。“孤云断处是家乡”，这句诗将一个游子极目南眺望断家乡路的心情写得淋漓尽致。这种心情，就是人们常说的乡愁。

人生有千百种愁，唯有乡愁最富诗意，最美好。而怀有乡愁的人，其实也是幸福的人。没有乡愁的人，要么是没有根，要么是没有童年，

要么便是从没有离开家乡一步。这些人，在中国人的眼里本身就值得悲哀了。曾氏在远离家乡的岁月里，将他内心的浓浓乡愁，尽情地写在他的诗中，写在他的家书中。可惜，他不会画画，不能借形象来寄托乡愁。但在他的身边，却有一个丹青高手，此人因此而成为他的好朋友。

这位画家名叫戴熙，字醇士。戴熙乃浙江杭州人，道光十二年中进士入翰苑，历官学政、翰林院侍讲、光禄寺卿、内阁学士，最后做到兵部侍郎。现存曾氏诗集中，有七首诗提到戴熙及其所作的竹画。由此可知，曾氏与戴关系亲密，而且我们还可借以知道戴熙擅长画竹。道光二十六年，曾氏写了这首《题苍筤谷图》。

苍筤即青色幼竹之谓。从“钱唐画师天所纵”一句中亦可知，此苍筤谷图乃戴熙之作品。

这幅苍筤谷图，令曾氏想起老家高嵋山上的万竿竹林，想起家乡碧净蓝天上的那一朵朵云彩，想起自由自在游止于嵋山涓水之间的猿鹤獐鹿，在枯燥无味的簿书前，在无聊乏情的酬酢中，带给他清新洁净，抚慰他挥之不去的乡愁。这首七古的结尾两句写得真是浪漫可爱：还君此画与君约，一月更借十回看。

最有趣的是，《左宗棠全集》中也收有一首《题孙芝房苍筤谷图》，也是七古，也是二十八句。笔者且抄之于后，供大家欣赏：

湘江宜竹天下知，小者苍筤尤繁滋。冻雷破地锥倒卓，千山万山啼子规。子规声里羁愁逼，有客长安归不得。北风吹梦落潇湘，晓侍金闺泪沾臆。画师相从询乡里，为割湘云入湘纸。眼中突兀见家山，数间老屋参差是。频年兵气缠湖湘，杳杳郊垧驱豺狼。避地愁无好林壑，桃源之说诚荒唐。还君兹图三叹咨，一言告君君勿嗤：楚人健斗贼所惮，义与天下同安危。会缚湘筠作大帚，一扫区宇净氛垢。归来共枕沧江眠，卧看寒云归谷口。

笔者在三十年前读到这两首同名诗时，便有这样一些想法。一是曾氏看到的苍筤谷图，与左宗棠看到的苍筤谷图，或许是同一幅画。左诗注明是从孙鼎臣处看到的，曾氏诗没有这种说明，但从“嗟君与我同里社”一句可知，画主家乡与他的家乡是同一“里社”。孙鼎臣，长沙府人，道光二十五年以朝元点翰林。曾氏与孙关系亲密，很有可能在孙处看到戴熙所画的这幅苍筤谷图，甚至孙与戴的相识都极有可能是曾氏引见的。另外一点是，左宗棠在写这首诗之前一定见过曾氏所题的这首七古，从句式的安排以及“画师”“湘云”“见家山”“还君兹图”这些文字里，都明显地看出曾氏诗的影响。

曾氏以善诗著名，左氏的诗作却不多。从传世不多的左诗来看，其格调、境界都较为高昂阔大，与左氏为人做事的性格气魄极为吻合。这首七古也很鲜明地体现了左诗的这种特点。

这两位日后叱咤风云的人物，早年的这个交集，也是近世文坛上的一段佳话。

□小池

原文

屋后一枯池，夜雨生波澜。勿言一勺水，会有蛟龙蟠。
物理无定资，须臾变众窍。男儿未盖棺，进取谁能料。

评点　生命不息，进取不止

这首诗，传忠书局刻本将它置于道光二十六年，野史上则说是曾氏十四岁的作品，也就是说写于道光四年。当然，人们相信传忠书局刻本，但笔者觉得这确实更像一个有志少年的自励之作。

屋后有一个枯干的小池塘，一夜大雨就将它溢满了。虽然它的水量很小，说不一定哪天便会有一条蛟盘旋在其间。世上的事理并非一成不变，也许顷刻之间便会有大变化。一个男子汉不到生命的尽头，就不要放弃进取。人的成就大小，谁能预先就料定了呢？

人生时时处处有机遇，但它的先决条件一定是本人的进取。所以，任何时候都不要失望，不要自弃。生命不息，进取不止。这的确是一首好的励志诗。

□酬薛晓帆

原文

大谷閟幽兰，由来习霜雪。摧挫弥岁年，葳蕤减昔悦。
本性诚未移，芬芳讵可灭！时物一为遭，适为吴人撷。
会合亦有宜，废兴固难说。旁有荷樵子，殷勤事搴襭。
出山嗅怀袖，余馨亦未辍。臭味良有然，非渠独明哲。

风骚难可熄，推激惟建安。参军信能事，声裂才亦殚。
寂寞杜陵老，苦为忧患干。上承柔澹思，下启碧海澜。
茫茫望前哲，自立良独难。君今抱古调，倾情为我弹。
虚名播九野，内美常不完。相期蓄令德，各护凌风翰。

评点　与无锡薛家的两代交情

薛湘，字晓帆，江苏无锡人，道光二十五年进士，分发湖南安福。这两首五古，传忠书局刻本将它编在道光二十六年，估计是薛帆在安福县令任上收到的。

曾氏当时在京任翰林院侍讲学士，既是湖南名宦，又以文名动京师，作为刚到湖南做地方官的薛湘，主动向曾氏写信致意，是完全有可能的。曾氏全集收有《〈涤非斋制义仅存〉序》，系曾氏为薛湘所著《涤非斋制义仅存》而写的序言。该文写在同治三年。序言中说，曾氏平定江南后，薛湘长子福辰寄信到金陵，“索余二十年前点定本课家塾者凡若干首”。从同治三年上溯二十年，正是道光二十五年。可见薛甫上任，便与曾氏有联系，而且将自己培育子弟的教材请曾氏评点。序言说：“晓帆以天挺豪杰，于书无所不窥。其为文也，郁栗深厚，温液俶丽，或时天性飙发，骋奇斗险，盘薄傲睨，忽翕忽张，乍阴乍阳，杂合操纵，一息百变，而挪其疾徐进退，一顺乎天然，于其所为和易之体，无少渝也。岂非北宋以来一大宗哉！”由此可见曾氏对薛湘文章评价之高。

从诗中“风骚”“建安”“参军”“杜陵”“古调”等文字来看，曾氏是在称赞薛湘的诗。“虚名播九野，内美常不完。”这两句诗显然是曾氏在自我谦虚。不过，我们也可以从这两句诗里看出：一，曾氏当时的确名气已经大了；二，薛在给曾氏的书信或诗中，一定花了很大的篇幅在称赞曾氏。

薛湘之子福成在同治四年向曾氏上万言条陈，受到曾氏的激赏，遂留福成于身边。福成从此一直到曾氏去世，长达六年的时间都陪伴在曾氏左右，一面充任幕僚，一面向曾氏学习古文。福成与黎庶昌、张裕钊、吴汝纶同为“曾门四子”，是湘乡文派的主要成员。福成受到曾氏的特别赏识，除开他的学问见识好之外，其父与曾氏的友谊，一定是此中的坚实基础。

福成长兄福辰是名医。慈禧为患多年的肠胃病，是福辰给治好的。清末薛家，乃无锡城里的望族。

□武会试闱中作

原文

禁闱莲漏已宵深，凉月窥人肯一临。此地频来从案牍，
吾生何日得山林？貔貅雾隐三更肃，河汉天高万籁沉。
火冷灯青无个事，可怜闲杀爱才心。

评点　偶尔的清闲过得也不舒畅

道光二十七年六月，曾氏升授内阁学士兼礼部侍郎衔，已进入朝廷大臣的序列。这年十月，他担任武会试正总裁，又充任殿试读卷大臣。在会试的考场中，曾氏写了这首七律。

京师十月，天气已很凉了，紫禁城内，更深夜静，只有一轮冷月照着白日繁忙的办公场地。习惯于忙碌的曾氏，在这万籁俱寂的深夜里闲散无聊，空有爱才之心，却无事可做。

按理说，曾氏此刻正处为国抡才的重要位置，他为何有“可怜闲杀爱才心”的感叹呢？笔者想，参加武会试的人，大概都是读书不多的人，所作的诗文远不及那些参加文会试的举人们，故而曾氏面对着这些试卷，不免有“杀鸡焉用牛刀”之感。一个“闲”字，正由此而生。

□送孙芝房使贵州二首

原文

妙年作赋动明光，又策星轺赴夜郎。文采边陬瞻泰斗，
仪容寸步中宫商。沅湘过访三闾庙，宛叶行经百战场。
定有新诗传万口，归来吾与解奚囊。

六年陈迹君能记，病骨秋风入剑关。曾洗人天清净眼，
饱看巴蜀怪奇山。君今岩壑搜群玉，自有光芒照百蛮。
不似老夫徒碌碌，昆冈一网手空还。

评点　送别好友典试贵州

道光二十九年五月，孙鼎臣奉旨充任贵州乡试主考。贵州自古为穷陋闭塞之地，且旅途坎坷，但乡试主考又是美差，翰苑中皆以得之为喜。于是，曾氏作这两首七言诗，为好友壮行色。

试意译这两首诗。

第一首。当年十四岁的美少年以一篇《西王母赋》名动四方，现在又以钦差身份远赴夜郎古国，边远之地得以有幸瞻仰当今的诗文大家。这一路过沅湘，寻屈子旧迹，凭吊古战场，走进历史的深处，一定会激发诗情，写出万口传颂的作品。回京时，我来替你解开诗囊锦袋。

第二首。感谢你还能记得六年前我主考四川的事，那时迎着秋风抱病进入剑门关，巴山蜀水之雄奇险要大开我的眼界。你这次去贵州，一定会有许多好诗照亮黔中文坛，只可惜当年我碌碌庸常，入昆仑山却空手而回。

□送唐镜海先生九首

原文

六年高卧大江隈，万里蒲轮驿吏催。京国诸儒齐额手，温公新自洛阳来。

金殿从容道古今，高言字字印天心。钟声送出东华路，已报槐阶转午阴。

摹天绘日本难工，圣德何由测六龙？白发老臣私赞叹，文如圣祖武高宗。

漳卫滔滔走帝都，尧封何事阙沟渠？廿年深究齐民术，一卷新呈水利书。

上相南征策众材，军容十万转风雷。书生却进安民策，盗弄潢池事可哀。

泰岱高云不可攀，曾兴霖雨在人间。如今老去神功敛，祇就君王乞放还。

道德神仙各有谋，行藏虽一事难侔。功名不数种司谏，出处羞称李邺侯。

熙朝正学要匡扶，众说纷纷各启途。归语江南诸父老，
太平天子好真儒。

枌榆后进谬升堂，习习春风杖履旁。此后追陪何日是？
镜中吾亦鬓毛苍。

评点 曾氏之人师唐鉴

曾氏一生有许多老师。但这些老师皆为经师，即教他识字读书做试帖诗八股文的老师，他的人师即教他如何修身养性如何做人的人，却为数极少。在他的心目中，最具分量的人师，就是唐镜海先生。

早年曾氏的修身日记中，很多次地怀着恭敬之心提到镜海先生。曾氏的诗文集中，收有曾氏为镜海先生写的诗十一首，写的文章四篇，数量之多，少有人可以与之相比，足见曾氏对镜海先生的情谊。

唐镜海名鉴，生于乾隆四十三年。祖籍湖南善化。祖父为官山东，父亲一辈及他这一辈，都出生于山东，祖母、父母均葬于山东肥城。唐遵父命，徙籍山东肥城，故而唐鉴又可以说是山东肥城人。

唐鉴三十岁中举，三十二岁中进士点翰林，先后在翰苑、都察院、广西、安徽、山西、贵州、浙江等处为官。道光二十年，六十三岁的唐鉴以江宁布政使的身份回京出任太常寺卿。这时三十岁的曾氏刚到北京，做一个从七品的翰林院检讨。当时，唐是京师有志青年的精神偶像。经倭仁等人介绍，曾氏在道光二十一年认识唐鉴，从此结下非同一般的师生之情。

关于唐鉴对青年曾氏修身治学的影响，我们可以从道光二十一年七月十四日曾氏的日记中窥视一斑。

曾氏在当天日记中记载，他去拜访唐先生，请教检身之要、读书之法。关于检身，唐先生教曾氏以朱子全书为宗，重在身体力行。每

天做日课，关键在于“不欺”。关于读书，唐的要点为：一是专攻一经，二为学在义理、考核、文章三门，而经济之学则在史学中。义理之学最为重要。这一番话，曾氏认为对他有“昭然发蒙”的作用。

我们看曾氏此后的一生，大致遵循着唐鉴为他指引的路途。唐鉴的确是曾氏的人生导师。因为此，曾氏对唐有着发自内心的尊敬。

唐鉴在京师做了六年的太常寺卿，于道光二十六年致仕离京，主讲金陵书院。咸丰元年，唐鉴再次来到北京，登基不久的咸丰皇帝在短短的两个月内，居然召见他十五次，向他垂询安邦治国、读书治学的诸多问题。作为一个退休官员，唐鉴享受了当时的极荣。这年八月，朝廷赏唐鉴二品卿衔，仍回江南书院。送别前夕，曾氏写下这九首七绝。

第一首。在长江边居住了六年的唐鉴，在充满敬意的氛围中重返京师，这情景就如同当年司马光从洛阳满载崇高的声誉回到汴京一样。

第二首。咸丰帝召见唐鉴，君臣之间的谈话时间很长。唐鉴告退的时候，已到正午时分。

第三首。唐鉴称赞咸丰皇帝文武全才，在文的方面如同康熙，武的方面如同乾隆。

第四首。唐鉴为学注重民生经济，著有《畿辅水利》一书，对京师附近的河流治理很有帮助。

第五首。说的是太平军在广西揭竿而起之事。面对这种变局，唐鉴向皇帝进谏的却是安民之策。为什么会有“盗弄潢池”之事出现，根本之处在于民不安生。唐鉴进的是治国的根本大计。

第六首。唐鉴请求咸丰帝让他告老还乡。

第七首。这首诗里提到两个人物。一为种放，他是北宋时代人，隐居多年不受诏进京，曾任职左司谏。李泌，曾辅佐唐肃宗、代宗、武宗，封邺侯。出仕前曾隐居山林。诗的意思是说，世上有人主张道德教育，有人主张出世脱俗。前者为行，后者为藏。行或者藏，都是一个人的选择，但事情的收效却不一样，若以藏来获得行，则是不值得称赞的。

以笔者之浅陋，似觉此诗颇有点费解。唐鉴既非以隐求仕者，且晚年主讲金陵书院，也不是隐。不知曾氏何以要提出种放、李泌两个以隐获仕的古人来？笔者很想请教高明。

第八首。唐鉴从十多次的召见中看出咸丰帝重视正学的心思，他要将这个好的信息传递给江南的教育界和文化界。

第九首。感激老师多年来的教导栽培，今后再也没有这样的好机会了，同时也对于岁月流逝、韶华不再深为感叹！

□次韵何廉昉太守感怀述事十六首

原文

域中哀怨广场开，屈宋而还第二回。幻想更无天可问，
牢愁宁有地能埋！秦瓜钩带何人种？社栎支离几日培？
大冶最憎金踊跃，那容世界有奇材！

惨淡兵戎春复秋，浊醪谁信遣千忧？战场故鬼招新鬼，
世事前沤散后沤。驱逐几同秦失鹿，劬劳只愧鲁无鸠。
何时浩荡轻鸥去？一舸鸱夷得少休。

二月长安春始归，觚棱回首梦魂飞。宫鸦掠日槐阴瘦，
厩马嘶风柳絮肥。东阁赐茶双凤阙，西郊扈跸九龙旗。
十年苦忆钧天奏，老大真怜未拂衣。

沧海横流泽有鸿，微生偶出一当熊。千艘梭织怒涛上，
万幕笳吹明月中。屠罢长鲸波尚赤，战归骄马汗犹红。
谁知春晚周郎老，更与东皇乞好风。

钟山祠庙岿然存，凭吊湖湘烈士魂。马革裹尸男子志，
鸾刀祭脾圣明恩。弓旌夜动神依户，箫鼓春祈福满门。
万世游人应指点，血殷篙眼古时痕。

浔阳江水接天长，良将新祠皎雪霜。半壁东南支柱石，
数州士女荐馨香。竟无耆寿追充国，犹有嘉名配武乡。
匹马寸金都谢绝，三明何必数西凉！

山县寒儒守一经，出山姓字各芳馨。要令天下销兵气，
争说湘中聚德星。旧雨三年精化碧，孤灯五夜眼常青。
书生自有平成量，地脉何曾独效灵！

猿鹤沙虫道并消，谁分粪壤与芳椒？昨来皖水三河变，
堪痛阿房一炬焦。勾践池边醪易醉，田横墓上酒难浇。
同袍才俊雕零尽，苟活人间只自嘲。

鸰原横贯第三人，鹤唳华亭不复春。先轸归元何日是？
虞翻相骨本来贫。科名久滞青云路，身手难扶赤日轮。
十二万年香不灭，从渠捣麝作灰尘。

江雪湖波路几千，壶头归葬事堪怜。铸金叩叩终何益？
埋玉深深不计年。夜月一钩凉蕙帐，春风十万散榆钱。

神灵甲马如相助，莫遣愁人叹逝川。

滥觞初引一泓泉，流出蛟龙万丈渊。从古精诚能破石，熏天事业不贪钱。腐儒封拜称诗伯，上策屯耕在砚田。巨海茫茫终得岸，谁言精卫憾难填？

幕府山头对碧天，英英群彦满樽前。共扶元气回阳九，各放光明照大千。短李迂辛杂嘲谑，箕张牛奋总安便。独怜何逊今漂泊，望断寒云暮霭边。

薇阁藤厅淡淡红，多君翔步五云中。良缘彩凤双飞翼，慧业灵犀一点通。典郡四旬书上考，阖门八口祀昭忠。灾祥谁识天公意，休向西风泣路穷。

由来忠孝易通神，忉利华鬘识后身。石烂海枯终有尽，生天成佛岂无人。关河庾信空萧瑟，形影陶潜孰主宾？鸡犬全家存帝所，淮南生计未全贫。

荒城风雪卧袁安，高节鸿才万目看。懒读司空城旦法，曾希柱后惠文冠。出山驯雉网罗密，失水神龙变化难。犹有老梅娇萼发，先从三界解春寒。

圣主中兴迈盛周，联翩方召并公侯。神威欲挟雷霆下，大业常同江汉流。藻火但闻山甫衮，桐庐岂有子陵裘。鹓鸾台阁方新构，杞梓楩楠一例收。

评点　心事浩渺连广宇

咸丰九年正月，曾氏收到何栻的十六首七律。二十九日、三十日、二月初一日，曾氏用了三天的时间，呕心沥血，写了十六首和诗。据曾氏日记记载，曾氏幕府中诸如李元度、吴子序、甘子大、许仙屏、王霞轩、邓弥之、何敬海等人都有和诗。

何栻是什么人？为什么他的这十六首诗，能在曾氏身旁引发如此大的轰动效应？

何栻字廉昉，号悔余，江苏江阴人，道光二十一年进士。咸丰六年出为江西建昌知府，不久城池失守，妻儿均遇难，本人革职。何立誓报仇，自筹粮饷募勇，朝廷也因此撤销对何的处分。何工于诗词，长于书法，甚受曾氏赏识。咸丰八年除夕，何感时伤情，一口气写了十六首七律，并寄给曾氏。

曾氏既欣赏何的才华，又怜悯何的不幸，同时，何的这组诗也重重地撩拨起曾氏心中那根备受压抑的琴弦。

曾氏咸丰二年底在长沙组建湘军，然后与太平军交战，到如今已历时六年多，即便除去在家为父亲守丧的一年三个月，曾氏在战火中也已度过五年光景。这五年的日子过得十分艰难。这中间既有仗打得不顺利的窝囊，更多的则是朝廷的不信任与同一营垒中人的猜忌。这些，像石板压在曾氏的双肩，像棉絮堵塞他的胸腔，让他苦闷、抑郁。他对友人所说的“苌弘化碧，览者以为顽石而弃之；荆卿贯虹，见者以为妖氛而却之”，足以看出他心中的悲愤。他常常担心夕阳亭事会再次出现，可见他精神上有何等大的痛苦！于是，他借为何栻和诗的机会，一吐胸腔积怨。曾氏这十六诗实在耐人咀嚼，可视为他本人与湘军集团的一组史诗，试为之作点浅释。

第一首。感怀叙事诗所形成的巨大哀怨氛围，堪称屈原宋玉以来的第二次。诗人的这满腔悲愤与愁闷，无天可问，无地可埋。面临着急待整治的破碎山河，有几个人能像当年秦国东陵侯那样悠闲地隐居长安东门种瓜？但令人伤心的是，握大权者总是不愿意看到属下的积极奋发，世上的奇才要出头真是困难！

第二首。残酷的战争进行了一年又一年，胸中的忧虑哪里是酒能消除得了的！战死的人后批跟随着前批，烦恼的事情一茬接着一茬。日夜奔命如同夺回当年秦国丢失的政权，经年辛劳惭愧不如往日的鲁国穆叔。真恨不得哪一天能像鸥鸟轻飞样地远远离开俗世，在装满美酒的船上获取短暂的休息。

第三首。北国二月，春回帝都，宏伟的宫阙里有着诸多回味：宫鸦、槐树、御马、柳絮、东阁饮茶、西郊随驾。十年来苦苦思念禁城中的钧天广乐，五十岁的人了，还不知道哪一天能离开战场！

第四首。不幸遇到世界大乱，蛰伏草莽中的人才一个个地涌现出来，挽救时局。他们的这种作为，就像当年汉元帝身边的冯倢伃，面对着突然跑出来的熊迫不得已以身抵挡保护圣驾一样。江面上成百上千艘战船奔驰，明月下，千万顶帐篷被军乐声所笼罩。陆军水师在前线英勇杀敌，不惧生死，谁曾想到统帅已是暮年老朽，只祈祷上天能多赐予好机会。

第五首。纪念战死者的祠庙巍然矗立，它们在安慰湖湘烈士的灵魂。多年来，马革裹尸成了湖湘男子的志向，他们以沾满敌人鲜血的刀剑酬谢朝廷之恩。这些神灵保护着家人，将幸福送给人世。想念千秋万代后，人们在路过烈士祠庙时，一定会记起他们。

第六首。在远接天际的浔阳江边，为湖南提督塔齐布新建的祠堂皎洁得如同霜雪。他是支撑东南半壁河山的柱石，远远近近的百姓都来此向他致敬。可惜他没有赵充国的高寿，却有美名可以列在诸葛亮之后。塔齐布骁勇善战又廉洁奉公，纪明、皇甫威明、张然明那样的“三明”猛将岂独独存在于西北！

第七首。清贫书生往日默默无闻，一旦出山就很快名声四播。他们组建军队的目的是不要战争，大家都争说三湘聚集了一批道德君子。近年来许多老朋友已丹心化碧血，只有我常常在半夜三更对着灯火思念他们。天下读书人自有治国平天下的气量，不能说哪个地方就独得地灵人杰之效！

第八首。一场大仗过后，战死者都化作飞烟，后世谁还来管它当年死的哪个是英雄哪个是贼子？最堪痛心的是三个月前的三河之役，湘军全军覆没，如同阿房宫似的变为焦土。兄弟、良朋都战死，我这个苟活人间的人只能效法勾践、田横，立誓报仇！

第九首。想当年温甫是继国葆国荃弟急兄难的第三人，兄弟同享人间温馨已再也不可能了。丧头的温甫究竟是何日蒙难至今未知，可叹老六平生高傲而不得志，年轻时功名不顺，从军后又壮志未酬。千年万载，他的香火不会熄灭，他始终是后人心目中的英雄。

第十首。以壶为头，将温甫遗体漂江过湖运回老家安葬，这是件多么令人伤心的事！即便以黄金铸像又有何益，如此良才便从此埋入泥土中。今后我只有对着冷月深深地思念，不久后新发芽的十万榆叶就当作烧给他的纸钱。如果上天怜助我，就不要让我这个满腹忧愁的人镇日感叹岁月流逝而成功无望。

第十一首。原本只想在乱世中尽点微薄之力，不料现在有了这么大的规模。从古来精诚之心可开金石，做伟大事业的人不是贪婪之辈。一介腐儒而今被称为诗坛领头人，人世间最重要的事业应是文化教育。汪洋大海总还是有岸的，不要说精卫填海永远不可能成功。

第十二首。众人思念何廉昉。满眼精英围坐在酒樽前，大家的目标其实都盯在幕府山下的南京城。我们一道努力共同培植人间的元气，焕发自己的光和热照亮温暖这个世界。谁知，世上总有人散布谗言，中伤别人，使得李绅似的人物遭受嘲讽。众人特别同情同样遭谗的何廉昉，他一人孤独地待在寒天灰阴的傍晚。

第十三首。安慰何廉昉。尽管家门大为不幸，但有八人进了昭忠祠。现在，又拥有立下战功的部属，且有新夫人陪伴、辅佐。灾难和吉祥都是上天的着意安排，不要再在寒风中感叹前途黯淡。

第十四首。再慰何廉昉。忠孝者与神相通，即便生前寂寞，身后亦受人敬重，如深恋故国的庾信、不慕荣华的陶潜。有何家的鸡犬保存在天庭，江南的生计也就不能说是完全的贫困。

第十五首。三慰何廉昉。何氏为人清高，为官仁慈。不以秦时的城旦之法苛刻百姓，却总希望自己的部下多立战功。尽管已遭受许多厄难，但新的生命已诞生，何氏一门后继有人。

第十六首。四慰何廉昉。国家将会中兴，朝廷也不会忘记忠臣：今日的仲甫将会得到应有的酬劳，隐耕于富春山的严子陵不会再有。日后的凌烟阁中，凡为国家作过贡献的人都将有一席之地。

□戏题公牍

原文

官儿尽大有何荣？字数太多看不清。删去几条重刻过，
留将他日写铭旌。

评点　诙谐中的实情

这首诗见之于曾氏同治元年二月初一日日记："公牌中所刻余官衔字数太多，因删去十四字，令其另刻。戏题一绝云。"

所谓"戏题"者，游戏之作也，即打油诗。在翰林曾氏看来，这其实不算是诗，故曾氏刻本诗文集中不收录。同治元年时代，曾氏拥

有哪些官衔呢？当时可以这样称呼他：太子少保、协办大学士、钦差大臣、兵部尚书衔两江总督。曾氏说删去十四字。这十四字估计是“太子少保协办大学士兵部尚书衔”，保留下来的可能是“钦差大臣两江总督”。我们看咸丰十一年十月十八日，他所奉的节制四省的上谕便是这样写的：“钦差大臣两江总督曾国藩着统辖江苏、安徽、江西三省并浙江全省军务。”

“钦差大臣两江总督”，这才是核心官职，其他都是虚的；当然，这些虚职虚衔也可让一个人的头上多增加点光环。眼下要务的是实，那些虚的职衔就让它今后刻到墓志铭上去吧！

□沅甫弟四十一初度

原文

九载艰难下百城，漫天箕口复纵横。今朝一酌黄花酒，
始与阿连庆更生。

陆云入洛正华年，访道寻师志颇坚。惭愧庭阶春意薄，
无风吹汝上青天。

几年橐笔逐辛酸，科第尼人寸寸难。一剑须臾龙变化，
谁能终古老泥蟠？

庐陵城下总雄师，主将赤心万马知。佳节中秋平剧寇，
书生初试大功时。沅圃初在吉安，统兵二万，八年八月十五日克复府城。

楚尾吴头暗战尘，江干无土著生民。多君龛定同安郡，
上感三光下百神。十一年八月初一日克复安庆，钦天监奏是日四星联珠，日月合璧。

濡须已过历阳来，无数金汤一剪开。提挈湖湘良子弟，
随风直薄雨花台。

邂逅三才发杀机，王寻百万合重围。昆阳一捷天人悦，
谁识中军血染衣！

平吴捷奏入甘泉，正赋周宣六月篇。生缚名王归夜半，
秦淮月畔有非烟。

河山策命冠时髦，鲁卫同封异数叨。刮骨箭瘢天鉴否？
可怜叔子独贤劳。

左列钟铭右谤书，人间随处有乘除。低头一拜屠羊说，
万事浮云过太虚。

已寿斯民复寿身，拂衣归钓五湖春。丹诚磨炼堪千劫，
不借良金更铸人。

黄河余润沾三族，白下饥民活万家。千里亲疏齐颂祷，
使君眉寿总无涯。

童稚温温无险巇，酒人浩浩少猜疑。与君同讲长生诀，
且学婴儿中酒时。

甲子八月二十日，沅圃弟四十一生日，为小诗十三首寿之。往在壬戌四月，沅弟克复巢县、和州、含山等城，余赋诗四首。一时同人以为声调有似铙歌而和之。此诗略仿其体，以征和者。且使儿曹歌以侑觞，盖欲使后世知沅甫立功之苦，兴家之不易，常思敬慎以守之也。国藩识。

评点　以诗为老九贺生

曾国荃出生于道光四年八月二十日。同治三年八月二十日，他迎来整四十的生日，按照当时以虚岁计年的习惯，这个生日称为四十一岁初度。生日年年都有，但今年的生日，对于老九来说大不寻常。两个多月前，经过整整两年的苦围苦攻，终于将南京打下，老九所统率的吉字营建立了当时的天下第一功。老九受封一等伯。这个生日是他大功之后的第一个生日，各方都在为他隆重庆生。曾氏自然将此事看得比别人都重。我们且看这一天，他给老九写的信：“今日乃弟四十一大庆，吾未得在金陵举樽相祝，遂在皖作寿诗，将写小屏幅带至金陵，以将微意。一则以纪泽寿文不甚惬意，一则以近来接各贺信，皆称吾兄弟为古今仅见。若非弟之九年苦战，吾何能享此大名！故略采人所颂者以为祝诗也。东坡有寿子由诗三首，吾当过之耳。”

曾氏的这封信，揭示他写这十三首诗的心意与当时的背景。然而，这个背景，他只道出其中为局外人所知的部分，而那些不为外人所知的部分，他没有说。

不为局外所知的主要有两点：第一点，打下南京后老九心情并不舒畅，内心的不畅造成他身体上的不适。老九的不快，一则是他嫌朝廷给他的封爵低，二是不满朝廷对他放走幼天王、李秀成和纵容部下抢劫金银财货的批评。第二点，老九已申请开缺回籍，只待朝廷批文下来，就要离开南京。于是，这十三首诗，便有祝寿、安慰、送行等多重内容。

曾氏在跋语中说，这些诗类似歌词，可以“歌以侑觞”，故而十三首诗都写得浅显直白，不需要多加解释便可理解。笔者只略作点拨。

第一首。老九咸丰六年组建吉字营，到现在已历九年。九年来战功累累，说闲话的也不少。今天举杯为他庆功贺生。

第二首。老九十七岁进京随大哥读书，但大哥能力有限，不能为他提供更多的方便。

第三首。功名不太顺利，转而从军，以图出人头地。

第四首。攻克江西吉安府。

第五首。收复安徽省城安庆。

第六首。一路斩关夺隘，来到南京城外。

第七首。围攻南京不易。

第八首。同治三年六月打下南京。

第九首。劳苦功高。

第十首。不必在意谤言。

第十一首。回家去享清福。

第十二首。因功劳大必有高寿。

第十三首。永葆童心。

□酬王壬秋徐州见赠之作

原文

戒徒事秋搜，理棹及淮甸。尘坱正纷挐，邂逅扶英彦。

乖离七易霜，天遣更相见。后车携嘉客，同驰彭城传。

轻飔浣素襟，名论回深眷。自云寻绝学，涂轨约三变。

侨居蒸水阳，亲知断游宴。闭户自高歌，寒宵百虑战。
群圣下窥瞰，忧喜相庆唁。尽抉诸经心，始知老儒贱。
探箧出新编，照座光如电。说《易》烛大幽，笺《书》祛众眩。
旁及庄生旨，抵巇发英眄。大雅久不作，小知各自衒。
汉宋互嘲讥，余炎更相煽。迟君绍微言，毫芒辨素绚。
高揭姬孔情，洪曦消积霰。湖湘增景光，老怀亦忻忭。

评点　为与王闿运的忘年交画上圆满句号

在离世四个月前，曾氏一口气写下两首五言长诗。一首给王闿运，写于同治十年九月十六、十七日两天；一首给俞樾，写于同治十年九月二十五、二十六日两天。有趣的是，这两个人都是学者，又都是与他相交二十多年的小字辈。

咸丰三年，曾氏在衡州府创办水陆大军，那时王闿运才二十岁，便介入此事。次年春天，湘军从衡州府北上，王闿运随军行至岳州后，才离开军营回湘潭老家，咸丰五年中举，以后一直以教书著述为终身职业。王闿运虽没有留在湘军中，却与曾氏联系不断。曾王二人的交往，野史上说得最多的是关于王曾经多次劝曾氏蓄势自立的事。故而在近代史上，王闿运以奉行帝王学而著名。王晚年做过袁世凯手下的中华民国首任国史馆馆长，他的高足弟子杨度则是拥戴袁世凯为帝的著名筹安会之首。王闿运一生尽管热衷于政治，但在政治领域一无所成。他的实际成就在经史研究以及诗词创作上，甚至他所写的日记总汇《湘绮楼日记》，其价值也要超过他自鸣得意的帝王之学。

同治十年八月，曾氏以两江总督的身份检阅江苏军营。此时王闿运恰好由北京取道运河南下，在苏北清江浦相遇。王请求与曾氏同行。于是在之后的二十天里，王与曾氏同舟畅谈学问诗文。曾氏在九月十六日的日记中说："约壬秋、镜初来便饭，因与久谈。客散，已上灯矣……壬秋将近年所著《周易燕说》《尚书大传补注》《禹贡笺》《穀梁申义》《庄子七篇注》《湘绮楼文》等编见示，因泛为翻阅，不能细也。”

九月十八日，曾氏与王在扬州分手。分手时，曾氏送王闿运这首长诗。

曾氏与王闿运有七年没有见面了。七年前，正是打下南京，曾氏兄弟誉满天下的时候，他们二人在金陵城里见了面。野史中说，王这次是又想劝曾氏效前朝故事的，但得知老九回籍、吉字营裁撤的消息之后，他胸中的那一套构想便再也不敢拿出来了。我们从“自云寻绝学，涂轨约三变”中，似乎可以隐隐约约地触摸到这些消息。

“探箧出新编，照座光如电”两句，是曾氏对王所赠十余种书的整体评价，接下来对其几部重要著作一一作了称赞。“大雅久不作，小知各自衒。汉宋互嘲讥，余炎更相煽”四句，表达曾氏对当时著作界平庸充斥、高论稀缺现象的不满，尤其厌恶学术领域里的门户森严党同伐异。

诗的结尾，曾氏对尚不到四十岁的王闿运予以极高的赞赏：湖湘学术因王闿运而增添光景，伤感交集的垂暮老人，也因见到青年才俊而喜慰。

□题俞荫甫《群经平议》《诸子平议》后

原文

圣徂旷千祀，微言久歇绝。六经出燔余，诸老抱残缺。
尚赖故训存，历世循旧辙。从宋洎有明，轨途稍歧别。
皇朝褒四术，众贤互摽揭。顾阎启前旌，江戴绍休烈。

迭兴段与钱，王氏尤奇杰。大儒起淮海，父子相研悦。谓高邮王怀祖先生念孙及其子文简公引之。子史及群经，立训坚于铁。审音明假借，王氏精于古音，谓字义多从音出，经籍多假借字，皆古音本同也。课虚释症结。王氏每于句调相同者，取彼释此，谓之句例。又戒不得增字以释经，皆系从虚处领会。旁证通百泉，清辞皎初雪。王氏立训，必有确据，每讥昔人望文生训，或一字而引数十证，其反复证明乃通者，必曲畅其说，使人易晓。九原如有知，前圣应心折。
俞君一何伟，跬步追曩哲。尽发高邮奥，担囊破其鐍。
君昔趋承明，凤鸾与颃颉。轺车骋嵩洛，康衢误一跌。
子云宦不达，草玄更折节。文囿芟天葩，经神供清醊。
庞言颇觗排，诸子亦梳抉。复从群贤后，森然立绵蕝。
嗟余老无成，抚衷恒惙惙。闳才不荐达，高位徒久窃。
兹编落吾手，吟览安可辍。

评点　因祸得福俞曲园

俞樾，字荫甫，号曲园，是近代著名学者、教育家，早年为曾氏弟子，晚年为彭玉麟的儿女亲家。

道光三十年，俞樾得中会试，复试时的阅卷官为曾氏。曾氏激赏俞樾所作的场中诗之首句“花落春犹在”，并将俞之试卷置于前列。俞樾感谢曾氏的知遇之恩，拜曾氏为师，并将自己平生所著命名为《春在堂全书》。

咸丰七年，俞樾典试河南，因出题逾轨而被罢官。罢官之后的俞，在老家授徒课子、潜心著述。同治十年，浙江学政徐树铭保奏十七贤士，其中便有俞樾，此事遭到朝廷严责。俞因此请曾氏援手。曾氏未予应允，于是写了这首诗安慰俞樾。

这首诗列举顾炎武、阎若璩、江永、戴震、段玉裁、钱大昕、王念孙、王引之等人的学术成就，接下来以“俞君一何伟，跬步追曩哲”，将俞樾置于这些大师级学者之列，给俞樾的学术研究以很高的评价。甚至不惜以“嗟余老无成，抚衷恒惙惙”来衬托俞。当然，曾氏这番感叹，不全是为了提升自己的学生，也确乎是他自己晚年的最大遗憾。

俞樾仕途虽不顺，却有很好的人生。他的学术成就为世所公认，他的教育事业也硕果累累。他的弟子中有章太炎这样著名的大革命家、大学问家。他亲手教导的孙子俞陛青，居然在他生前便高中探花。他的诗书家风哺育了俞氏一门人才辈出。他的第五代孙俞平伯，更是尽人皆知的大学者。何况，俞樾活到八十八岁，这更是曾氏所望尘莫及的福气。

□忮求诗二首

原文

不忮

善莫大于恕，德莫凶于妒。妒者妾妇行，琐琐奚比数。
己拙忌人能，己塞忌人遇。己若无事功，忌人得成务；
己若无党援，忌人得多助。势位苟相敌，畏逼又相恶。
己无好闻望，忌人文名著。己无贤子孙，忌人后嗣裕。
争名日夜奔，争利东西骛。但期一身荣，不惜他人污。
闻灾或欣幸，闻祸或悦豫。问渠何以然？不自知其故。
尔室神来格，高明鬼所顾。天道常好还，嫉人还自误。
幽明丛诟忌，乖气相回互。重者灾汝躬，轻亦减汝祚。
我今告后生：悚然大觉悟！终身让人道，曾不失寸步；

终身祝人善，曾不损尺布。消除嫉妒心，普天零甘露。
家家获吉祥，我亦无恐怖。

不求

知足天地宽，贪得宇宙隘。岂无过人姿，多欲为患害。
在约每思丰，居困常求泰。富求千乘车，贵求万钉带。
未得求速偿，既得求勿坏。芬馨比椒兰，磐固方泰岱。
求荣不知厌，志亢神愈忲。岁燠有时寒，日明有时晦。
时来多善缘，运去生灾怪。诸福不可期，百殃纷来会。
片言动招尤，举足便有碍。戚戚抱殷忧，精爽日凋瘵。
矫首望八荒，乾坤一何大！安荣无遽欣，患难无遽憝！
君看十人中，八九有依赖。人穷多过我，我穷犹可耐。
而况处夷途，奚事生嗟忾？于世少所求，俯仰有余快。
俟命堪终古，曾不愿乎外。

评点　人性中的两大毛病：嫉妒与贪欲

忮者，嫉妒；求者，贪欲。人性中有许多毛病，嫉妒与贪欲应该是其中最主要的毛病。有人会说，这两个毛病也有它好的一面：嫉妒促使人超越，贪欲激励人追求。的确不错，但怀着嫉妒、贪欲之念得到的超越与追求，总归是来路不正，如同用打劫得到的钱财去购房买地一样。

针对忮，儒家提出仁恕。针对求，道家提出清寡。这都是对症下药的良方。但世人在知天命之前，就能真正明白这中间的道理的人不多；知天命之后，才会慢慢地悟出许多的忮与求，其实都是镜花水月一场空。能够在五十岁之后懂得这个人生大道理的人，也算是慧根不浅了。庄子说得好，大惑者终生不解，好多人一辈子都在迷惑中。

曾氏晚年，经常思考这个问题，他希望他的子孙能够较早地明白这些人生要道。同治九年六月初四日，他在赴天津处理教案的前夕，给两个儿子写了一封信。此信在当时，曾氏是将他作为遗嘱看待的。他在信中说："余生平略涉儒先之书，见圣贤教人修身，千言万语，而要以不忮不求为重。忮者，嫉贤害能，妒功争宠，所谓怠者不能修，忌者畏人修之类也。求者，贪利贪名，怀土怀惠，所谓未得患得，既得患失之类也。忮不常见，每发露于名业相侔、势位相埒之人；求不常见，每发露于货财相接、仕进相妨之际。将欲造福，先去忮心，所谓人能充无欲害人之心，则仁不可胜用也。将欲立品，先去求心，所谓人能充无穿窬之心，而义不可胜用也。忮不去，满怀皆是荆棘；求不去，满腔日即卑污。余于此二者常加克治，恨尚未能扫除净尽。尔等欲心地干净，宜于此二者痛下工夫，并愿子孙世世戒之。"

就在这封信里，曾氏亲手将这两首诗抄录给儿子。

一年半后，他再次郑重为儿子留下四点遗嘱。在"求仁"一节中，他写道："孔门教人，莫大于求仁，而其最切者，莫要于欲立立人、欲达达人数语。立者自立不惧，如富人百物有余，不假外求；达者四达不悖，如贵人登高一呼，群山四应。人孰不欲己立己达，若能推以立人达人，则与物同春矣。"

笔者每读这些文字，都怦然心动。人们常说金玉良言，这就是金玉良言；人们常说至理名言，这就是至理名言。故不嫌繁琐，特抄录于此，愿与读者诸君共享。

附一：词

□贺新郎

题钱楞仙同年《玉堂归娶图》二首

原文

艳福如斯也！记年华，同年二百，君其少者。刚是凤池骞翥后，又结鸳鸯香社。看此去雕鞍宝马。袍是烂银裳是锦，算美人名士真同嫁。好花样，互相借。　　淋漓史笔珊瑚架。说催妆，新诗绮语，几人传写？才子风流涂抹惯，莫把眉痕轻画。当记取初三月夜。欲问大罗天上事，恐小姑群婢同惊讶。属郎语，声须下。

寂寞深闺里。忆东风，泥金乍报，若何欢喜？撤帐筵阑停烛夜，细问当时原委。更密询烧香侍婢。西舍东邻多士女，但骈头附耳夸双美。不能答，笑而已。　　郎君持赠无多子。献妆台，宫衣一袭，鸾书一纸。又剩有红绫饼饺，合卺同尝甘旨。珍重说天恩如此。明年携得神仙眷，料趋朝不过花砖矣。同梦者，促君起。

评点　天上人间第一等美满事

曾氏极少写词。光绪刻本《曾文正公诗集》中没有曾氏写的词。岳麓书社版《曾国藩全集》，从钱楞仙的《示朴斋随笔》中抄录《贺新郎》词两首，从杜文澜的《憩园诗话》中抄录《浪淘沙》六首。我们现在能看到的曾氏词作，也便只有这八首了。

曾氏是个理学信徒，要求自己“思无邪”。作为“艳科”的词，尽管也有不少伤时感世的豪放之作，但更多的或是花前月下或是私人情怀的婉约作品。估计这可能是曾氏词作少的主要原因。

这两首《贺新郎》是典型的艳词，在曾氏的诗词创作中弥足珍贵，笔者希望读者借此看到文人曾氏的另一面。

钱楞仙又作仑仙，名振伦，浙江湖州人，与曾氏一道在道光十八年中进士点翰林。曾氏诗集中收有《题钱仑仙同年〈慈竹平安图〉二首》《题钱仑仙〈燃烛修书图〉》。可见，曾氏与这位同年关系密切，多有唱和。

道光十八年，春闱放榜后，钱即请假回籍完婚。常言道人生两大快事：洞房花烛夜，金榜题名时。“洞房花烛夜”这件快事，一般人都可以得到，但“金榜题名时”却不容易获得，何况这个“金榜”乃当时最高最荣耀的金榜。想当年，青春年华的美翰林迎娶如花似玉的新娘子，这一对新人心中是如何的喜悦，两家的父母是如何的自豪，亲戚朋友是如何的引以为荣，世人又是如何的羡慕，真乃天上人间第一美满之事！

钱离京之前，请人画了一幅《玉堂归娶图》，遍邀京中名士及同年题诗。他的《示朴斋随笔》录存有何绍基、吴嘉宾、祁宿藻、郎葆辰、齐彦槐、冯登府、黄宪德、吴嘉淦所题的诗词。钱说：“曾涤生相国题《贺新郎》二阕……同时诸作，俱无能出其右者。”曾氏当时二十八岁，正值春风得意之际，面对着同年的如此美事，这两首《贺新郎》真个是写得春情荡漾、艳亮有加，成为曾氏诗词作品中的绝无仅有。

第一首的上半阕，写新郎以两百多名新进士中的年少者，骑雕鞍宝马、衣烂银锦袍迎娶美人，轰动一时。下半阕称赞新郎既功名才华无人能及，又温存体贴，欲学张敞将新娘子的双眉描成夜幕新月。小夫妻恩爱缠绵，令身边人艳羡。

第二首，词人站在新郎的角度，为他设想：拜完堂、喜宴结束，小夫妻双双来到洞房。新郎悄悄问新娘，春天时节，当泥金喜报送到家中时，你是如何欢喜的？是不是向侍婢打听街头巷尾人人都在私下里夸奖我们是名士美人相辉映？新娘既喜又羞，笑而不答。新郎拿出自己的珍贵礼物：一套大红宫衣，一纸永结同心的盟誓，外加绫罗绸缎金饼银锭。新郎告诉新娘：我们彼此都要珍重这个缘分，这是天恩祖德所赐。结尾处，词人预言：到了明年，一对新人来到京师，一定又是一番热闹！

两首《贺新郎》满纸温情绮语，喜气洋洋，尤其是第二首，更见曾氏当年神往之心态。可惜的是，这段美满姻缘不到十年便中止了。据钱振伦的孙子，著名学者、词人钱仲联所说，他的祖母任太夫人在道光二十七年便不幸辞世，想必也不过三十左右。又一个美人如花凋谢早！

附二：联语

□题京都长郡会馆

原文

同科十进士；

庆榜三名元。

评点　长沙府科举史上的佳话

这是曾氏早年所作的一副传颂甚广的名联。

道光二十五年乙巳科会试，曾氏出任同考官。这一科湖南中式八人，都出自长沙府。贵州省中式的黄辅相、黄彭年叔侄，原籍醴陵，也属长沙府。于是，这一科长沙府中式十人。萧锦忠为本科状元。有清一代，湖南只出了两个状元，可见长沙府的这个状元之珍贵。另外，朝考的第一名也是长沙府的孙鼎臣。翰林周寿昌为去年秋天顺天乡试的南方诸省的第一名。状元、朝元、南元，这就是三名元，全都出在长沙。千年科举史上，长沙府从未有过这等荣耀。

这副联语妙语天成，看似将眼前事顺手牵来，若没有深厚的文字功底是做不到的。

□题衡阳莲湖书院

原文

莲香入座清，笔底当描成这般花样；
湖水连天静，眼前可悟到斯道源头。

评点　两个名典化入无痕

这是一副嵌名联。笔者猜想，在写上“莲”字后，曾氏一定最先就会想到周敦颐的《爱莲说》。人们常说文人须笔底生花，此花应当就是“出淤泥而不染，濯清涟而不妖”的莲花。在写上“湖”时，曾氏一定马上就会想起朱熹的《观书有感》：“问渠那得清如许，为有源头活水来。”在书院读书，最重要的是悟道。道才是源头。

此联作于曾氏在衡阳组建湘军时的咸丰三、四年间。

□自题思云馆

原文

不怨不尤，但反身争个一壁静；
勿忘勿助，看平地长得万丈高。

评点　面壁反思

据曾氏咸丰九年十月十四日的日记，可知此联作于咸丰七年。当时，曾氏在家为父亲守丧，住在思云馆里，为思云馆拟了这副门联。

咸丰七年，是曾氏的一个艰难年份。带兵打仗四年来，败仗多胜仗少，尤其近两年里在江西，如同陷进烂泥坑，军事毫无进展，又与江西官场闹翻。曾氏身心交瘁。咸丰七年二月，曾氏在瑞州军营接到父亲去世的消息。他既奔丧心切，又急于暂时抽身，故不待朝廷批准，便匆忙回家，结果遭到湘赣两省官场的指摘。本已痛苦不堪的曾氏，屋漏又遭连夜雨。在守丧的日子里，曾氏对这几年来的行事不断清理，不断反思。就在如此背景下，他写了这副联语。

上联说的是不能怨天尤人，应从喧嚣的争斗场里走出来，安安静静地面壁反思自身的过失。下联中的“勿忘勿助”出于《孟子·公孙丑上》：“心勿忘，勿助长也，无若宋人然。”意谓，既不能忘记心中的浩然之气，又不能像宋国的农夫那样拔苗助长。曾氏将它借用过来，说的是一方面要常葆心中的百折不挫之劲气，另一方面又当顺其自然，一步一步地在平地上建立万丈高楼般的事功。

□题安徽宿松小孤山

原文

放眼瀛台小；
置身天地孤。

评点　天地中的小而孤

安徽宿松县境内的小孤山，是长江中一个有名的山形小岛。苏东坡《李思训画〈长江绝岛图〉》："山苍苍，水茫茫，大孤小孤江中央。"诗中的"小孤"即这座小孤山岛。

曾氏从"小"与"孤"两字上做文章：作为一个岛，它很小；作为一座山，不与别处结壤，它很孤。嵌字联，最怕的是勉强凑合。这副嵌字联，贴切自然，没有嵌的痕迹。

此联作于曾氏驻军宿松的咸丰九、十年间。

□题金陵督署官厅

原文

虽贤哲难免过差，愿诸君谠论忠言，常攻吾短；
凡堂属略同师弟，使寮友行修名立，方尽我心。

评点　主僚同修

据曾氏日记，这副联语作于同治三年十月初十日，为两江所辖的三省府县衙门大堂所作的楹联。上联是知府县令要求身边的工作人员莫存顾虑，进言规过，下联是知府县令将以弟子身份看待工作人员，希望他们能有好作为好名声。

这副联语的核心意义在于去掉上下级之间的尊卑隔阂、营造堂属之间的亲近和谐关系。

□题州县官厅

原文

其一：长吏多从耕田凿井而来，视民事须如家事；
　　　吾曹同讲补过尽忠之道，凛心箴即是官箴。

其二：念三辅新离水旱兵戈，赖良吏力谋休息；
　　　愿群寮共学龚黄召杜，即长官借免愆尤。

其三：随时以法言巽语相规，为诸君导迎善气；
　　　斯民当火热水深之后，赖良吏默挽天心。

评点　三副联语三种境界

同治八年正月二十七日，曾氏在经过远途跋涉、京中陛见、沿途视察的长期辛劳之后，来到保定府，就任直隶总督。在接下来的二十八、二十九日两天，他为州、县官厅拟了三副楹联。

第一副。上联对州县长官而言，要以对待自家的态度来对待百姓的事情。下联对全体州县衙门官吏而言，要凭良心做事待人。本来，对州县长官而言，应当按圣贤的教导国而忘家、公而忘私，但很少有人做到这点，以对私的态度来对公就不错了。朝廷官员原应有较高的追求与境界，但实际上许多官吏昧着良心伤天害理。曾氏为直隶州县所拟的这副联语其实标准不高，但要做到亦不容易。这体现的是曾氏的务实心态。

第二副。曾氏在第二天的日记中说“昨夜所拟之联不惬于心，改作一联”。次日，曾氏觉得所拟之联标准低了，于是再拟，遂有这第二副联语。上联：要体谅直隶百姓刚刚脱离水、旱、兵等各种天灾人祸，官府决不能再兴作盘剥，须与民休息。下联：各个官员都要向龚、黄、召、杜四位先贤学习，使长官少犯错误，少受百姓指责。龚，即汉宣帝时渤海太守龚遂；黄，即汉宣帝时颍川太守黄霸；召，即汉元帝时南阳太守召信臣；杜，即汉光武帝时南阳太守杜诗。这四个直隶人，都是历史上有名的体恤百姓的好官员。

悬出历史上的著名本土循良来作为榜样，标准提高了一大步。

第三副。到了这天晚上，曾氏觉得这一副还不够称心，于是又作了一副。这一副以“善气”“天心”来作为要求。这是以儒家学说的高层次理念来提升州县官吏的境界。显然，它已到了形而上的层面。

□题求阙斋藏书楼

原文

著书许氏九千字；
插架邺侯三万签。

评点　湖南最大的私人藏书楼

这是曾氏为自家的藏书楼所撰的联语。许氏即许慎，他所撰的

《说文解字》收有九千余字。邺侯是李泌，他家藏有三万卷书。上联意谓所有的著作无非都是《说文解字》中的九千余字所组合而成。下联说的是对自家丰富藏书的欣赏。

同治五年年底，在欧阳夫人主持下，富厚堂竣工。曾氏夫妇去世之后，曾纪泽兄弟为富厚堂加盖了南北两座藏书楼。这是湖南最大的私人藏书楼。关于富厚堂的藏书楼，曾氏的曾孙女宝荪在回忆录中说："南北两边，都有三层楼的藏书室，乃是富厚堂的精华所在……南楼分公记、朴记二楼。公记收藏文正的书，省县志书最多，大部头的经史子集也不少。朴记则是惠敏公的书楼，经史子集及有关西洋文化的书较多，中西文的都有。西文的是惠敏公由外国带回的。北楼名芳记书楼，其中是我祖父母所藏的书。二楼的杂书中，星相医卜都有，小说也不少；三楼即是经史子集等大部头的书。我们小时，最爱偷上芳记二楼。"

□赠澄弟

原文

俭以养廉，誉洽乡党；

直而能忍，庆流子孙。

评点　以联规劝

咸丰十年二月十六日，曾氏作此联送给在家守屋的四弟澄侯。这副联语表面上看来像是在表扬澄侯，说他俭朴廉洁，耿直容忍，在乡间有好口碑，在子孙面前有好形象。但我们读读一个多月后，他写给这位老弟的信："澄弟平时太劳伤精、哨呐伤气、多酒伤脾，以后戒此三事。”“服补药虽多，仍当常常静坐，不可日日外出，两脚流星不落地。一则保养身体，二则教训子侄。至嘱至嘱。”

澄侯虽是弟弟，但也有四十一岁了，批评的话不能说得太重，这种正面引导的方式最适宜。

□赠沅弟

原文

入孝出忠，光大门第；
亲师取友，教育后昆。

评点 以联勉励

这副给九弟沅甫的联语，与上联写于同一天。

咸丰六年八月，沅甫在长沙组建吉字营。十月，他便率领这支两千人的部队进入江西。老九运气很好，三年多来，连克吉水、万安、吉安、景德镇、浮梁等名城，他也因此获得“以知府尽先选用，并赏加道衔”的奖励。老九还只有三十六岁，正当好年华。曾氏把湘军的希望以及家族的期待，都寄托在这位九弟身上，盼望他能在忠诚、孝道、待人等各方面都做得更好，能为光大门第做贡献，并做子孙后代的榜样。

□挽梅霖生太史钟澍

原文

万缘今已矣，新诗数卷，浊酒一壶，畴昔绝妙景光，只赢得青枫落月；

孤愤竟何如？百世贻谋，千秋盛业，平生未了心事，都付与流水东风。

评点　深情挽同年

道光十八年，曾氏考中进士点翰林，据曾氏年谱记载，这一科湖南只考中五人。道光二十年，曾氏进京参加散馆考试，年谱中说：曾氏“寓宣武门外南横街千佛庵，与同年陈公源兖、梅公钟澍联课为诗赋”。道光二十一年四月十七日，曾氏在给祖父的信中说，散馆考试结束后，湖南的三个翰林庶吉士全部留在翰林院，又说“梅霖生同年因去岁咳嗽未愈，日内颇患咯血”。

从以上史料来看，曾氏与梅钟澍、陈源兖是戊戌科湖南仅存的三个翰林，又都是长沙府人，关系自然十分亲密。后来，曾、陈两家结为儿女亲家，便是这种亲密无间的见证。曾氏禀祖父的信发出一个月后，梅钟澍便病逝于京师，他显然是死于咯血即肺病。曾氏在全心全意经营梅的丧事之际，写下这副挽联。

上联写曾氏与梅的今生之缘已了。往日饮酒品诗纵论艺文，多少人生美好的岁月，如今只剩下枫树叶青、残月坠落！下联写梅这一去，留下永恒的遗憾。治国良谋未获践行，传世文字已不再产生，许许多多的宏大抱负，便都付与东逝之水飘忽之风。

挽联写得既情深谊厚，又诗意浓郁，完全是从胸臆中的真情流出，绝非世俗间的人情应酬。除开缘分特别、梅英年早逝等原因外，曾氏这时也患有咯血之病。兔死狐悲，或许是他心中的隐痛！

□挽陈岱云太守夫人

原文

割臂岂初心，是孝子忠臣莫可奈何之事；

归真无片语，有堂上膝下万不忍言之衷。

评点　割臂疗夫的易安人

道光二十四年正月，曾氏同年好友陈源兖（字岱云）的夫人易安人去世。易氏只活了三十一岁，生了两个儿子一个女儿。次子远济刚生下才四十天。易氏得的是产后症。

曾氏为易安人写了挽联，后来又写了墓志铭。曾氏一再地表示他的哀悼，除开与陈源兖的友谊之外，更重要的是他对易安人的敬重。在墓志铭中，曾氏说了这样一件事：道光二十三年，陈源兖大病。易安人衣不解带侍候四十多天，又求神保佑，愿减自身的寿命以送给丈夫。陈的病还是不见好转。于是，她割自己手臂上的肉和药，希望能借此救治丈夫。过些日子，陈的病好转了，易安人又要身边的人不要告诉丈夫，怕刺伤丈夫的心。曾氏不仅叹道："陈氏累世赖以不坠者，独此人耳，而有他乎！"挽联中的"割臂"，即指的这件事。

割臂疗亲，虽然让人感动，但这种事，实乃万般无奈之举：对于病人而言，于病无益且伤心；对于割者而言，明知无益，只是借以表示诚心。这就是上联所要表达的意思。三十一岁而逝，上有高堂，下有稚子。人生之痛苦，还有哪件事能与之相比！这就是下联所说的悲哀。

曾氏夫妇可怜远济刚出世便丧母，将他抱回家来哺养，后来又将次女纪耀许配给他。曾氏对好友的这片情谊也非比一般。

□挽汤海秋侍御鹏

原文

著书成二十万言，才未尽也；
得谤遍九州四海，名亦随之。

评点　名与谤相随

这是一副流传较广的曾氏挽联。

湖南益阳人汤鹏字海秋，二十岁中进士，四十四岁去世，官居御史。汤鹏才、学、识俱佳，但官运不算好，做了二十多年的京官，仅止于从五品。汤鹏的主要欠缺是，为人华而不实，持身不太严谨，与曾氏的性格相差较远，但彼此之间的往来也还频繁。

上联写汤鹏才气大，可惜早逝，才未尽展，志未尽伸。下联写汤鹏本人及他的名著《浮邱子》毁誉交半。按照常情，下联似应为“得名遍九州四海，谤亦随之”才更适宜，因为毕竟是在为老朋友作挽联。曾氏之所以将“谤”放在前，可能基于两个原因：一是为上下联的平仄对应考虑，二则很可能时人对汤鹏与《浮邱子》的贬议更多。

□挽李文恭公星沅

原文

八州作督，一笑还山，寸草心头春日永；
五岭出师，三冬别母，断藤峡外大星沉。

评点　近代湖南名吏李星沅

近代湖南有一批著名大吏，他们为后来湖湘军政集团的崛起奠定了基础。李星沅乃这批名吏中的一员。李字子湘，号石梧，湖南湘阴人。一生大部分时间为地方官。太平天国事起后，被授为钦差大臣前赴广西，咸丰二年卒于广西军中。

道光二十三年七月，曾氏在赴四川就任乡试主考途中得病。在陕西境内，曾氏得到时任陕西巡抚李星沅的热心照料，心中很是感谢。这年十月初三日，他写了一首《西征一首呈李石梧前辈》的长诗。诗中讲述李的关照："赫赫李中丞，骩骩范韩亚。老罴卧三边，犬羊敢狙诈？闻我至骊山，材官百里迓。秋雨长安邸，征鞍庶一卸。旅魄颇飘摇，公来百慰藉。遣仆炊香粳，呼僮伺馆舍。征医未辞频，馈物不论价。古谊暖于春，美者甘于蔗。"曾氏对此长记心中："永愧夫子贤，高情压嵩华。"

曾氏得知李星沅去世后，以饱含情感的笔墨写下这副挽联。上联以"八州作督"四个字，写尽李的圣眷浓厚仕途骄人。李星沅先后代理过陕甘总督，做过云贵总督、两江总督，后又以钦差大臣身份总督广西军务。陕西、甘肃、云南、贵州、江苏、安徽、江西、广西，恰好八省。"八州作督"，即指此。这样的经历，非一般官员可比。下联称颂李星沅病逝前线之事。对于一个封建时代的大官吏而言，尽忠王事、马革裹尸，也是值得大书特书的事。细揣挽联，贯串其中的是李对母亲的孝心。李去世时，年仅五十四岁，其母亲很有可能还健在。

上下两联三十个字，以李星沅一辈子两桩最值得自豪的经历为核心，概括他不平凡的人生，以事母至孝为主线，更彰显丧事的悲哀；且文字隽永，富有诗意，堪称挽联中的佳作。

□挽陈岱云太守源兖

原文

众口铄坚金，谁知烈士丹心苦；
大江漾明月，长照忠臣白骨寒。

评点　乱世官不好做

俗话说：宁为太平狗，不做乱世人。乱世之中，平头百姓固然不好做，即便是官员，也不好做。尤其是那些负有守土守城之责，而所守的这方土地这座城池又正当战场的官员，那真是只有自叹命苦。他们的命甚至比老百姓还苦，因为老百姓可以逃走，他们不能逃。遇到强敌攻城，他们基本上只有死路一条：守城而战是死；弃城而逃，则朝廷也会要他的头。

陈源兖便是一个这样倒霉的官员。道光二十五年十一月，陈源兖以翰林院编修的身份外放江西吉安知府。那时候天下未乱，编修外放知府，是一个好事，何况吉安府虽不算富裕，但不贫。尤其是，它与陈的老家茶陵唇齿相连，风土人情甚至口音都相差不远，对于一辈子都不可能回湖南做官的陈源兖来说，可谓最好的外放之地。对于此次迁升，陈是兴奋的，朋友们也纷纷为他祝贺。这可从曾氏《送陈岱云出守吉安》一诗可以看出。诗中说：“一朝被殊恩，千忧始涤荡。士穷守艰危，时来类放旷。”“殊恩”“时来”等词，足征编修外放太守之事在当时的分量！

然而，世事非人所料。不久，陈奉调安徽，出任池州知府。咸丰三年十月，太平军攻庐州府，时安徽巡抚为江忠源。陈源兖来到庐州帮助江忠源。庐州城破，江投水、陈自缢，均死于是役。时陈源兖年仅四十。

上联中的“众口铄金”一事，指的是陈源兖没有及时救援而受到官场指摘。曾氏说陈不是畏难怕死，而是兵单力薄，心有余而力不足。下联颂扬陈的忠烈可与世长存。

□挽胡润芝宫保太夫人

原文

其一：武昌居天下上游，看郎君新整乾坤，纵横扫荡三千里；
　　　陶母是女中人杰，痛仙驭永辞江汉，感激悲歌百万家。

其二：夫作大儒宗，裙布荆钗，曾分黄卷青灯苦；
　　　子为名节度，经文纬武，都自和丸画荻来。

评点　期望所作挽联列前五名

湖北巡抚胡林翼的母亲汤老夫人，咸丰八年七月十一日病逝于武昌抚署，高寿八十四岁。八月初六日，曾氏在给九弟的信中说：“胡润之中丞太夫人处，余作挽联云：‘武昌居天下上游……’胡家联句必多，此对可望前五名否?”

曾氏此信只提到第一副，没有提第二副，估计第二副是后拟的，或许是代其六弟、九弟而作。

一句“可望前五名否”的问语十分有趣。首先，它透露出曾氏对自己所拟的这副联语十分满意，甚至有点得意的心情。其次，它可以看出曾氏的争强好胜之心。曾氏有很强烈的好胜之心。早年在京师，对梅曾亮、何绍基等著名文人不服气，中年在长沙办团练，对湖南军政两界的首领们不服气，都充分表现出曾氏性格中的好胜心态。守父丧期间，他对此曾做过深刻的反思，但在至亲面前，他仍遏抑不住这种心思，真可谓“江山易改，本性难移”。一个人要脱胎换骨地重塑自我，大概是不可能的事。

挽联的内容，通常以哀与颂为主。胡林翼之母是高寿享福的太夫人，这种挽联，当然要专事颂扬。对于一个女人，本人的贤德，自然是颂扬的所指，在“夫贵妻荣”“母以子贵”的封建时代，丈夫与儿子的尊贵，更是颂扬的重要所指。这两副挽联，都立足于这两个方面。

第一副联。上联称颂太夫人有个了不起的儿子：身为湖北巡抚，坐镇武昌，威震江汉。历史上掌管江汉一带的名吏很多，然广为人知的当数东晋陶侃。他先后做过武昌太守、荆州刺史，与胡林翼的权位相当，而陶母则是有名的贤良母亲。于是下联，以陶母喻胡母。湖北之主的老母亲一旦去世，当然会成为数百万鄂人的话题。

第二副联。这副联可以八个字来概括，即“相夫教子、成就巨大”。上联说的是相夫。胡林翼之父胡达源四十二岁那年高中探花，授翰林院编修。胡氏家境清贫，在漫长而艰难的科举道路上，夫人自然是分担他的忧喜苦乐的第一人。下联说的是教子。唐代柳仲郢的母亲曾以和熊胆为丸滋补儿子，宋代欧阳修的母亲以芦荻为笔，以地为纸，教儿子识字。这些人都是历史上有名的贤母。胡母也是这样的贤良母亲，教出了文武双全的当今荆州节度使。

两副挽联都写得好，若硬要分个高低，则第一副似乎要更好一点。好在以前朝陶侃之母来比喻今天的胡林翼之母，显得自然贴切，没有斧凿之痕。

□挽李忠武公续宾

原文

八月妖星，半壁东南摧上将；
九天温诏，再生申甫佐中兴。

评点　湘军名将李续宾

李续宾，字迪庵，湘乡人，罗泽南弟子。咸丰元年开始在家乡办团练。咸丰二年底曾氏在省城办大团，李续宾随罗泽南来长沙共襄盛举。咸丰三年增援江西时，李升任右营统领。李带兵有方，战功卓著，咸丰七年四月攻克九江后，已升官至巡抚衔浙江布政使。咸丰八年十月，李在安徽三河镇惨败，六千余人的大部队全军覆没。李亦死于此役。

曾氏对李的战死十分悲痛，不仅作此挽联，并为之撰写神道碑，称赞李既建立大功，又具有大德。“克己求仁”“责躬独厚”“出以至诚”“损己济物”，这些铭文中的赞词，充分表达出曾氏对李人品上的赞赏，而如此德才兼备的大将，在湘军中并不多见。

此联中的上联写出曾氏对李兵败而死的伤痛。曾氏在咸丰九年二月十三日致诸弟的信中说：“李迪庵之丧，余送奠金二千两、挽联一付，句云‘八月妖星……’，盖去年彗星，人以为迪庵应之也。”“八月妖星”，即指咸丰八年八月的彗星。下联写的是咸丰帝对李的出格惋惜。咸丰帝在接到三河战败的奏疏后，亲笔在折子上批道：“惜我良将，不克令终，尚冀其忠灵不昧，他年生申甫以佐予也。”申指申伯，甫指尹吉甫，二人均为周宣王中兴的重要辅臣。咸丰帝视李为申、甫一类人物，足见对李的赏识之重，期待之高。

□挽温甫弟

原文

归去来兮，夜月楼台花萼影；
行不得也，楚天风雨鹧鸪声。

评点　无限哀伤却在不言中

曾氏之弟国华（字温甫）也死在三河之役中，而且最终连头颅也没找到。此一蹊跷，令本已悲痛到了极点的曾氏家族，更添一分难言的苦楚！

曾国华的出山，虽有极强的建功立业的念头在内，但帮助大哥共渡危难，也并非就是一句假话。所以，对于这位六弟的死，曾氏心中既悲痛又负疚。我们从他那段时期日记中所流露的心情，以及家书中所显现的对家人骨肉情谊的陡增中，可以完全看得出来。公开发表的《母弟温甫哀词》，也写尽了他的这种痛与疚：“李既山颓，弟乃梁坏，覆我湘人，君子六千。命耶数耶，何辜于天！我奉简书，驰驱岭峤。江北江南，梦魂环绕。卯恸抵昏，酉悲达晓……我实负弟，茹恨终古。”

在这样的心情下，曾氏即便以百字长联，也不能抒尽心中要说的话。于是，他干脆化实为虚、以简驭繁，采用纯诗意的方式来悼念胞弟：空蒙月夜中，楼台叶动花移，那是温甫的魂回来了。风雨晦暗的三湘四水，响起串串鹧鸪声，那是在哀求温甫：你不能走啊，上有高龄嗣父，下有待哺稚子！

□挽戴熙

原文

举世称画师，无人识为血性男子；
上界足官府，知君仍作供奉神仙。

评点　难得一见的生挽

戴熙是曾氏在京师一位交往密切的朋友。他以擅长丹青著名，尤以山水画、竹画名重当时。曾氏多次为他的竹画题诗。戴熙官至兵部侍郎。咸丰十年，太平军攻克杭州时投水自尽。

但这副挽联不是作于戴熙死后，而是死前，因为曾氏亲自注明“生挽”。

生挽这种事，极不多见。主要表现为，一是作者自挽。最有名的便是王闿运的自挽联：“春秋表仅存，幸有佳儿传诗礼；纵横计不就，空留高咏满江山。”二是好友之间的互挽，或是主动请求好友为自己预做挽联。不管哪一种，被挽者都要具看破生死的豁达胸襟。看来戴熙便是有此种胸襟的人。能真正看破生死的人不多，所以生挽极少。

上联称赞戴是一个有血性的著名画家，下联说的是戴死后也会被玉帝聘为宫廷专职画师。

□挽罗淡村中丞

原文

孤军少外援，差同许远城中事；
万马迎忠骨，新自岳王坟畔来。

评点　少有的节烈清官

咸丰十年春，太平军攻打杭州，浙江巡抚罗遵殿城破自杀。罗遵殿，号澹村，安徽宿松人，死后遗体被运回老家安葬。湘军老营此时正驻扎宿松。四月初二日，曾氏亲自出城八里，迎接罗的灵柩。十三日，曾氏又到罗宅吊唁，并题主。同去的有胡林翼、左宗棠、李元度等人。当天晚上，曾氏在日记中写道："罗淡村中丞，以乙未进士历官直隶、湖北、浙江等省，凡二十五年，家无一钱，旧屋数椽，极为狭陋。闻前后仅寄银三百两到家，其夫人终身未着皮袄，真当世第一清官，可敬也。"

按曾氏日记所说，罗的清廉似乎要超过曾氏。不管曾氏本人同不同意，他的老家毕竟有一座气魄宏大的乡间侯府。仅就此而言，在罗的面前，曾氏就说不上俭朴。所以，曾氏从心底里敬重罗遵殿。

上联中的许远，即唐代安史之乱时的睢阳太守。在乱兵围城时，他坚守数月，城破被执遭杀害。因为罗死在杭州，故下联说忠骨从岳王坟畔来。曾氏将罗喻为许远、岳飞一类的忠臣。

□挽胡林翼

原文

其一：逋寇在吴中，是先帝与荩臣临终恨事；
荐贤满天下，愿后人补我公未竟勋名。

其二：竭治民治兵治贼之心，丹陛推诚，从病积贤劳，三疏乞休犹未允；
后忠烈忠武忠节而逝，黄泉聚首，知功成皖鄂，百年遗恨定同情。

其三：少壮剧豪雄，到暮年折节谦虚，但思尽忠补过；
东南名将帅，赖先生苦心调护，联为骨肉弟昆。

评点　文人心态的大暴露

在湘军高级首领中，对于曾氏来说，要论渊源最深、私交最厚、帮助最大的，没有人能超过胡林翼了。

早在道光二十一年六月初一日，曾氏的日记中便有“走内城云阁先生处吊唁”的记载，云阁即胡林翼之父胡达源。胡达源五月二十五日病逝于京城。五天后曾氏即去吊唁，可见曾氏与胡家关系密切。那时曾氏三十一岁，胡三十岁。

咸丰二年底，曾氏在长沙组练湘军。他写信给在贵州任黎平知府的胡林翼，信中说他与江忠源、左宗棠等人“无日不屡称台端鸿才伟抱足以救今日之滔滔，而恨不得会合，以并纾桑梓兵后之余虑”。咸丰三年底，胡离开贵州，奉旨由湖南北上武汉救援湖广总督吴文镕。咸丰四年正月，胡率勇来到湘鄂交界处，闻吴文镕战死，遂停止不前。这时，曾氏建议湖南拨款资助胡，并上疏朝廷，称“胡林翼之才胜臣十倍”，请求朝廷将胡留在湖南，共襄大事。胡便这样进入了湘军体系。

胡的确才识过人。在湘军进兵湖北、攻打武汉的战役中，胡屡建大功。咸丰五年，胡以任道员仅一年零三个月之资历，便出任湖北代理巡抚。从那以后，湖北便成为东征湘军的稳定后方和粮饷供应地。

胡不仅在公方面对曾氏帮助很大，在私方面同样也尽力帮助。咸丰九年六月，趁太平军围攻宝庆，有进入四川的可能，胡林翼鼓动湖广总督官文上疏建议朝廷派曾氏入川。朝廷应允。胡的本意是在为长期无地方实职的曾氏谋取四川总督之职，只是后来太平军未入川，此计未果。

胡不仅对曾氏本人如此，对他的两个弟弟也竭力扶持。咸丰六年六月，曾国华向胡林翼求兵援助江西，胡立即分兵两千给他。咸丰九年七月，曾国葆又从胡那里获得精兵千人，成军于湖北黄州。

不料，胡以五十岁的英年去世，曾氏如何不悲痛！他不仅自己写了两副挽联，又代老九撰写一副。

笔者且为这三副挽联作点简单分析。

其一，咸丰皇帝于咸丰十一年七月十六日去世，胡林翼于八月二十六日病逝，相隔仅四十天。眼下太平军正得势于江苏南部，这应该是咸丰皇帝（先帝）与胡林翼（荩臣）临终时最关注的事情。胡为人豪爽，乐于助人。“荐贤满天下”，所荐之贤自然也包括曾国华、曾国葆在内。

其二，上联称赞胡的才能是全方位的，且真的做到了鞠躬尽瘁，死而后已。下联的忠烈指江忠源，忠武指李续宾，二人皆死于皖。忠节指罗泽南，咸丰六年战死于武昌城下。胡林翼死后谥为胡文忠公。

四“忠”均为湖南人，或死于皖，或死于鄂，现在只能在“黄泉聚首”了。

其三，这副挽联注明是代曾国荃挽的。上联说的是胡从早年的纨绔子弟，转变为后来的翰林名吏的过程。胡的一生，真可谓千金不换的回头浪子的典型代表。下联说的是胡对部属的真心爱护。曾氏在接到胡去世讣告的当天日记里写道：“巳正接信，知胡宫保于八月二十六日亥时去世，哀痛不已。赤心以忧国家，小心以事友生，苦心以护诸将，天下宁复有似斯人者哉！”于此可见，胡的这一特点，深为曾氏称赞。

最有意思的是，三个月后，曾氏在给郭崑焘的信中说了这样一件事：“拙作挽润帅联获蒙褒许，蔚为首选，感谢何极！自纂此联，日夜延颈跂足，以待榜信之至。直至十月十日雪琴自鄂归皖，报称谬充解首，欢喜欲狂，犹以未见全榜为憾。今南省又蒙照应，侥幸高列，犹以未见闱墨为憾，便中寄示一二为荷！”

这一段话，真是活脱脱地写出“包作挽联曾涤生”的文人心态！

实事求是地说，曾氏的这三副挽联固然都写得好，但要列为“首选”“解首”，怕未必！以胡之声望地位，一旦仙逝，天下挽联何其之多！其中必有奇思妙构者在曾氏之上。不说别处，就拿湖南来说，左宗棠、李元度、郭嵩焘等人都是联中高手，像曾氏这样的挽联，他们都写得出。将曾氏的挽联推为第一，当然是因为他当时所处的位置是第一罢了。一向清醒低调的曾氏，却一时因好胜好虚荣的文人心态给弄得飘飘然了！

□挽季洪弟

原文

其一：英名百战总成空，泪眼看河山，怜予季保此人民，拓此疆土；
慧业几生磨不尽，痴心说因果，愿来世再为哲弟，并为勋臣。

其二：大地干戈十二年，举室效愚忠，自称家国报恩子；
诸兄离散三千里，音书寄涕泪，同哭天涯急难人。

评点　世间伤心事：长兄挽幺弟

曾国葆是曾氏最小的弟弟，比他小了十七岁。同治元年十一月十八日，病逝于南京城外吉字营中，年仅三十五岁。

对于这个小弟，曾氏非常关照。咸丰三年曾氏办团练之初，就让曾国葆做一个管带六百人的营官，杨载福、彭玉麟当时都是他的部下。但是，曾国葆的运气不好。咸丰四年三月，湘军首次出兵攻打岳州，四路人马均失败，国葆的部队也在其中。曾氏整顿人马，先拿自己的兄弟开刀，曾国葆因此黯然回家。

咸丰九年，在胡林翼的扶持下，曾国葆再度出山，不久即与曾国荃合营。打下安庆后，又驻军雨花台，强围南京。不料，军营中时疫蔓延，死者众多，曾国葆未能逃脱此劫。

这两副挽联中，第一副以“痴心说因果，愿来世再为哲弟”感人。世间有许多愿来世“再为夫妻”“再为父子”“再为兄弟”等告别语，虽陈陈相袭，却依旧能打动人心。这是因为此等话乃是对今生今世的最好。倘若今生今世都相处不好，谁还会祈求来生来世保持同样的关系？

第二副则以“举室效愚忠，自称家国报恩子”这句难得。曾氏亲兄弟五人，四人带兵上前线，说“举室”一点不过分。投身干戈，虽有立功的可能，但更有战死的可能，何须出动这么多人！“愚忠”云云，亦不过分。曾氏三个弟弟的出山，均在大哥的艰难之际，既可以说是为国，也可以说是为家。“家国报恩子”这句话，简直是顺口而出。

不管诗词也好，联语也好，上乘文字，都是看似不经意，实际上却是精心经营的结果。比如“僧敲月下门”，明白如话，而这个“敲”字，却是反复推敲出来的。即使是那些脱口佳句，也是长年累月的积淀产物。如“床前明月光，疑是地上霜”这样的诗，便只能出自李白的笔下。

□挽何桂清

原文

雷霆雨露总天恩，早知报国孤忠，惟拚一死；
成败功名皆幻境，即此盖棺论定，亦足千秋。

评点　倒霉的何桂清

咸丰十年春天，太平军踏平江南大营，席卷苏南大地。此时的两江总督何桂清正在常州征粮，他弃城逃往苏州，江苏巡抚徐有壬闭城不纳，转而逃至上海。后被朝廷锁拿进京，同治元年遭处决。

何桂清以一云南边远之地的书生，二十岁中进士点翰林，实乃聪颖过人。在京城，他做到侍郎高官，三十九岁即外放浙江巡抚，三年后擢升两江总督。在东南战场的前线，何无论是发兵打仗，还是供粮供饷支持江南大营，都尽心尽力，朝廷因此加封他太子少保。此时的何桂清，其实位在曾氏之上。何桂清的学、才、能，都可谓一时之选。然而常州出逃一事彻底毁了他，最后竟然落得个杀头正法的悲惨下场。

出人意料，一向讲求名节的曾氏，却在何正法之后，作联挽他，甚至还将“亦足千秋”这样的赞词送给他。这是为什么？

依笔者浅见，曾氏与何在京师时，两人之间会有较多交往。何是道光十五年的翰林，曾氏是道光十八年的翰林，在翰林院，他们应有交集的时间。何曾出任过兵部、礼部、吏部侍郎，曾氏也曾经在这几个部里任过侍郎，应该也有交集的时间。出于老朋友的交情，曾氏为之惋惜，可以理解。这是第一。

第二，曾氏为何之才学能力而惋惜。何出身正途，官运亨通，在江南的几年，可以看出他也具有做实事的干练。倘若没有这场变故，入阁拜相，对于何来说只是旦夕之间的事。

第三，作为两江总督，自然有守土之责，临阵出逃，的确乃大不应该之事。而何获重刑，也是罪有应得，前湖北巡抚青麟就这样被正法了。但，战争年间临阵出逃、弃城而逃的文武官员不少，也并非个个都严惩了，其中大部分都未被杀头，就拿曾氏所上的几份弹劾之折来看，清德与翁同书就没有受到惩罚。咸丰三年六月，曾氏上《请将协副将清德交刑部治罪片》中说太平军围长沙时，长沙协副将清德居然“自行摘去顶戴，藏匿民房”。这与临阵出逃有何不同？但在曾氏奏参之前，清德依旧稳稳当当地做他的二品副将。同治元年正月，曾氏上《参翁同书片》中说，翁身为安徽巡抚，在所驻守的定远城破之后弃城逃亡寿州。在曾氏未参之前，翁依旧稳稳当当地做他的安徽巡抚。而即便是曾氏参了之后，清德与翁同书，也没被杀头。正因为此，曾氏对何桂清的被正法表示惋惜。

有这样三个方面的原因，曾氏挽何，便不足奇怪了。他由此重重地发出“成败功名皆幻境”的感叹，并将乱世时期高位、重权、大名的危险感和恐惧感深深地留在骨髓中。

□挽袁甲三

原文

属纩寄箴言，劝我勉为范宣子；
盖棺有定论，何人更议李临淮。

评点 安徽战场上的亲密战友

袁甲三，字午桥，河南项城人，袁世凯的叔祖。袁进士出身，历任主事、军机章京、监察御史等职。咸丰三年，奉命赴安徽协助团练大臣吕贤基办理军务，以剿办捻军为主。咸丰九年，袁受命代理钦差大臣，督办安徽军务，并出任漕运总督。也就在这年十一月，曾氏率大军进入安徽。在其后的四年时间里，在对待捻军以及苗霈霖势力等大事上，曾氏与袁看法一致，互相配合，结下深厚的友谊。

同治二年七月，袁甲三病逝。曾氏在同治二年七月十七日的日记中有如下记载：“是日接信，袁午桥业已仙逝，临终有遗函寄余，中云勿以苗逆为易剪，勿以长淮为易收，读之悚动哀感！”九月二十一日，曾氏为袁甲三写下这副挽联。

上联说的就是袁甲三临终寄信之事。袁以春秋晋平公时执掌国政的大臣范宣子期待曾氏，这表明袁对曾氏的敬重。在下联中，曾氏以李光弼来比拟袁甲三，这是曾氏为袁的历史定位。因平定安史之乱的军功，李光弼被封为临淮王。

□挽李续宜

原文

我悲难弟，公哭难兄，旧事说三河，真成万古伤情地；

身病在家，心忧在国，弥留当十月，正是两淮平寇时。

评点　因军功官至抚藩的李氏兄弟

在一百五六十年前那场大动乱中，有些强悍的家族乘时崛起。他们通常都以军功发迹，兄弟子侄联袂登上军政高位，其中最著名的当属曾国藩家族、李鸿章家族，李续宜家族也可算得上这中间的一个。

李氏家族乃唐郑王李同的后裔，宋代时迁居湖南湘乡。李续宜有五兄弟，分别为续宦、续家、续宽、续宾、续宜。其中老三、老四、老五皆由团练起家。名声最大的为续宾，咸丰八年十月战死于三河之役。死时官居巡抚衔浙江布政使。

李续宾死后，李续宜统领所留旧部，转战赣、鄂、皖一带。胡林翼去世后，出任湖北巡抚，不久即改任安徽巡抚。

同治二年，李续宜回籍丁母忧，而这时他本人也重病在身。这年十月二十八日，李病逝湘乡老家，年仅四十一岁。

挽联中的上联，回忆五年前的三河之战，挽者死弟，被挽者死兄，共同经历过“万古伤情”之事。下联告慰逝者：其主政之地大局已安定。

□挽欧阳封翁凝祉

原文

梁案尚齐晖，庆洽孙曾，世泽长垂湘水永；
莲湖曾侍坐，宦游南北，遥天痛说岳云颓。

评点　享尽人间真趣的福人

欧阳凝祉是曾氏的岳父。此人功名虽只是秀才，地位虽止步于教书先生，但堪称福人。

欧阳凝祉的家世颇不一般。他的曾祖母、祖母、母亲三代俱为寡妇。曾祖母刘氏在乾隆三十年丧夫，次年儿子死，留下儿媳蔡氏年方二十八岁。此蔡氏为欧阳凝祉之祖母。蔡氏之子在二十七岁去世，留下儿媳小蔡氏亦二十八岁。从此，三代寡妇守着一个独苗欧阳凝祉。三代寡妇和衷共济，艰难度日，不仅独苗长成，家道亦兴旺。其后三代寡妇分别以九十岁、九十六岁、八十三岁而终。这真是人世间的奇事。

欧阳凝祉在这样的家庭环境中成长。他谨守家风，清白为人，一生执教鞭五十年，门下学生多达数百人。欧阳与夫人邱氏结缡时，夫妇同为二十岁，共育有二子二女。两个儿子，长为候选训导，次为光禄寺署正。长女则为曾氏之夫人。到了八十岁时，欧阳老人在六十年前结婚的那天广设筵席，招待各方宾客，令远远近近的人们叹美不止。

在过去，有两件人生得意事：一是重宴鹿鸣，即六十年后祝贺当年的中举中进士。因为中举中进士者，须得出席奏响《鹿鸣》曲子的宴席。六十为一甲子。天干地支的纪年，纪到六十年时又转回到当年，所以叫重宴鹿鸣。二是花烛重圆，即六十年后祝贺当年的结婚。这种婚姻，现在又称之为钻石婚。因为六十年太漫长，变故太多，能够在六十年后再来祝贺，的确不易。尤其是花烛重圆更难，它需要的是夫妻两人均高寿，而且婚姻没有破裂。显然，这两件得意事是“洞房花烛夜，金榜题名时”的提升。

欧阳凝祉活了八十四岁，无疾而终，家中四世同堂。这位老人虽无轰轰烈烈的事功，但享尽人间清福，说他是一个福人，是恰如其分的。若从享受人间真趣而论，他那位轰轰烈烈的女婿，未必能比得过他。

□挽马端敏公新贻

原文

范希文先天下而忧，曾无片时逸豫；
来君叔为何人所贼？足令百世悲哀。

评点　不了了之的晚清奇案

同治九年七月二十六日，两江总督马新贻在校场被刺客张文祥杀死。一个总督在阅兵场上被刺杀，这是清朝史无前例的事。此事不仅震惊朝廷，也让全社会感到蹊跷。一时间，茶楼酒肆、勾栏瓦舍都在纷纷议论演说此事。关于张马的结仇，也有多种传说。朝廷急调在天津处理教案的直隶总督曾国藩再度出任江督。

朝廷为什么调曾氏回任江宁呢？可能出于这样几个原因：一是朝廷已调李鸿章来天津协助曾氏处理津案，为防不测，下一步的安排是让李任直督，以便直接掌控调度已在直隶及其附近的淮军，故而曾氏必须离开直隶。二是曾氏虽然重病在身，但朝廷需要借助他的威望，还不想让他退休。现在正好江督出缺，曾氏回任也顺理成章。三是张文祥有在太平军、捻军中的经历，江南眼下仍有不少太平军、捻军余部潜伏，让一个与太平军、捻军交手十多年的前湘军统帅坐镇江宁，具有威慑意义。四是曾氏熟悉太平军、捻军，便于让他彻底调查张文祥的底细以及马案本身。

同治九年闰十月二十日，曾氏的座船抵达江宁。当天，曾氏在船上作此挽联，以便上岸后去马家祭奠马新贻。上联以范仲淹的勤政来称赞马。下联中的来君叔即来歙，东汉初任太中大夫。建武十一年率军入蜀途中，被在益州称帝的公孙述派人刺杀。此处的来君叔即指马新贻。马新贻为张文祥所刺杀已是明明白白的事，这里的“何人”显然不是指刺客本人，而是指刺客背后的指使者。

曾氏来到江宁后，与朝廷委派下来的刑部尚书郑敦谨会审马案，但最终也没有查出背后的指使者，只能以正法张文祥来了结这场惊天大案。

□挽刘忠壮公松山

原文

勋业略同马伏波，骨归万里；

精诚差比岳忠武，寿少二龄。

评点　平生最后的一副挽联

刘松山，湘乡人，咸丰二年投王鑫部老湘营。王鑫死后，老湘营隶属于张运兰部。刘松山转战江西、两广，声望渐显。咸丰十年，曾氏调老湘营来安徽。张运兰病退后，老湘营分为两部分，一归刘松山，一归易开俊。同治三年打下南京后，湘军大裁撤，刘部与易部均留下未撤，同治四年随曾氏北上剿捻。同治七年，左宗棠奉命平定西北，曾氏将刘松山及其老湘营交给左，并力赞刘松山的将才。同治九年正月，刘松山在甘肃金积堡战役中阵亡，享年三十七岁，朝廷谥为忠壮。余部则由其侄刘锦棠统领。

同治十年十一月初二日，曾氏为刘松山作此挽联。上联称赞刘的功勋业绩可与战死西北的伏波将军马援相比，下联称赞刘的精诚之心与岳飞相差不多，只是年寿上少了两岁。两个月后，曾氏又为刘撰墓志铭，只写了三百三十八字，后因病重搁笔。直到不久后去世，这篇铭文终未完篇。这篇未完稿成了曾氏的文章绝笔。

曾氏对刘松山的赏识，并将刘部推荐给左宗棠一事，令左很是感动与感激。刘战死后，左在给朝廷的报告中着重提及此事。曾氏去世之后，左送来了一副情意深厚的挽联，其中“谋国之忠，知人之明”，也主要是指的这件事。

□挽伎春燕

原文

未免有情，对酒绿灯红，一别竟伤春去了；
似曾相识，怅梁空泥落，何时重见燕归来。

□挽伎大姑

原文

大抵浮生若梦；
姑从此处销魂。

评点　另类挽联

曾氏的挽联，绝大部分挽的是社会上主流一系中的人物，像这种挽联仅此两副，收在许铭彝校刊的《曾左联语合钞》中。有人怀疑这可能不是曾氏所作，但笔者相信这应该是曾氏的作品。

人们之所以怀疑，是因为把曾氏看成圣贤或亚圣贤。其实，曾氏离圣贤有一段很明显的距离，尤其是青年时代的曾氏与常人无异。我们从曾氏的日记中可知，三十来岁的他身上有不少缺点。曾氏一样地喜欢年轻漂亮的女性，见到这样的女性，他会心动。这或许不能算是缺点，但至少说明他不会排斥春燕、大姑们生存的环境。他在三十五岁那年，生了牛皮癣。刚开始，医生将它当梅毒治，曾氏并未对此予以严厉的拒绝。这说明了什么？

从文风来说，这两副挽联的确与曾氏所作的其他联大有不同，但曾氏也有浓艳、绮丽的婉约词《贺新郎·题钱楞仙同年〈玉堂归娶图〉二首》。可见，曾氏写这种文字一样在行。所以，笔者认为曾氏完全可以写出这种另类挽联来。

况且，“伎”与“妓”是不同的。伎指的是女乐，即唱歌、跳舞、弹奏乐器的女性艺人。春燕、大姑活动的地方，准确地说应是娱乐场，而不是风月场。一个文人出没于这等地方，也无伤大雅，为娱乐场里的明星写副挽联，也并不辱身份。

曾氏三十岁进京后严格要求自己修身慎独，他每天以日记作为监督。从留下来的日记中看，未见有这种逛娱乐场所的痕迹，他当时的心境也不容许自己去做这种事。故而，这两副挽联不可能写在道光二十年之后，多半是写在湖南求学时代。

□自箴一

原文

不为圣贤，便为禽兽；
莫问收获，但问耕耘。

评点　截断后路的严厉自修

这副联语作于咸丰元年七月十二日。此时的曾氏已为礼部右侍郎，是朝廷的卿贰大臣，他一如既往地对自己严格要求。上联的意思：如果做不成圣贤，则为禽兽。下联的意思：不要去问将来的收获如何，只问现在是不是在努力耕耘。

这副联语中的下联广为传诵，因为它说的是一个带有普遍意义的道理。看准一件事情，认为它值得做，且又具备做的条件，那么就努力地去做，先不要去想未来的收获如何。为什么呢？因为未来的“收获”，还要取决于不少别的因素，如气候，如虫患等，但“耕耘”是一个先决的必需的条件。如果过多地考虑“收获”，说不定因为把握不大而放弃，那就绝对没有“收获”，只能先把能做的事做好，未来的成效只能顺其自然。这就是曾氏常说的“尽人事而听天命”。

上联想必今天大多数的读者会难以理解：怎么做不了圣贤，就一定成禽兽呢？做一个非圣非兽的普通人不是很好吗？何苦要这样为难自己呢？的确，笔者也属于今天的读者，故而很能理解这种观点，甚至可以说，笔者也赞成这样的选择。其实，当年曾氏说这等话，无非是表明一种态度而已，即截断后路，决不通融。这是一种破釜沉舟式的决绝态度。当然，若从做圣贤这个角度来说，此种态度似太残酷；但若从克服缺点、自新自立这个角度来说，也不乏可取之处。

□自箴二

原文

丈夫当死中图生，祸中求福；
古人有困而修德，穷而著书。

评点　人生低谷时的自勉

此联作于咸丰七年。这一年是曾氏人生中的最低谷时期。咸丰四年九月中旬，曾氏乘打下武汉三镇的强大军威沿江东下，目标直指南京。不料军队进入江西后，陷于泥坑。接下来两年的时间里，军事上不但几无进展，还接连打败仗，遭围困，又连丧塔齐布、罗泽南两员大将，又加之与江西官场闹翻，曾氏处于内外交困之地。正在这时，他的父亲又病逝。未等朝廷批准，曾氏即携弟匆匆回籍奔丧。此举又遭朝廷及江西、湖南官场指摘。曾氏说他这时已成通国难容之人。

曾氏就在这样的背景下为父守丧。上联中的“死中图生，祸中求福”，既是自我勉励，也是写实。除图生求福外，还要更上一层楼，那就是修德、著书。下联使我们想起司马迁那段著名的话：“古者富贵而名磨灭，不可胜记，惟倜傥非常之人称焉。盖文王拘而演《周易》；仲尼厄而作《春秋》；屈原放逐乃赋《离骚》；左丘失明厥有《国语》；孙子膑脚，《兵法》修列；不韦迁蜀，世传《吕览》；韩非囚秦，《说难》《孤愤》。《诗》三百篇，大抵贤圣发愤之所为作也。”

□自箴三

原文

矫激近名，扬人之恶，有始无终，怠慢简脱；
平易近人，乐道人善，慎终如始，修节庄敬。

评点　不为与该为

这应该不是联语，而是八个词组。岳麓书社修订版曾氏全集将它列入联语中，笔者姑从其例。上一行四个词组，是曾氏列举的四种毛病。这四种毛病其实是人类通病，曾氏有，许多人都有，即矫情沽名、喜欢说别人的缺点、有头无尾、怠慢倨傲。下一行四个词组，是曾氏针对这四种毛病开的处方，即要平和亲近人，要乐于称道别人的长处，要有始有终，要端庄恭敬。

□自箴四

原文

取人为善，与人为善；
乐以终身，忧以终身。

评点 为善与忧乐

曾氏在咸丰九年二月二十八日的日记中说："日内作联云：取人为善，与人为善；忧以终身，乐以终身。上二句见《孟子》，下二句见余所作《圣哲画像记》。"

《孟子·公孙丑章句上》："取诸人以为善，是与人为善者也，故君子莫大乎与人为善。"孟子的意思为：吸取别人的优点来自己行善，这就是偕同别人一道行善，所以君子最高的德行就是偕同别人一道为善。曾氏在《圣哲画像记》中说："古之君子，盖无日不忧，无日不乐。道之不明，己之不免为乡人一息之或懈，忧也；居易以俟命，下学而上达，仰不愧而俯不怍，乐也。"曾氏的意思为：古代的君子，没有哪一天不忧虑，也没有哪一天不快乐。对于道的不明了，对于自己不免有普通人的松懈，而感到忧虑；守着平安的境地等待命运的安排，努力学习而得以理解高深的道理，面对着天地都不觉得惭愧，这些就是快乐。

曾氏将这两段话提炼并予以集结成联，意在告诉人们：人应当吸取别人之善，也要向别人传递善；人的忧与乐都应该是高境界的。

□自箴五

原文

天下断无易处之境遇；
人间那有空闲的光阴。

评点 谨与敬

此联出自曾氏咸丰九年十一月十七日记。

境遇不易处，意在告诫自己当以临深履薄之心态面对所在之环境。这种心态固然有一定的普遍意义，但更重要的是属于曾氏的独有。这是因为曾氏的处境，与一般人大不相同。首先是，曾氏创建并统率湘军，就是找的一件大难事，将自己锁定在朝廷戒备猜疑的视域中。其次，湘军所要做的事情是天下最困难最艰巨的事情，也容不得曾氏有半点大意与疏忽。最后，自古以来，手握重兵远离朝廷的军事将领，便时刻处在火炉上，一举一动、一言一行之不当，都有可能把自己烧焦。谨慎拘泥的曾氏，自然比别人更在乎自己的处境。还有许多，仅列此三点，就足以曾氏常怀“断无易处”之感了。于是，不敢懈怠、勤于王事，便成了曾氏自然而然的唯一选择，下联也就这样顺势出来了。

□自箴六

原文

莫苦悔已往愆尤，但求此日行为无惭神鬼；
休预怕后来灾祸，只要暮年心气感召吉祥。

评点　晚年心境

从这副自箴联语中，我们可以看到进入晚年时期的曾氏的心态。这种心态，一是苦苦悔恨已往的过失、错误，二是时时刻刻害怕不测之灾祸。曾氏在咸丰七年八年守父丧的一年零四个月中，思想上有一个很大的变化，即从过去的强硬刚愎、急于求成的法家做派转变为以柔克刚、顺其自然的道家方式，因为有了这样大的转变，故而对过去的许多事常有反思，“苦悔”也就来了。对于自己的处境，曾氏多次在与弟弟们的家信中坦陈心曲：“吾则不忘蒋市街卖菜篮情景，弟则不忘竹山坳拖碑车风景。昔日苦况，安知异日不再尝之？”“富贵常蹈危机。”“乱世处大位而为军民之司命者，殆人生之不幸耳。”

这种“预怕”，固然体现曾氏老年心血亏损，易于患得患失外，同时也体现曾氏的确是生存在一个高危的环境中。还有一点，曾氏是个带兵打仗的人，因为他而不知死了多少人，造成了多少孤儿寡妇的家庭。他常说打仗是个造孽的事，既造孽，便要承担报应。这也应是曾氏晚年心虚害怕的一个重要原因。

□自箴七

原文

大处着眼，小处着手；
群居守口，独居守心。

评点　做事与处世

曾氏的自箴联，多是针对自身的毛病而撰写的自警自诫，故而不一定适应于别人。这副联语则是他自己的体悟，也可给众人以启示。

上联讲眼与手的功能。所谓着眼，当指观察、检索、关注等意思，对于战略、大局、整体，宜须有这些方面的能力与作为。所谓着手，当指实干、操作、亲自动手等意思，对于战术、局部、环节，则必须脚踏实地。眼用于扫射，使心中明白；手用于做作，具体落实。

在人多的场合，最宜说话谨慎，对于官场中人职场中人，对于处高位者握重权者，尤应把住自己的口，否则，容易给别人带来麻烦，也给自己带来麻烦。独居守心，即慎独的另一种表述。在没有监督没有约束的时候，也要心思正当，不存邪念。

□自警一

原文

巧召杀，忮召杀，吝召杀；
孝致祥，勤致祥，恕致祥。

评点　趋利与避害

这副自警联作于咸丰八年三月间，其时曾氏还在老家为父亲守丧。在相对空闲的日子里，曾氏喜欢琢磨些人生道理，如“端庄厚重是贵相，谦卑含容是贵相，心存济物是富相，事有归着是富相”等感悟，便是这段时期的产物。

所谓“召杀”，就是招致灾祸，带来不幸。在曾氏看来，机巧不实、嫉妒仇恨、吝啬狭隘这三个毛病，都可以给人招来灾祸不幸。曾氏也还说过“天道忌巧、天道忌盈、天道忌贰”的话，其意思也是一样的。而孝顺亲长、勤劳俭朴、宽恕厚道，则可以给人带来吉利祥和。

人们常说，为人处世当趋利避害。曾氏在这里为我们指出三种害：巧、忮、吝，也指出了三种利：孝、勤、恕。是趋是避，就看我们各人了。

在现实中人们常常表现为，理论上知道是一回事，做起来又是一回事。这里有两个重要的因素在制约人们：一是有些东西明知不好，但它可以一时获利；有些东西明知好，但做起来难。二是利与害之间的度不易把握。无论什么好的东西，过度就不好了。度的把握，关乎智慧，只可领悟，难以言表。

□自警二

原文

养活一团春意思；
撑起两根穷骨头。

评点　困境中的心态

这副联语作于咸丰九年十月十四日。这天的日记中说："李申甫自黄州归来，稍论时事。余谓当竖起骨头，竭力撑持。三更不眠，因作一联云'养活一团春意思，撑起两根穷骨头'，用自警也。余生平作自箴联句颇多，惜皆未写出。丁巳年在家作一联云：'不怨不尤，但反身争个一壁静；勿忘勿助，看平地长得万丈高。'曾用木板刻出，与此联颇相近，因附识之。"

李申甫即李榕。李榕本是礼部主事，乃曾氏的下属。咸丰九年二月，曾氏向朝廷奏调来军营办理营务。曾李之间关系密切，曾氏的家书中经常提到李，比如说他平生怄气不对人诉苦，奉行"好汉打脱牙和血吞"的信念，这一点被李看破；又引用李母"好酒好肉款远亲，火烧盗抢喊近邻"的话教育子弟要善待邻里。由此知曾李之间是无话不说的。这天很可能是李从黄州回来后谈起时事的艰难，曾鼓励李要强力支撑。半夜睡不着，于是有了这副自警联。

春意思，是指春天所包容的内容：生意盎然，生机蓬勃，天天向上，活力充沛，对未来充满美好的愿景等等。这种春天的意思，要时时在心里培植、激活。

穷骨头，即有骨气、强硬、坚持、不屈服、不放弃等等。为什么用“穷”？这是曾氏在自我调侃，自我戏谑，指自己的处境不顺，事业不成，在世俗眼里，是个潦倒的、不被看好的人。曾氏自从咸丰二年底在长沙组建湘军，到写这副联语的时候，他的身份一直是客寄虚悬，打仗败多于胜，好比一个还未发达起来的背时的公司老板。这种人的骨头当然是穷骨头。

当天的日记中所记的另一副联语，其意境与此完全相似：眼下虽有万般艰难，但既不怨天尤人，也不求助别人，要靠自己的力量做出一番大事业来。

□自警三

原文

一心履薄临深，畏天之鉴，畏神之格；
两眼沐日浴月，由静而明，由敬而强。

评点　敬畏明强

这副联语作于同治九年二月十一日。在当天的日记里，曾氏写道：“近来因眼蒙，常有昏聩气象，计非静坐别无治法，因作一联自警云……”

这时的曾氏，生命已进入倒计时，他的身体已经很差了。到了糖尿病晚期，右眼完全失明，左眼也只一线光。各种心血管方面的病都很严重，甚至到了一连说二十来句话就舌根蹇促的地步。当时的医疗技术，面对着曾氏这种病人是毫无办法的，医生们只能建议他放下重任一心静养。但曾氏既不能完全放下，又不能彻底静养，因为他一身所负实在太重了。一个人拼死拼命辛苦一辈子，倒头来却还要这样身不由己。此等状况，古往今来，不只曾氏一人，这就是“鞠躬尽瘁死而后已”，既可敬，又可悲。

我们看上联，死神已在召唤了，还要小心谨慎，如履薄冰，如临深渊，畏天畏神，处处在意。再看下联，只能闭目静坐了，还要求自己心里明亮，庄敬自强。

多么沉重的曾文正公啊！

□箴沅弟

原文

打仗不慌不忙，先求稳当，次求变化；
办事无声无息，既要老到，又要精明。

评点　军营中的收敛

咸丰八年正月初四日，在家守父丧的曾氏给带兵在江西前线打仗的老九国荃写信，针对老九军“营中勇锐气有余，沉毅不足。气浮而不敛，兵家之所忌也”的现状，送上这副联语。吉字营的浮躁，自然就是它的统帅曾国荃的浮躁，故而这副联语是在给老九治病。

中国传统文化特别讲究“收敛”二字，尤其是针对气势而言。曾氏欣赏李鸿章，主要是欣赏李的“劲气内敛”。容闳称赞曾氏，也是称赞其“气宏而凝”。凝即敛也。“不慌不忙”“无声无息”，都是气敛的表现形式，而“稳当”“老到”，则是劲气收敛后的自然局面。这个局面是基础，在此基础上再去通变求精。

曾氏治军惯用此道。其好处是可以长久立于不败之地，其不好处便是迂缓。曾氏迂缓的毛病常遭左宗棠的讥嘲，也遭到李鸿章的当面批评。老九是左、李一类的人物，早期他或许可以接受乃兄的观点，一旦羽翼丰满，他就会不顾这些了。

文

□烹阿封即墨论

原文

夫人君者，不能遍知天下事，则不能不委任贤大夫。大夫之贤否，又不能遍知，则不能不信诸左右。然而左右之所誉，或未必遂为荩臣；左右之所毁，或未必遂非良吏。是则耳目不可寄于人，予夺尤须操于上也。

昔者，齐威王尝因左右之言而烹阿大夫，封即墨大夫矣。其事可略而论也。自古庸臣在位，其才莅事则不足，固宠则有余。《易》讥覆𫗧，《诗》赓鹈梁，言不称也。彼既自惭素餐，而又重以贪鄙，则不得不媚事君之左右。左右亦乐其附己也，而从而誉之。誉之日久，君心亦移，而位日固，而政日非。己则自矜，人必效尤。此阿大夫之所为可烹者也。若夫贤臣在职，往往有介介之节，无赫赫之名，不立异以徇物，不违道以干时。招之而不来，麾之而不去。在君侧者，虽欲极誉之而有所不得。其或不合，则不免毁之。毁之而听，甚者削黜，轻者督责，于贤臣无损也。其不听，君之明也，社稷之福也，于贤臣无益也。然而贤臣之因毁而罢者，常也。贤臣之必不阿事左右以求取容者，又常也。此即墨大夫之所为可封者也。

夫惟圣人赏一人而天下劝，刑一人而天下惩，固不废左右之言，而昧兼听之聪，亦不尽信左右之言而失独照之明。夫是以刑赏悉归于忠厚，而用舍一本于公明也夫。

评点 亲信左右之言不可尽信

据曾氏道光二十三年三月初十日记，我们知《烹阿封即墨论》这篇文章作于翰詹考试的考场中。翰林院、詹事府的官员实事不多，迁升所据主要为考试。通常翰詹大考六年一次，但这次提前两年，考场设在圆明园正大光明殿。考题为一赋一诗一论，时间一整天。

烹阿封即墨一事，见于《史记·田敬仲完世家》。

齐威王即位的前九年，自己不亲自执政，将政事委之于卿大夫。诸侯各国经常征伐齐国，国家不安定。齐威王召见即墨城的大夫，对他说：自从把你派到即墨后，每天都听见诋毁你的话，但我派人去视察即墨，田地开辟，老百姓有吃穿，官衙里没有遗留的事未办理，齐国的东方是安宁的。你没有巴结我的左右，让他们在我的面前称誉你。于是加封即墨大夫一万户。

齐威王又召见阿城的大夫，对他说：自从把你派到阿城，每天都听到称赞你的话。但我派人去阿城视察，田地没有开辟，百姓贫苦。先前赵国攻打甄，你不能救助。卫国攻取薛陵，你不知道。你是以丰厚的金银收买了我的左右，让他们在我的面前称誉你。于是将阿城的大夫投到铁锅子里煮死。那些平日称誉阿大夫的左右也一道煮死。

威王随即发兵攻打赵国、卫国，在浊泽打败魏国的军队，并围住魏惠王。魏王请示奉献观城来和解，赵国人将长城归还给齐国。于是，齐国的官员个个震惊畏惧，尽力诚恳尽职。齐国因此大治。诸侯各国知道后，有二十多年的时间不敢侵犯齐国。

这就是历史上著名的烹阿封即墨。

面对着这道题目，曾氏先说出一个合乎情理的普遍现象，即一国之君，不能遍知天下事情，于是他得委任贤能官员。官员贤能不贤能，他也不能完全知道，于是不得不相信身边的亲信左右。而左右称赞的，不见得都是好，所诋毁的，也不见得都不好。所以，国君不能完全听亲信左右的话，还得圣心独裁。接下来，曾氏引出烹阿封即墨这段历史故事。

为什么政绩很差的庸臣如阿大夫，反而会得到国君左右的称赞呢？这是因为他们的才干虽不足以治事但善于固宠，以厚币卑词笼络国君身边的人，为他说好话；而那些全副心思用在治事的官员们，则不会去贿赂，甚至有时会得罪国君身边的人。这样，国君听到的便多是对这些人不利的话。

长此以往，将黑白颠倒、是非不分，国家不可能治理好。阿大夫当烹，即墨大夫当封，其道理便在此。

最后，曾氏以一小段结论来结束这篇不足五百字的论文：圣贤之君表彰一个人可以让天下得到激励，处罚一个人可以使天下感到畏惧。所以不能完全不听左右的话而放弃兼听则明的古训，也不能完全听左右的话而失去圣心独断的古义。这样，无论刑还是赏便都可以归于忠厚，无论是用还是不用都不失于公正。

我们如果将齐威王换成各级领导，将阿大夫、即墨大夫换成各级下属的话，无须笔者再费笔墨，大家都会知道，这种现象在今天依旧是普遍的。

这篇文章中有两个典故。

一为“《易》讥覆𫗧”。《周易·鼎》九四爻：“鼎折足，覆公𫗧，其形渥，凶。”意为：鼎的一只脚折断了，鼎中的食物倾倒出来，弄得一地湿漉漉的。此为凶相。

二为“《诗》赓鹈梁”。《诗经·曹风·候人》：“维鹈在梁，不濡其翼。彼其之子，不称其服。维鹈在梁，不濡其咮。彼其之子，不遂其媾。”意为：站在鱼梁上的鹈鹕，不湿羽毛，不湿长嘴，而那些得势的小人，因才不足以与位相配合，故不能与潇洒自在的鹈鹕相比。

这两个典故都用来讽刺无才能的庸臣。

曾氏走出考场后，发觉自己的诗文中有一处错误，心里很懊恼。回家与夫人说起，夫人也无法帮助他，两口子只得相对兀坐。曾氏一夜未睡好。第二天，他四处打探，行坐不安。第三天传来喜讯：曾氏名列二等第一名。一等五名，曾氏的成绩实际上排名第六。曾氏立刻晋升为从五品衔的翰林院侍讲。接下来，又考取四川乡试正考官。曾氏的官运如此之好，连他自己都没有想到。

□五箴并序

原文

少不自立，荏苒遂洎今兹。盖古人学成之年，而吾碌碌尚如斯也。不其戚矣！继是以往，人事日纷，德慧日损，下流之赴，抑又可知。夫疢疾所以益智，逸豫所以亡身，仆以中才而履安顺，将欲刻苦而自振拔，谅哉其难之欤！作五箴以自创云。

立志箴

煌煌先哲，彼不犹人。藐焉小子，亦父母之身。聪明福禄，予我者厚哉！弃天而佚，是及凶灾。积悔累千，其终也已。往者不可追，请从今始。荷道以躬，舆之以言。一息尚存，永矢弗谖。

居敬箴

天地定位，二五胚胎。鼎焉作配，实曰三才。俨恪斋明，以凝女命。女之不庄，伐生戕性。谁人可慢？何事可弛？弛事者无成，慢人者反尔。纵彼不反，亦长吾骄。人则下女，天罚昭昭。

主静箴

斋宿日观，天鸡一鸣。万籁俱息，但闻钟声。后有毒蛇，前有猛虎。神定不慑，谁敢予侮？岂伊避人，日对三军。我虑则一，彼纷不纷。驰骛半生，曾不自主。今其老矣，殆扰扰以终古。

谨言箴

巧语悦人，自扰其身。闲言送日，亦搅女神。解人不夸，夸者不解。道听途说，智笑愚骇。骇者终明，谓女贾欺。笑者鄙女，虽矢犹疑。尤悔既丛，铭以自攻。铭而复蹈，嗟女既耄。

有恒箴

自吾识字，百历及兹。廿有八载，则无一知。曩者所忻，阅时而鄙。故者既抛，新者旋徙。德业之不常，日为物迁。尔之再食，曾未闻或愆。黍黍之增，久乃盈斗。天君司命，敢告马走。

评点　立志、居敬、主静、谨言、有恒

此文作于道光二十四年二月，正是曾氏醉心儒家修身自律的时期。他分别于立志、居敬、主静、谨言、有恒五个方面各写一段话，作为激励自己的箴言。这些文字比较简奥，不太容易读，为方便大家理解，笔者先来以浅近的白话文翻译一下。

序言：少年时代不知道自立，光阴虚度一直到如今。这个年龄段，古人已经是学业有成，而我尚如此这般碌碌无为，心里真有悲戚之感啊！长此以往，人事一天天纷繁，德性智慧一天天损折，向下流方向坠落的趋势，已经是明摆着的了。灾难能使人增益才智，安逸享乐则使人戕害自身，我以中等才能而处于安稳顺利的境况，而要刻苦努力、自求振作，想必是一件难事。于是，写下这五篇箴言来作自我警示。

立志箴：那些形象辉煌的先哲，他们不也是人吗？我这个渺小的翰林，也是父母所生。耳聪目明与福气俸禄，这些好处也够厚待我了。如果我抛弃老天所赐而自我放纵，那将得到的是凶灾。往日积下来的悔恨已成百上千，到此时应该终了。过去的失误不可追回，请从今日起开始改过自新。圣哲之言，不但要躬身实践，而且要传播弘扬。只要一息尚存，永远不改变志向。

居敬箴：天地在它恒定的位置上运转，阴阳二气金木水火土五行化育成生命。人与天地像鼎之三足一样互相配合，称之为三才。必须遵守天意澄明心斋，用来凝聚你的生命活力。如果你的行为不庄重，则将戕伐身体与心灵。哪一个人是可以怠慢的？哪一件事是可以轻率的？你若轻率对事则事情无成，你若怠慢别人则人将怠慢你。即使别人不这样对待你，你也会助长自己的骄慢。那么，别人将会看低你，上天的处罚是昭昭明白的。

主静箴：沐浴斋戒夜宿寺观，一早醒来，天鸡报晓。天地间的声音全部止息，只听见钟声悠扬。想起修行的高僧大德们，即使前后有毒蛇猛虎在旁，也能神气凝定毫不恐惧。人到了这般地步，还能有谁敢欺侮？你这样离家宿观，是不是因为每天人事繁杂而有意逃避呢？其实只要自己思虑守一，外界再纷乱我心也可以不纷乱。忙无头绪地过了半辈子，一直没有做到自我主宰。现在都快年老了，还这样纷乱无绪地直到死么？

谨言箴：花言巧语取悦别人，却因此有伤自尊。以闲聊来打发日子，同样也耗费自己的精神。传递道听途说，智者嘲笑，愚者惊骇。惊骇的终于会明白过来，说你欺骗他。嘲笑的会由此而鄙薄你，即使你为人正直，但还是对你有了猜疑。在这方面我有许多悔恨，写下这段话用来自我批评。若今后再重犯，那就只能嗟叹你到老都会没有出息！

有恒箴：自从发蒙识字以来，到今天已有许多经历。二十八年过去，我还一无所知。先前所喜欢的，过一段时期又不看重了。老的既已抛弃，新的也很快便改变。修德之事不能坚持，每天都为外物在忙碌。你一再食言，幸而还未造成过失。黍米虽小，一粒粒累积起来，时间久了，也可以把斗堆满。天地神灵，你的仆役我坚决做到有恒，特予告知。

平心而论，曾氏这五段韵文写得并不太好，既有点拗口，又有点勉强拼凑的味道，远不能与他的诗赋相比。若从文字这个角度来说，写得较好的唯有主静箴一篇，其中“后有毒蛇，前有猛虎。神定不慑，谁敢予侮”堪称名言。其他的那几段文字，实在不好过高恭维。但他所提出的这五个方面，却非常值得重视，在今天仍有它的现实意义，尤其对于有志向有抱负的年轻人来说，仍是提升自我的重要途径。

其实，古往今来，知道这五点重要的人很多，将这五点提出来要求做到的人也不少，但将这五点付之于实践且坚持一辈子的人却很少很少。曾氏的可贵，不在于提出或制作铭文，而在于他的持久践行。

比如拿立志这一点来说。曾氏在服官之初便提出不以做官发财为目的。做官发财，是过去时代的一种普遍认识，即做了官就可以发财，有了权便可以获得钱，“发财”其实是许多人“做官”的真实目的。怀着这种目的去做官，一定会变成一个贪污受贿的坏官。曾氏初进官场便抱定做清官好官的志向，终其一生，他确实做到了。在他出任侍郎的岁月里，他立下以澄清天下为己任的志向。在后来天下大乱的时候，他果然挺身而出，以一身担负起扭转乾坤重建秩序的“澄清”大任。

又比如主静箴。在日后带兵打仗的日子里，曾氏比通常统帅的处境艰难得多，强敌环绕，缺饷少粮，朝廷猜疑，手无实权，这不就是“后有毒蛇、前有猛虎”吗？再难再险，他也能照常在军营中会客看书，写絮絮叨叨的家信，和幕僚下围棋，睡觉时枕边不忘记放一把利剑。这不就是“神定不慑，谁敢予侮”吗？

在许多人看起来毫无实际意义的修身，在曾氏那里是实实在在的成功之基。

□送郭筠仙南归序

原文

凡物之骤为之而遽成焉者，其器小也；物之一览而易尽者，其中无有也。郭君筠仙与余友九年矣，即之也温，挹之常不尽。道光甲辰、乙巳两试于礼部，留京师，主于余，促膝而语者四百余日，乃得尽窥其藏。甚哉！人不易知也。将别，于是为道其深，附于回路赠言之义，而以吾之忠效焉。

盖天生之材，或相千万，要于成器以适世用而已。材之小者，视尤小者则优矣。苟尤小者，琢之成器，而小者不利于用，则君子取其尤小者焉。材之大者，视尤大者则绌矣。苟尤大者不利于用，而大者琢之成器，则君子取其大者焉。天赋大始，人作成物。传曰：“人不天不因，天不人不成。”不极扩充追琢之能，虽有周公之材，终弃而已矣。

余所友天下贤士，或以德称，或以艺显，类有以自成者。而若筠仙躬绝异之姿，退然深贬，语其德若无可名；学古人之文章，入焉既深，而其外犹若钼铻而不安其无所成者，与匠石斫方寸之木，斤之削之，不移瞬而成物矣。及乎裁径尺之材以为榱桷，不阅日而成矣。及至伐连抱之梗枏，为天子营总章太室之梁栋，经旬累月而不得成焉。其器俞大，就之俞艰。浅者欲以一概律之，难矣。且所号为贤者，谓其绝拘挛之见，旷观于广大之区，而不以尺寸绳人者也。若夫逢世之技，智足以与时物相发，力足以与机势相会，此则众人之所共睹者矣。君子则不然，赴势甚钝，取道甚迂，德不苟成，业不苟名，艰勤错迕，迟久而后进。铢而积，寸而累。既其纯熟，则圣人之徒，其力造焉而无扞格，则亦不失于令名。造之不力，歧出无范，虽有瑰质，终亦无用。

孟子曰："五谷不熟，不如荑稗。"诚哉斯言也！筠仙勖哉！去其所谓扞格者，以蕲至于纯熟，则几矣。人亦病不为耳。若夫自揣既熟，而或不达于时轨，是则非余之所敢知也。

评点　材需成器以适用

这篇文章写于道光二十五年四月。

道光二十四年郭嵩焘来到京师，参加当年会试正科考试，不中，因为明年还有一次恩科，于是便留在京师。在曾氏家附近租了一间房子住下，读书写文章，吃饭便在曾家搭伙。不料道光二十五年会试又告罢。郭决定离京回湘。曾、郭九年前即订交，而真正的相交之密、相知之深，则是京师这段长达四百多天的朝夕相处。分别前夕，曾氏援颜回赠言于子路的前贤旧例，写了这篇文章送给好友。

这是一篇颇为规范的古文：借赠序文体来表达自己的主张，且劝勉所赠之人。

文章一开笔，曾氏就亮出一个观点：凡一件物体，若制作容易，那么这件物体的价值就不会很大；凡一件物体，一眼就能看得通透的，那么它里面就一定没有什么东西。人亦如此。经过四百余天的亲密相处，才把郭嵩焘了解深透，可见郭不是一个小人物，不是一个浅薄的书呆子。

郭嵩焘要回湖南了，拿什么作为赠言呢？曾氏以材与器来作为话题。

材，指材料的本身；器，指材料制成器具后的功用。对于人来说，材好比人的天生资质，器好比人经过学习历练后所具有的办事才干。曾氏认为，人必须要通过尽可能大的雕琢而成为器，否则，虽有周公那样的资质，也会为世所抛弃。

话题转到郭嵩焘的身上。郭是一个天赋极高的人，但两次会试不中，可能有点自暴自弃。加之家境富裕，郭或许有自此告别科举，安于林泉的想法。于是，曾氏对郭以“绝异之姿”来肯定，以“器愈大，就之愈艰”来激励，又以铢积寸累来指明途径，劝慰好友切不可因小挫而失志，期盼他经过反复磨砺而终成大器。

郭嵩焘也的确没有辜负曾氏的这番心血。接下来的丁未科，他高中进士，点翰林，最终在中西交通史上作出自己的一份贡献。

曾氏是一个积极的经世致用者，郭自然也是这一类人。这篇送郭嵩焘南归的序文，至今仍可以作为有志于事业的年轻人的励志文。

□求阙斋记

原文

国藩读《易》，至《临》而喟然叹曰：刚侵而长矣。至于八月有凶，消亦不久也，可畏也哉！天地之气，阳至矣，则退而生阴；阴至矣，则进而生阳。一损一益者，自然之理也。

物生而有耆欲，好盈而忘阙。是故体安车驾，则金舆鏓衡不足于乘；目辨五色，则黼黻文章不足于服。由是八音繁会不足于耳，庶羞珍膳不足于味。穷巷瓮牖之夫，骤膺金紫，物以移其体，习以荡其志，向所扼捥而不得者，渐乃厌鄙而不屑御。旁观者以为固然，不足訾议。故曰："位不期骄，禄不期侈。彼为象箸，必为玉杯。"积渐之势然也。而好奇之士，巧取曲营，不逐众之所争，独汲汲于所谓名者。道不同不相为谋，或贵富以饱其欲，或声誉以厌其情，其于志盈一也。夫名者，先王所以驱一世于轨物也。中人以下，蹈道不实，于是爵禄以显驭之，名以阴驱之，使之践其迹，不必明其意。若君子人者，深知乎道德之意，方惧名之既加，则得于内者日浮，将耻之矣。而浅者哗然骛之，不亦悲乎！

国藩不肖，备员东宫之末，世之所谓清秩。家承余荫，自王父母以下，并康强安顺。孟子称"父母俱存，兄弟无故"，抑又过之。《洪范》曰："凡厥庶民，有猷有为有守，不协于极，不罹于咎，女则锡之福。"若国藩者，无为无猷，而多罹于咎，而或锡之福，所谓不称其服者欤？于是名其所居曰"求阙斋"。凡外至之荣，耳目百体之耆，皆使留其缺陷。礼主减而乐主盈。乐不可极，以礼节之，庶以制吾性焉，防吾淫焉。若夫令问广誉，尤造物所靳予者，实至而归之。所取已贪矣，况以无实者攘之乎？行非圣人而有完名者，殆不能无所矜饰于其间也。吾亦将守吾阙者焉。

评点　花未全开月未圆

这篇文章写于道光二十五年。

曾氏于道光二十年进京，在翰苑度过五年岁月。这年九月，曾氏升翰林院侍讲学士，官居从四品，三十五岁。曾氏一生的功名仕途，最艰难的是考秀才的那一段。他从十四岁开始府试，直到二十三岁那年，才以应考七次名列倒数第二的尴尬身份出线。二十三岁的秀才，在历代名人的仕途中，其起步应属较晚。走过这一段后，曾氏的道路就极顺了。年仅三十五岁，入翰苑七年光景，就做到从四品的侍讲学士，这已经是很不错的业绩了。

更令曾氏欣慰的是，他的祖父母、父母都还健在。此时其祖父星冈公七十二岁，祖母王氏七十九岁，父亲竹亭公五十六岁，母亲江氏六十一岁。妻子儿女、兄弟姐妹一应俱全。曾氏自己说，这样的家庭，京师四品以上的官员找不出第二人。

曾氏很珍惜这种局面，他希望这种局面能维持得长久一点。但《易经》告诉人们，天地之道为阴阳交替，互为消长。《丰卦》说："日中则昃，月盈则食。天地盈虚，与时消息。"眼下这个人人羡慕向往的局面已接近峰值，即已差不多向日之中、月之盈靠拢了。而一旦日到中天则将西斜，月到盈满则将亏虚。曾氏不愿意看到这种状况。于是，他要求在别的方面予以减杀，将日渐靠拢的车轮刹住。他因此提出"凡外至之荣，耳目百体之者，皆使留其缺陷"。位不期骄，禄不期侈。他将此意识称之曰求阙，并作为京师寓所的命名，借以时时提醒自己。

这就是《求阙斋记》的写作背景。

文章分为三个自然段。

第一段。读《易》而明阴阳损益之理。

第二段。人性好盈不喜阙，君子当有超越众人的认识。

第三段。他要求阙，以便家庭之佳境能维持得久一些。

求阙，是中国哲学中的一个古老话题，既玄妙，又现实。《菜根谭》说："帆只扬五分，船便安；水只注五分，器便稳。如韩信以勇略震主被擒，陆机以才名冠世见杀，霍光败于权势逼君，石崇死于财赋敌国，皆以十分取败者也。康节云饮酒莫教成酩酊，看花慎勿至离披。旨哉言乎！"

以笔者的研究，求阙以及因此而生发的感恩惜福，应是曾氏一生立身处世的信念。

□送唐先生南归序

原文

古者道一化行，自卿大夫之弟子与凡民之秀，皆上之人置师以教之。于乡有州长、党正之俦，于国有师氏、保氏。天子既兼君师之任，其所择，大抵皆道、艺两优，教尊而礼严。弟子抠衣趋隅，进退必慎。内以有所惮而生其敬，外缉业以兴其材。故曰："师道立而善人多。"此之谓也。

周衰，教泽不下流。仲尼干诸侯不见用，退而讲学于洙泗之间，从之游者如市。师门之盛，振古无俦。然自是人伦之中，别有所谓先生徒众者，非长民者所得与闻矣。仲尼既没，徒人分布四方，转相流衍。吾家宗圣公传之子思、孟子，号为正宗。其他或离道而专趋于艺，商瞿授《易》于馯臂子弓，五传而为汉之田何。子夏之《诗》，五传而至孙卿，其后为鲁申培。左氏受《春秋》，八传而至张苍。是以两汉经生，各有渊源。源远流歧，所得渐纤，道亦少裂焉。有宋程子、朱子出，绍孔氏之绝学，门徒之繁拟于邹鲁。反之躬行实践，以究群经要旨，博求万物之理，以尊闻而行知，数百千人，粲乎彬彬。故言艺则汉师为勤，言道则宋师为大，其说允已。元明及我朝之初，流风未坠。每一先生出，则有徒党景附，虽不必束脩自上，亦循循隅坐，应唯敬对。若金、许、薛、胡、陆稼书、张念芝之俦，论乎其德则暗然，讽乎其言则犁然而当理，考乎其从游之徒，则践规蹈矩，仪型乡国。盖先王之教泽得以仅仅不斩，顽夫有所忌而发其廉耻者，未始非诸先生讲学与群从附和之力也。《诗》曰："风雨如晦，鸡鸣不已。"诚珍之也。今之世，自乡试、礼部试举主而外，无复所谓师者。间有一二高才之士，钩稽故训，动称汉京，闻老成倡为义理之学者，则骂讥唾侮。后生欲从事于此，进无师友之援，退犯万众之嘲，亦遂却焉。

吾乡善化唐先生，三十而志洛闽之学，特立独行，诟讥而不悔。岁庚子，以方伯内召为太常卿。吾党之士三数人者，日就而考德问业。虽以国藩之不才，亦且为义理所熏蒸，而确然知大闲之不可逾。未知于古之求益者何如，然以视夫世之貌敬举主与厌薄老成而沾沾一得自矜者，吾知免矣。

丙午二月，先生致仕得请，将归老于湖湘之间。故作师说一首，以识年来向道之由，且以告吾乡之人：苟有志于强立，未有不严于事长之礼，而可以成德者也。

评点　师道之源流

关于曾氏与唐鉴之关系，笔者在前面已作过介绍。道光二十六年初，年近七十的唐鉴，从太常寺卿任上退休。为感激数年来的教诲之恩，曾氏写下这篇文章。

文章以师道尊严开篇。古时之师道，为何尊严呢？因为自卿大夫以至出众的平民都得有老师，老师则应在道德和技艺两方面都很优秀。弟子在老师的面前毕恭毕敬，这种恭敬是出自内心的：一则对老师人品的敬重，二则要依仗老师所教的技艺去做事业。师生之间，老师位尊，学生遵循严格的礼仪。这就是师道尊严。这种尊严的师道建立之后，社会上的仁善之人就会越来越多。

接下来，曾氏回顾师道流传的大致过程。随着周王室的衰落，远古教化不再向下层社会流播。孔子不被诸侯重视，退而在洙水泗水之间讲学，许多人前来追随，一时门庭之盛，前所未有。自那以后在人伦之中，增加“师生”一说。孔子死后，门徒散布四方。曾参传道于子思、孟子，这一支被称为正宗。此外有专攻于传技艺者，如传《易》、传《诗》、传《春秋》。到了汉代，传技艺的一支兴旺。到了宋代，二程、朱熹出来，弘扬孔子的道学，其门徒之多可与孔子在世时相比。于是学术界便有了汉学与宋学之说。从元代明代到清代初期，都有一批著名的老师领着一大群弟子传道讲学，使得古风得以延续。到了今世，除开为应付科举考试而有经师外，已无先前那种传授学问的老师了。间或有一两个高才之士，也只是研究音韵训诂而已，若有人讲授义理之学，则遭到众人的讥讽。

文章写到这里开始点题了。就在这样的背景下，唐先生出来了。他自三十岁起便立志钻研濂洛关闽之学，要把孔孟所提出的道义学说弘扬于当世。唐先生带领一批追随者，从事道德心性修养，将先圣的精微之学惠泽当世。

最后，作者说明为什么要写这篇文章：唐先生已退休将回到湖南，我写师说一文，向故乡读书人说明这些年来求师问道的缘由，并告诉诸位，要想以强者立世，若不严格遵循侍奉长者之礼，则不可能在道德上站稳脚跟。

这篇不足千字的短文，清晰地勾勒出师道传承的历史过程，并借此宏大背景将唐鉴推向传授圣贤绝学的师之高峰。

这种文章需要作者高度概括的笔力，以及高屋建瓴的视角。唐宋古文大家开创先例，但后世能形神兼备地赓续则不多，曾氏是近代一位古文写作成就最大者。这篇文章可视为湘乡文派的代表之作。

需要说明的是，唐鉴离开京师后，并未归老湖湘，而是前往金陵，主讲江宁书院。

□原才

原文

风俗之厚薄奚自乎？自乎一二人之心之所向而已。民之生，庸弱者，戢戢皆是也。有一二贤且智者，则众人君之而受命焉，尤智者所君尤众焉。此一二人者之心向义，则众人与之赴义；一二人者之心向利，则众人与之赴利。众人所趋，势之所归，虽有大力，莫之敢逆。故曰："挠万物者莫疾乎风。"风俗之于人之心，始乎微，而终乎不可御者也。

先王之治天下，使贤者皆当路在势，其风民也皆以义，故道一而俗同。世教既衰，所谓一二人者，不尽在位，彼其心之所向，势不能不腾为口说，而播为声气。而众人者，势不能不听命，而蒸为习尚。于是乎徒党蔚起，而一时之人才出焉。有以仁义倡者，其徒党亦死仁义而不顾；有以功利倡者，其徒党亦死功利而不返。水流湿，火就燥，无感不雠，所从来久矣。今之君子之在势者，辄曰："天下无才。"彼自尸于高明之地，不克以己之所向，转移习俗，而陶铸一世之人，而翻谢曰无才，谓之不诬可乎？否也。十室之邑，有好义之士，其智足以移十人者，必能拔十人中之尤者而材之。其智足以移百人者，必能拔百人中之尤者而材之。

然则转移习俗而陶铸一世之人，非特处高明之地者然也。凡一命以上，皆与有责焉者也。有国家者，得吾说而存之，则将慎择与共天位之人；士大夫得吾说而存之，则将惴惴乎谨其心之所向，恐一不当，而坏风俗，而贼人才。循是为之，数十年之后，万有一收其效者乎，非所逆睹已。

评点　人才第一

这篇文章写于道光二十六年。此时的曾氏官居从四品翰林院侍讲学士，属中级京官。曾氏一向对人才极为重视，并以识人用人闻名于近代历史。这篇《原才》是他人才思想的理论著作。

从这篇短文中，我们可以看出曾氏对“一二人”的特别重视。所谓“一二人”，即全国范畴内的领袖人物。这一二人因为处于非常崇高的位置，故而对全国的士风民风有着巨大的影响、引导、示范的作用。曾氏晚年出任直隶总督之初，便亲自写了一篇广示直隶知识界的大文章——《劝学篇示直隶学子》，再一次重申二十多年的这一观点：“若夫风气无常，随人事而变迁。有一二人好学，则数辈皆思力追先哲；有一二人好仁，则数辈皆思康济斯民。倡者启其绪，和者衍其波；倡者可传诸同志，和者又可禮诸无穷；倡者如有本之泉放乎川渎，和者如支河沟浍交汇旁流。先觉后觉，互相劝诱，譬之大水小水，互相灌注。”

笔者在读这些文字时，隐隐有个感觉，那就是曾氏实际上是把自己列为“一二人”之类。道光二十六年时的曾氏，即使他心中有这个想法，世人也不会将他列为“一二人”，事实上他也不是“一二人”。到了同治八年，曾氏确实已成了“一二人”。中国文人、士人大多高自期许，曾氏能将青年时代的这种期许变为晚年的事实，实在是难得的幸运！

若曾氏对“才”之“原”仅仅只限于“一二人”的话，那这篇文章的读者就太有限了。曾氏在文章的最后一段中指出，即使是“一命”即乡长里长这样最低级的官员，也有转移习俗陶铸世风的责任。于是乎，我们知道，曾氏这篇《原才》，其主题乃是阐释领导者对当世人才的倡引之力。

这个主题在他四年后的《应诏陈言疏》里，表述得更为详细具体：“今日所当讲求者，惟在用人一端耳。方今人才不乏，欲作育而激扬之，端赖我皇上之妙用。大抵有转移之道，有培养之方，有考察之法。”前朝道光皇帝，因“一二人”的职责没有做好，导致“将来一有艰巨，国家必有乏才之患”的困局。曾氏希望年轻的新主能振作朝纲，做一个合格的“一二人”。

□君子慎独论

原文

尝谓独也者，君子与小人共焉者也。小人以其为独而生一念之妄，积妄生肆，而欺人之事成。君子懔其为独而生一念之诚，积诚为慎，而自慊之功密。其间离合幾微之端，可得而论矣。

盖《大学》自格致以后，前言往行，既资其扩充；日用细故，亦深其阅历。心之际乎事者，已能剖晰乎公私；心之丽于理者，又足精研其得失。则夫善之当为，不善之宜去，早画然其灼见矣。而彼小人者，乃不能实有所见，而行其所知。于是一善当前，幸人之莫我察也，则趋焉而不决。一不善当前，幸人之莫或伺也，则去之而不力。幽独之中，情伪斯出，所谓欺也。惟夫君子者，惧一善之不力，则冥冥者有堕行；一不善之不去，则涓涓者无已时。屋漏而懔如帝天，方寸而坚如金石。独知之地，慎之又慎。此圣经之要领，而后贤所切究者也。

自世儒以格致为外求，而专力于知善知恶，则慎独之旨晦。自世儒以独体为内照，而反昧乎即事即理，则慎独之旨愈晦。要之，明宜先乎诚，非格致则慎亦失当。心必丽于实，非事物则独将失守。此入德之方，不可不辨者也。

评点　修身的关键在于能否慎独

曾氏考上翰林后，将自己的名字由“子城”改为“国藩”，意谓做国家的藩篱，即做一个对国家有大贡献的人。儒家学说为人生的成功画出一个路线图：修身齐家治国平天下。要想治国平天下，得先从修身做起，修身是做大事业的基础。道光二十一年，进京一年的三十一岁曾氏，便与倭仁、吴廷栋等一班志同道合者结合在一起，在太常寺卿唐鉴的指导下，自觉刻苦地长期修身。

修身因为是儒家所大力提倡的人生主课，所以凡儒家信徒都会将它挂在嘴边，于是乎便有真与假、虔诚与不虔诚的区别。此中的鉴别，便是能否做到慎独。《大学》《中庸》多次提到“君子慎独”的话题。其所指即为此。什么是慎独？简单地说，慎独即以谨慎之心对待独处，也就是说，即使没有监督没有约束，也一样地不做坏事不存邪念。

据曾氏年谱记载，道光二十七年四月二十七日，曾氏参加翰林院、詹事府的官员考试，其策论文章就是这篇《君子慎独论》，可见这是一篇临时在考场中写的论文，故而文章不长。但因为对此主题，曾氏素日思考甚多，故文章虽简短，却立论坚实，内容也并不单薄。

第一自然段，说的是君子与小人都有“独”的时候，因为一念之诚与一念之妄的差别而分野。

第二自然段，说的是为什么小人在独处时不能谨慎，是因为存别人不知的侥幸之心，而君子面对的是神灵（屋漏：室内西北角置神龛的地方）与心灵，故而不存侥幸，以慎之又慎的态度对待独处。

第三自然段，说的慎独当建立在“诚实”二字上。基于诚，通过格物致知的审慎，可达到思虑澄明；基于实，通过即事即理的分析，虽独处亦心能安定。

曾氏对待梦中的不良行为以及心中的一刹那邪念，都决不放过，狠狠地加以批判痛斥，他的慎独真正做到家了。正因为有这样的亲身经历，才有文章中第三段属于自身的体会。这篇文章的第一、第二段，其实是老生常谈，出彩的是第三段。估计大部分的翰詹说的都是常谈套话，出彩者不多，故而曾氏能得到二等第四（总排名第九名）的好成绩，并因此而一夜间连升四级，由从四品的中级官员骤升为从二品的大员。这是曾氏一生的一个大转折点。

□养晦堂记

原文

凡民有血气之性，则翘然而思有以上人。恶卑而就高，恶贫而觊富，恶寂寂而思赫赫之名。此世人之恒情。而凡民之中有君子人者，率常终身幽默，暗然退藏。彼岂与人异性？诚见乎其大，而知众人所争者之不足深较也。

盖《论语》载，齐景公有马千驷，曾不得与首阳饿莩絜论短长矣。余尝即其说推之，自秦汉以来，迄于今日，达官贵人，何可胜数？当其高据势要，雍容进止，自以为材智加人万万。及夫身没观之，彼与当日之厮役贱卒，污行贾竖，营营而生，草草而死者，无以异也。

而其间又有功业文学猎取浮名者，自以为材智加人万万。及夫身没观之，彼与当日之厮役贱卒，污行贾竖，营营而生，草草而死者，亦无以甚异也。然则今日之处高位而获浮名者，自谓辞晦而居显，泰然自处于高明。曾不知其与眼前之厮役贱卒，污行贾竖之营营者，行将同归于澌尽，而毫毛无以少异。岂不哀哉！

吾友刘君孟容，湛默而严恭，好道而寡欲。自其壮岁，则已泊然而外富贵矣，既而察物观变，又能外乎名誉，于是名其所居曰“养晦堂”，而以书抵国藩为之记。

昔周之末世，庄生闵天下之士湛于势利，汩于毁誉，故为书戒人以暗默自藏，如所称董梧、宜僚、壶子之伦，三致意焉。而扬雄亦称：“炎炎者灭，隆隆者绝。高明之家，鬼瞰其室。”君子之道，自得于中，而外无所求。饥冻不足于事畜而无怨，举世不见是而无闷。自以为晦，天下之至光明也。若夫奔命于烜赫之途，一旦势尽意索，求如寻常穷约之人而不可得，乌睹所谓焜耀者哉？余为备陈所以，盖坚孟容之志，后之君子，亦观省焉。

评点　晦处与显达

此文作于道光三十年十月。

曾氏有两个特别不一般的朋友，一为郭嵩焘，一为刘蓉。这两个人与曾氏的关系，笔者曾在相关的评点中有过介绍，此处不再赘述。

养晦堂为刘蓉的居室名。晦，原为昏暗、不明亮之意，引申为不求显达荣耀、甘于默默无闻做普通人。养晦，即培植晦居之心性品德。古人多有晦处之志，如朱熹便自号晦庵。

为什么要安于晦呢？曾氏的文章从这里开笔。曾氏认为，凡有血性的人，都希望能做人上人，厌恶处在社会底层而向往高位，厌恶贫穷而希望富贵，厌恶冷寂而企盼名声赫赫。这些都是世之常情。但从来也有某种君子一类的人，常常一辈子自处幽远之地，寂寞地深藏不露。难道这些人生来与别人的性情不同吗？其实，他们眼中看见的是宏大，知道众人所争夺的那些都不值得过于计较。

曾氏接下来说，《论语》中记载，齐景公拥有四千匹马，但死后无人称颂；隐居首阳山最终饿死的伯夷叔齐，人们至今怀念他们。依据孔子的这个观点可以推论，自秦汉以来直到今天，达官贵人不可胜数，当他们得意之时，自以为才智在万千人之上，到他们死后，再回过头来看，与当时那些普通人也没有什么区别。这中间，又有许多以文字著述博取浮名者，他们也自以为才智在万千人之上，到他们死后，再回头看，与当时的普通人也没有什么区别。今天那些处高位而得大名的人，他们自以为已告别过去的晦默而居显荣之地，安然自得地坐在高明的位置上，实际上与普通人相比，他们也没有多大的区别。这难道不可悲哀吗？

写到这里，曾氏开始进入正题。他称赞刘蓉追求道理、清心寡欲、淡泊名利，故而将所居之处命名曰养晦堂。曾氏以庄子、扬雄的话，论证晦隐乃最大的光明。这是因为晦隐者无所干求，内心有道的照亮，通畅透彻，而那些将烜赫视为光明的人，一旦烜赫失去，光明也便随之而去。故而养晦很值得称赞，曾氏要以此文来坚定刘蓉的志向。

凡在历史上留下名字的晦者，其实最后都没有守住晦，刘蓉也是这样。当太平军打进湖南时，刘蓉即与罗泽南等人在湘乡县开办团练，后又力劝曾氏出山。曾氏就任湖南团练大臣之后，刘蓉也便跟着来到长沙相助，但表示只是帮忙，“不求保举”，且不支薪水。刘蓉在湘军军营期间，做过曾氏的高参，也统领过一军攻城夺隘。咸丰五年冬，刘蓉送战死沙场的弟弟灵柩回籍，以后在家乡读书治学安居四年多。咸丰十年，刘蓉再度出山，佐湖南巡抚骆秉章幕。不久随骆入川，因平定蜀乱及围歼石达开之功，朝廷任命刘蓉为四川布政使。刘蓉接受了这个任命。同治二年秋，刘蓉被擢升为陕西巡抚，督办陕西军务。以晦为志的刘蓉，不料在四十七岁这年成了封疆大吏。四年后，刘蓉因遭人诬陷，又加之军事大败，最终被革职回籍。

毕竟有“养晦”的基石所在，宦海呛水的刘蓉不像大多失意官员那样的痛苦与悔恨。我们读他的《九月还山》诗：“旧日吹笙客，翩然控鹤还。故交多白叟，不老只青山。松壑如相待，蓬庐好在闲。归怀何淡宕，忧乐两无关。”

笔者赞赏刘蓉的人生：既抱养晦之心，若时代需要，也可以出来做一番事业；一旦时机不顺，则愉快地再回到晦的初衷。

为什么要点赞晦，其意义便在这里：无竞进之浮躁，弃显达如敝屣。

□母弟温甫哀词

原文

咸丰五年十月，贼目伪翼王石达开引其党自湖北通城窜入江西，别有广东匪徒曰周培春、葛耀明、关志江者，自湖南茶陵州窜入，与石逆相聚于新昌县。周培春等投归石逆部下，愿为前驱，石逆授之伪职将军、总制、军师、旅帅之类，两逆党者合并为一。江西乱民从之如归，赣水以西望风瓦解。十一月初十日攻陷瑞州府，明日陷临江，晦日袁州继陷，遂围吉安，明年正月二十五日陷之。余檄副将周凤山率九江之师入援，二月十八日军败于樟树镇，而抚州、建昌两府以是月之季相踵沦没。国藩躬率水陆诸军自湖口入援，而南康又没于贼矣，九江自为贼踞如故。凡江西土地，弃之贼中者为府八，为州若县若厅五十有奇。天动地岌，人心惶惶，讹言一夕数惊，或奔走夺门相践死。

楚军困于江西，道闭不得通乡书，则募死士，蜡丸隐语，乞援于楚。贼亦益布金钱，购民间捕索楚人致密书者，杀而榜诸衢。前后死者百辈，无得脱免。

吾弟国华温甫，自湘中间关走武昌乞师，以拯江西。于是与刘腾鸿峙衡、吴坤修竹庄、普承尧钦堂率五千人以行。而巡抚胡公奏请以温甫统领军事，出入贼地。盛暑鏖兵，凡攻克咸宁、蒲圻、崇阳、通城、新昌、上高六县，以六月三十日锐师翔于瑞州。由是江西、湖南始得通问，而温甫亦积劳致疾矣。七月十六日，棹小舟舁疾至南昌。兄弟相见，深夜愔愔，喜极而悲，涕泣如雨。弟疾寖剧，治之多方不效。至九月乃痊，复还瑞州营次。

瑞州故有南北两城，蜀水贯其中。刘腾鸿军其南，温甫与普承尧军其西北。贼于东隅通外援，市易如故。七年正月，予率吴坤修之师，自奉新至东路，始合长围。掘堑周三十里，温甫则大喜："吾攻此城，久不举。今兹事其集乎！"不幸遭先君子大故，兄弟匍匐奔丧。入里门，宗族乡党争来相吊，亦颇相庆慰。国藩得拔其不肖之躯，复有生还之一日，温甫力也。温甫既出嗣叔父，以咸丰八年二月降服期满，复出抵李君续宾迪庵军中。李君与温甫为婚姻，益相与讲求戎政，晨夕咨议。是时九江新破，强悍深根之寇一扫刮绝，李君威名闻天下。又克麻城，蹴黄安，喋血皖中，连下太湖、潜山、桐城、舒城四县。席全盛之势，人人自以无前，师锐甚。温甫独以为常胜之家，气将竭矣，难可深恃，时时与李君深语悚切以警其下，亦以书告予盱上。竟以十月十日军败，从李君殉难庐江之三河镇。呜呼！痛哉。

曩吾弟以新集之师，千里赴援，摧江西十万之贼而无所顿；今以皖北百胜之军，萃良将劲卒，四海所仰望者而壹覆之。而吾弟适丁其厄，岂所谓命耶？常胜之不足深恃，吾弟之智既及之矣，而不肯退师以图全。营垒以十三夜被陷，而吾弟与李君以初十之夕并命同殉，又不肯少待以图脱免。岂所谓知命者耶？遂缀词哭之。词曰：

䲡䲡我祖，山立绝伦。有蓄不施，笃生哲人。我君为长，鲁国一儒；仲父早世，季父同居。恭惟先德，稼穑诗书。小子无状，席此庆余。粲粲诸弟，雁行以随。吾诗有云：“午君最奇。”挟艺干人，百不一售。彼粗秽者，乃居吾右。抑塞不伸，发狂大叫；杂以嘲诙，万花齐笑。世不吾与，吾不世许。自谓吾虎，世弃如鼠。相舛相背，逝将去汝。一朝奋发，仗剑东行；提师五千，往从阿兄。何坚不破？何劲不摧？跃入章门，无害无灾。昊天不吊，鲜民衔哀。见星西奔，三子归来。弟后季父，降服以礼。匝岁告阕，靡念苞杞。出陪戎幄，匪辛伊李。既克浔阳，雄师北迈。铲潜剜桐，群舒是嘬。岂谓一蹶，震惊两戒！李既山颓，弟乃梁坏。覆我湘人，君子六千。命耶数耶？何辜于天！我奉简书，驰驱岭峤。江北江南，梦魂环绕。卯恸抵昏，酉悲达晓。莽莽舒庐，群凶所窟。积骸成岳，孰辨弟骨？骨不可收，魂不可招。峥嵘废垒，雪渍风飘。生也何雄，死也何苦！我实负弟，茹恨终古。予于道光甲辰寄诸弟诗有云：“辰君平正午君奇，屈指老沅真白眉。”辰君谓弟澄侯，生庚辰岁。午君谓温甫，生壬午岁。老沅谓沅甫也。

余伯兄以戊午冬为哀辞，哭第三兄温甫先生。明年，王君孝凤请刻于武昌之怀忠祠，砥石二方，嘱国荃为之。余既感王君盛意，又追念手足䀌然怆怀，抆泪敬书。咸丰九年十月曾国荃附记。

评点　特立独行曾国华

曾氏六弟国华字温甫，是一个极有个性的人。思维与行事，都与其他几个兄弟有所不同。他好高骛远，不肯踏踏实实用功读书。他行为不检点，读书期间便染上吃喝嫖赌等不良习气。他甚至对大哥也并不服气，讥笑大哥功名顺达是因为有一个厉害的老婆。实在地说，曾氏并不太喜欢这个六弟。曾氏留存于世的家书中，单独写给温甫的，仅只一封。但此人绝不是庸才。曾氏多次称赞他的文章“戛戛独造”，在评价诸弟时，以一“奇”字赠温甫，有时还称他为“温老”，虽是玩笑语，但亦不无另眼看待的意思。

咸丰六年曾氏在江西处于困境。这年三月，曾国华奉父命赴武昌，请湖北巡抚胡林翼出面援救曾氏。于是胡氏调集湘勇五千人，交由曾国华统领。国华率领此部入赣。六月，兵临瑞州，打通湘赣之间的联络，江西危局出现转机。咸丰八年春，曾国华复出，进入李续宾军营，协助李。这年十月，李部在安徽三河遭围，六千人全军覆没。李续宾兵败自杀，曾国华下落不明。三个月后，寻到其无头尸首。朝廷追赠曾国华为道员，谥愍烈。

三河惨败对曾氏打击甚大，尤其是曾国华之死让曾氏家族陷于巨大的悲痛中，令他背负着沉重的压力。曾国华是为了解江西之围而出山，加之平日兄弟因性格不合又常有生分之处，这些都让曾氏心情格外难受。

咸丰八年十一月底至十二月初，曾氏用了好几天时间作的这篇哀词，整篇文章充满着浓厚的沉痛。

哀词、铭辞之类的悼念文章，一般分为两个部分，一为散体文，一为韵文。散体文用以叙事，叙说为何人何事而作。韵文用以抒情，一咏三叹，将积压于胸中的抑郁抒发出来。曾氏文集中有许多篇此类文章，大多数是应死者亲属所托而写，虽对所哀者不乏真情实谊，但究竟不如对血脉相连的同母胞弟来得深重，故而这篇悼词的沉郁哀伤，非他文可比，甚至也要超过后来写的《季弟事恒墓志铭》。

哀词一开篇，叙说咸丰五年秋天后江西局面的危重，借以突出温甫出山的重要性。温甫顿兵瑞州，抱病乘舟来南昌见大哥。打虎亲兄弟，上阵父子兵。那个时候，给困于南昌、与外界隔绝数月之久的曾氏多大的喜慰啊！“兄弟相见，深夜愔愔，喜极而悲，涕泣如雨。”流泻于笔端的文字，完全是实情的记录。

温甫以新集之师一路凯歌解兄危难，却不料佐名将劲旅之后，反死于三河之役。“岂所谓命耶”“岂所谓知命者耶”，一而再地反问，正是百痛千哀的曾氏无可奈何地自我抚慰！

哀词的韵文以深沉的手足之情，追忆温甫特立独行的奇异，叹惜温甫的命不相与。我们读“命耶数耶、何辜于天”“积骸成岳，孰辨弟骨？骨不可收，魂不可招”，尤其是结尾那四句“生也何雄，死也何苦！我实负弟，茹恨终古”，真让人情难自已，唯有一叹！十多年之后兄弟黄泉相见，大概也只有抱头痛哭而已。

□欧阳生文集序

原文

乾隆之末，桐城姚姬传先生鼐善为古文辞，慕效其乡先辈方望溪侍郎之所为，而受法于刘君大櫆及其世父编修君范。三子既通儒硕望，姚先生治其术益精。历城周书昌永年为之语曰：“天下之文章，其在桐城乎！”由是学者多归向桐城，号“桐城派”，犹前世所称江西诗派者也。

姚先生晚而主钟山书院讲席，门下著籍者，上元有管同异之、梅曾亮伯言，桐城有方东树植之、姚莹石甫。四人者，称为高第弟子。各以所得，传授徒友，往往不绝。在桐城者，有戴钧衡存庄，事植之久，尤精力过绝人。自以为守其邑先正之法，禩之后进，义无所让也。其不列弟子籍，同时服膺，有新城鲁仕骥絜非、宜兴吴德旋仲伦。絜非之甥为陈用光硕士。硕士既师其舅，又亲受业姚先生之门。乡人化之，多好文章。硕士之群从，有陈学受艺叔、陈溥广敷，而南丰又有吴嘉宾子序，皆承絜非之风，私淑于姚先生。由是江西建昌有桐城之学。

仲伦与永福吕璜月沧交友，月沧之乡人有临桂朱琦伯韩、龙启瑞翰臣、马平王锡振定甫，皆步趋吴氏、吕氏，而益求广其术于梅伯言。由是桐城宗派流衍于广西矣。

昔者，国藩尝怪姚先生典试湖南，而吾乡出其门者，未闻相从以学文为事。既而得巴陵吴敏树南屏称述其术，笃好而不厌。而武陵杨彝珍性农、善化孙鼎臣芝房、湘阴郭嵩焘伯琛、溆浦舒焘伯鲁，亦以姚氏文家正轨，违此则又何求？最后得湘潭欧阳生。生，吾友欧阳兆熊小岑之子，而受法于巴陵吴君、湘阴郭君，亦师事新城二陈。其渐染者多，其志趋嗜好，举天下之美，无以易乎桐城姚氏者也。

当乾隆中叶，海内魁儒畸士崇尚鸿博，繁称旁证，考核一字，累数千言不能休。别立帜志，名曰“汉学”。深摈有宋诸子义理之说，以为不足复存，其为文尤芜杂寡要。姚先生独排众议，以为义理、考据、词章三者不可偏废。必义理为质，而后文有所附，考据有所归。一编之内，惟此尤兢兢。当时孤立无助，传之五六十年。近世学子稍稍诵其文，承用其说。道之兴废，亦各有时，其命也欤哉！自洪、杨倡乱，东南荼毒。钟山石城，昔时姚先生撰杖都讲之所，今为犬羊窟宅，深固而不可拔。桐城沦为异域，既克而复失。戴钧衡全家殉难，身亦欧血死矣！

余来建昌，闻新城、南丰兵燹之余，百物荡尽，田荒不治，蓬蒿没人，一二文士转徙无所。而广西用兵九载，群盗犹汹汹，骤不可爬梳，龙君翰臣又物故。独吾乡少安，二三君子尚得优游文学，曲折以求合桐城之辙。而舒焘前卒，欧阳生亦以瘵死。老者牵于人事，或遭乱不得竟其学；少者或中道夭殂。四方多故，求如姚先生之聪明早达，太平寿考，从容以跻于古之作者，卒不可得。然则业之成否，又得谓之非命也耶？

欧阳生名勋，字子和，没于咸丰五年三月，年二十有几。其文若诗清缜喜往复，亦时有乱离之慨。庄周云：“逃空虚者，闻人足音跫然而喜。”而况昆弟亲戚之謦咳其侧者乎？余之不闻桐城诸老之謦咳也久矣！观生之为，则岂直足音而已！故为之序，以塞小岑之悲，亦以见文章与世变相因，俾后之人得以考览焉。

咸丰八年十二月曾国藩叙

评点　姚鼐在湖南的传人

欧阳生名勋字子和，湘潭人，他的父亲为欧阳兆熊字小岑。兆熊乃曾氏一生中全始全终的一位重要朋友。道光二十年曾氏一人进京参加散馆考试，住在旅馆里生重病，几于不救，全靠欧阳兆熊延医照料，由此结下深厚情谊。兆熊是一位刻书藏书专家，收回南京后，曾氏在南京办金陵书局刻印船山遗书，特请兆熊主其事。

咸丰五年，兆熊年仅二十余岁的儿子欧阳勋去世。欧阳勋年纪虽轻然诗文俱佳，此事令兆熊十分悲痛，也令曾氏十分惋惜。咸丰八年，欧阳兆熊将儿子的文章结集刻印，曾氏怀着安慰好友怜恤后生之心，为文集写了这篇序言。

这篇序文中的很大篇幅是在表彰姚鼐以及桐城派。

曾氏敬重姚鼐，将他列为三十二名圣哲中的一位。曾氏也极为推崇桐城派文章。曾氏古文受桐城文风影响很大。在他看来，湖南当世一批古文名家，如吴敏树、杨彝珍、孙鼎臣、郭嵩焘、舒焘，都是姚鼐在湖南的传人，英年早逝的欧阳勋也是传人之一。

读到这里，我们明白了，曾氏为什么要花这么大的篇幅来表彰姚鼐和桐城派，其目的正是为了以此来提高欧阳生在文坛上的地位。

但令曾氏没有料到的是，湖湘古文大家吴敏树却不买这本账。他并不看重姚鼐，根本就不承认自己是桐城派的传人，为此挑起近代湖南文坛的一场官司。笔者在评点曾氏给吴的书信中有详细介绍，此处不再赘述。

□圣哲画像记

原文

国藩志学不早，中岁侧身朝列，窃窥陈编，稍涉先圣昔贤魁儒长者之绪。驽缓多病，百无一成；军旅驰驱，益以芜废。丧乱未平，而吾年将五十矣。往者吾读班固《艺文志》及马氏《经籍考》，见其所列书目，丛杂猥多，作者姓氏，至于不可胜数，或昭昭于日月，或湮没而无闻。及为文渊阁直阁校理，每岁二月侍从宣宗皇帝入阁，得观《四库全书》，其富过于前代所藏远甚，而存目之书数十万卷，尚不在此列。呜呼！何其多也！虽有生知之资，累世不能竟其业，况其下焉者乎！故书籍之浩浩，著述者之众，若江海然，非一人之腹所能尽饮也，要在慎择焉而已。余既自度其不逮，乃择古今圣哲三十余人，命儿子纪泽图其遗像，都为一卷，藏之家塾。后嗣有志读书，取足于此，不必广心博骛，而斯文之传，莫大乎是矣。昔在汉世，若武梁祠、鲁灵光殿，皆图画伟人事迹，而《列女传》亦有画像，感发兴起，由来已旧。习其器矣，进而索其神，通其微，合其莫，心诚求之，仁远乎哉？

国藩记

尧舜禹汤，史臣记言而已。至文王拘幽，始立文字，演《周易》，忧勤惕厉之意，载与俱出。周孔代兴，六经炳著，师道备矣。秦汉以来，孟子盖与庄、荀并称。至唐，韩氏独尊异之。而宋之贤者，以为可跻之尼山之次，崇其书以配《论语》。后之论者，莫之能易也。兹以亚于三圣人后云。

左氏传经，多述二周典礼，而好称引奇诞，文辞烂然，浮于质矣。太史公称庄子之书皆寓言，吾观子长所为《史记》，寓言亦居十之六七。班氏闳识孤怀，不逮子长远甚，然经世之典，六艺之旨，文字之源，幽明之情状，粲然大备，岂与夫斗筲者争得失于一先生之前，姝姝而自悦者哉！

诸葛公当扰攘之世，被服儒者，从容中道。陆敬舆事多疑之主，驭难驯之将，烛之以至明，将之以至诚，譬若御驽马登峻坂，纵横险阻，而不失其驰，何其神也！范希文、司马君实遭时差隆，然坚卓诚信，各有孤诣。其以道自持，蔚成风俗，意量亦远矣。昔刘向称董仲舒王佐之才，伊、吕无以加；管、晏之属，殆不能及。而刘歆以为董子师友所渐，曾不能几乎游、夏。以予观四贤者，虽未逮乎伊、吕，固将贤于董子。惜乎不得如刘向父子而论定耳。

自朱子表章周子、二程子、张子，以为上接孔孟之传，后世君相师儒笃守其说，莫之或易。乾隆中，闳儒辈起，训诂博辨，度越昔贤，别立徽志，号曰汉学。摈有宋五子之术，以谓不得独尊。而笃信五子者，亦屏弃汉学，以为破碎害道，龂龂焉而未有已。吾观五子立言，其大者多合于洙泗，何可议也？其训释诸经，小有不当，固当取近世经说以辅翼之，又可屏弃群言以自隘乎？斯二者亦俱讥焉。

西汉文章，如子云、相如之雄伟，此天地遒劲之气，得于阳与刚之美者也。此天地之义气也。刘向、匡衡之渊懿，此天地温厚之气，得于阴与柔之美者也。此天地之仁气也。东汉以还，淹雅无惭于古，而风骨少隤矣。韩、柳有作，尽取扬、马之雄奇万变，而内之于薄物小篇之中，岂不诡哉！欧阳氏、曾氏皆法韩公，而体质于匡、刘为近。文章之变，莫可穷诘，要之不出此二途，虽百世可知也。

余钞古今诗，自魏晋至国朝，得十九家。盖诗之为道广矣，嗜好趋向，各视其性之所近，犹庶羞百味，罗列鼎俎，但取适吾口者，哜之得饱而已。必穷尽天下之佳肴，辩尝而后供一馔，是大惑也；必强天下之舌，尽效吾之所嗜，是大愚也。庄子有言："大惑者，终身不解；大愚者，终身不灵。"余于十九家中，又笃守夫四人者焉。唐之李、杜，宋之苏、黄，好之者十而七八，非之者亦且二三。余惧蹈庄子不解不灵之讥，则取足于是终身焉已耳。

司马子长网罗旧闻，贯串三古而八书，颇病其略；班氏《志》较详矣，而断代为书，无以观其会通。欲周览经世之大法，必自杜氏《通典》始矣。马端临《通考》，杜氏伯仲之间，郑《志》非其伦也。百年以来，学者讲求形声、故训，专治《说文》，多宗许、郑，少谈杜、马。吾以许、郑考先王制作之源，杜、马辨后世因革之要，其于实事求是一也。

先王之道，所谓修己治人、经纬万汇者，何归乎？亦曰礼而已矣。秦焚书籍，汉代诸儒之所掇拾，郑康成之所以卓绝，皆以礼也。杜君卿《通典》，言礼者十居其六，其识已跨越八代矣！有宋张子、朱子之所讨论，马贵与、王伯厚之所纂辑，莫不以礼为兢兢。我朝学者，以顾亭林为宗，国史《儒林传》褎然冠首。吾读其书，言及礼俗教化，则毅然有守先待后，舍我其谁之志，何其壮也！厥后张蒿庵作《中庸论》，及江慎修、戴东原辈，尤以礼为先务。而秦尚书蕙田遂纂《五礼通考》，举天下古今幽明万事，而一经之以礼，可谓体大而思精矣。吾图画国朝先正遗像，首顾先生，次秦文恭公，亦岂无微旨哉！桐城姚鼐姬传、高邮王念孙怀祖，其学皆不纯于礼。然姚先生持论闳通，国藩之粗解文章，由姚先生启之也。王氏父子集小学训诂之大成，敻乎不可几已。故以殿焉。

姚姬传氏言学问之途有三：曰义理，曰词章，曰考据。戴东原氏亦以为言。如文、周、孔、孟之圣，左、庄、马、班之才，诚不可以一方体论矣。至若葛、陆、范、马，在圣门则以德行而兼政事也。周、程、张、朱，在圣门则德行之科也，皆义理也。韩、柳、欧、曾、李、杜、苏、黄，在圣门则言语之科也，所谓词章者也。许、郑、杜、马、顾、秦、姚、王，在圣门则文学之科也。顾、秦于杜、马为近，姚、王于许、郑为近，皆考据也。此三十二子者，师其一人，读其一书，终身用之，有不能尽。若又有陋于此，而求益于外，譬若掘井九仞而不及泉，则以一井为隘，而必广掘数十百井，身老力疲，而卒无见泉之一日。其庸有当乎？

自浮屠氏言因果祸福而为善获报之说，深中于人心，牢固而不可破。士方其占毕咿唔，则期报于科第禄仕；或少读古书，窥著作之林，则责报于遐迩之誉，后世之名；纂述未及终编，辄冀得一二有力之口，腾播人人之耳，以偿吾劳也。朝耕而暮获，一施而十报，譬若沽酒市脯，喧聒以责之贷者，又取倍称之息焉。禄利之不遂，则徼幸于没世不可知之名。甚者至谓孔子生不得位，没而俎豆之报隆于尧舜。郁郁者以相证慰，何其陋欤！

今夫三家之市，利析锱铢，或百钱逋负，怨及孙子；若通阛贸易，瑰货山积，动逾千金，则百钱之有无，有不暇计较者矣；商富大贾黄金百万，公私流衍，则数十百缗之费，有不暇计较者矣。均是人也，所操者大，犹有不暇计其小者；况天之所操尤大，而于世人毫末之善，口耳分寸之学，而一一谋所以报之，不亦劳哉！商之货殖同、时同，而或赢或绌；射策者之所业同，而或中或罢；为学著书之深浅同，而或传或否，或名或不名，亦皆有命焉，非可强而几也。

古之君子，盖无日不忧，无日不乐。道之不明，已之不免为乡人一息之或懈，忧也；居易以俟命，下学而上达，仰不愧而俯不怍，乐也。自文王、周、孔三圣人以下，至于王氏，莫不忧以终身，乐以终身，无所于祈，何所为报？己则自晦，何有于名？惟庄周、司马迁、柳宗元三人者，伤悼不遇，怨悱形于简册，其于圣贤自得之乐，稍违异矣。然彼自惜不世之才，非夫无实而汲汲时名者比也。苟汲汲于名，则去三十二子也远矣。将适燕晋而南其辕，其于术不益疏哉？

文周孔孟，班马左庄，葛陆范马，周程朱张，韩柳欧曾，李杜苏黄，许郑杜马，顾秦姚王，三十二人，俎豆馨香。临之在上，质之在旁。

评点　曾氏古文中的重头戏

咸丰九年正月，曾氏驻军江西建昌府。在雨雪交加的正月十九、二十、二十一日连续三天里，他写了一篇自认为“颇冗长”的大文章，名曰《圣哲画像记》。两天后，又在给诸弟信中谈及此事。要儿子纪泽去寻觅所提到的三十二位圣哲的画像，与文章相配合，同时向诸弟言明写作此文的目的：“吾生平读书百无一成，而于古人为学之津途实已窥其大，故以此略示端绪。”

类似这种话，曾氏多次说过，足见此一念头在他心中耿耿于怀。我们于此知道，曾氏很看重学术研究和诗文创作，但苦于肩负的军务政务太多太重，当然，也苦于身体的不强健精力的不旺盛，他的这个志向无法实现。这个志向可以理解为：写出几部扎实的学术专著，多写一些有分量的古文以及有情韵的诗篇。

时间不够，精力不够，于是将研究的范围缩小到三十余人，将研究的内容与心得用极为精炼的几句话予以概括。对自己来说，是骨鲠于喉不得不发的独得之秘；对于社会来说，他希望给予读书人在多如牛毛、浩如烟海的书籍里，以明确简便的指点，廓清迷雾，减少弯路。

我们现在来看看，对于他所选定的这三十二个圣哲，他本人有哪些认识和研究心得，以及他要通过他们来向世人传递些什么？

曾氏所选的三十二人：四人一组，共八组。

第一组：周文王、周公、孔子、孟子。周文王演绎的《周易》，是有文字记载的最早经典。因为有了周公与孔子，六经才得到彰显，师道才得以确立，功劳伟大。孟子是孔子之后最卓越的人物。他的《孟子》一书可与《论语》并列。在曾氏看来，三十二个圣哲，可以称为“圣”的就是这四个人，其他的七组二十八位则为“哲”，即通达明智之士。

第二组：左丘明、庄周、司马迁、班固。这四人皆著作大才。他们所写的《左传》《庄子》《史记》《汉书》，堪称中华文化经典书籍中的精粹。

第三组：三国时的蜀国丞相诸葛亮、唐德宗时的宰相陆贽、宋仁宗时的宰相范仲淹、司马光，这四个人属于政治家。他们以军政方面的实在业绩，及个人品德上的崇高，得到历史的敬重。曾氏以“从容中道”来概括处乱世的诸葛亮，以“至明”“至诚”来突出事主驭将的陆贽，以“艰苦卓诚”来表彰范仲淹与司马光，这里显示出曾氏对政治家的视角选择。

第四组：周敦颐、二程（程颐、程颢兄弟）、张载、朱熹。这五个人都是宋代的大学问家，后世称他们为宋学的代表人物。曾氏为学，看重宋学，但不轻汉学；崇尚程朱，又不废陆王。这周程朱张，归之于程朱理学一派，恰是曾氏的精神家园。曾氏认为此门学问“其大者多合于洙泗”，也就是说是孔孟之学的传人。

第五组：韩愈、柳宗元、欧阳修、曾巩。这四个是古文大家，前两位是唐代的古文复兴运动的领袖，后两位是宋代的文坛祭酒。曾氏认为，汉代文章，以扬雄、司马相如为代表，包含着一种雄伟遒劲的阳刚之美，体现的是天地之间的义勇之气。以刘向、匡衡为代表，包含着一种渊懿温厚的阴柔之美，体现的是天地之间的仁爱之气。东汉后，文章在广博文雅方面不亚于西汉，而在风骨这方面却不如。到了唐代古文复兴，韩、柳承继着阳刚之骨，欧阳、曾接续着阴柔之风。

第六组：李白、杜甫、苏轼、黄庭坚。这是唐宋间四位杰出诗人。曾氏有一部著名的诗选，叫作《十八家诗钞》，抄了曹植、阮籍、陶潜、谢灵运、鲍照、谢朓、李白、杜甫、韩愈、白居易、李商隐、杜牧、王维、孟浩然、苏轼、黄庭坚、陆游、元好问的部分诗作，共六千五百九十九首。曾氏认为，好诗很多，不必全部诵读，只需读熟这些诗就行了，其中又特别喜欢李、杜、苏、黄四个人的诗。这四人的诗中，他喜爱的有十之七八，不喜欢的有十之二三。

第七组：许慎、郑玄、杜佑、马端临。这是四位学问家。东汉许慎著《说文解字》，东汉郑玄遍注群经，唐代杜佑著《通典》、宋代马端临著《文献通考》。曾氏认为，许、郑考查先王制作的源头，杜、马辨析后世因革的要点，他们都是属于“实事求是”的汉学一派。

第八组：顾炎武、秦蕙田、姚鼐、王念孙王引之父子。

曾氏认为，先王之道，可以一个字来概括，即礼。什么是礼？礼其实就是关于社会治理的方略。清朝大学者顾炎武在这方面的研究成就最大，其次是乾隆朝尚书秦蕙田的《五礼通考》一书，体大思精，烛幽显明。至于姚鼐与王氏父子，他们的成就不限于礼学，姚对文章学的贡献、王氏父子对文字学的钻研，都有集大成的功劳。所以，曾氏将这二人殿后。

在将这八组三十二人介绍完后，曾氏对所选的圣哲作了一番归纳：文、周、孔、孟是大圣，左、庄、班、马是大才，他们都是笼罩全局的人物，不能从某一方面来谈论。至于葛、陆、范、马，可以列之于孔子门下的德行兼政事科，周、程、张、朱，列于德行之科，韩、柳、苏、黄可列于言语之科，许、郑、杜、马、顾、秦、姚、王，可列于文学之科。这三十二个人，值得世人终生任取一人为师、一书为诵，受用无穷。

最后，曾氏指出，读书求学，不是为名，也不是为利，它的真正最大目的，在于滋养心性、明忧明乐。在这一点上，所列三十二人都堪称典范。这就是曾氏作此文的目的。

读这篇大文时，笔者注意到以下几点：

一、所列名曰三十二人，其实是三十四人："程"指程颐、程颢兄弟，"王"指王念孙、王怀祖父子。

二、所列者没有王夫之。打下南京后，曾氏办金陵书局，专刻夫之全书，并亲自校刊，撰写前言，可见王夫之在他心中有着很高的地位，但他并未将夫之列于圣哲之中。是遗漏了，还是认为夫之尚进不了这个序列？

三、曾氏是湘军统帅，但圣哲中无军事家一类。此中消息，令人深思。

四、文章中说："余钞古今诗，自魏晋至国朝，得十九家。"但他的诗选名曰《十八家诗钞》。最后取消的是哪一家？此事虽小，也值得细究。

□《经史百家杂钞》题语

原文

姚姬传氏之纂古文辞，分为十三类。余稍更易为十一类：曰论著，曰词赋，曰序跋，曰诏令，曰奏议，曰书牍，曰哀祭，曰传志，曰杂记，九者，余与姚氏同焉者也；曰赠序，姚氏所有而余无焉者也；曰叙记，曰典志，余所有而姚氏无焉者也；曰颂赞，曰箴铭，姚氏所有，余以附入词赋之下编；曰碑志，姚氏所有，余以附入传志之下编。论次微有异同，大体不甚相远，后之君子，以参观焉。

村塾古文有选《左传》者，识者或讥之。近世一二知文之士，纂录古文，不复上及六经，以云尊经也。然溯古文所以立名之始，乃由屏弃六朝骈俪之文而返之于三代两汉，今舍经而降以相求，是犹言孝者敬其父祖而忘其高曾，言忠者曰我家臣耳，焉敢知国，将可乎哉？余钞纂此编，每类必以六经冠其端，涓涓之水，以海为归，无所于让也。

姚姬传氏撰次古文，不载史传，其说以为史多不可胜录也。然吾观其奏议类中，录《汉书》至三十八首，诏令类中，录《汉书》三十四首，果能屏诸史而不录乎？余今所论次，采辑史传稍多，命之曰《经史百家杂钞》云。

评点　为何要编《经史百家杂钞》

此文作于咸丰十年八月。

翰林又称之为皇帝的文学侍从，即在诗文词赋方面为皇帝服务的人。故用功于诗文，乃曾氏的职业所在；而曾氏又是从心里喜爱文字的，所以这也是他的兴致所好。有此两点，曾氏于诗文所下的工夫，便非一般人可比。最能体现他的词臣学养、文人情怀的，除他自己所创作的诗文外，便是他的两个诗文选本：《十八家诗钞》与《经史百家杂钞》。

《经史百家杂钞》一书，创意于咸丰元年初曾氏供职京师期间，成书于咸丰十年闰三月安徽宿松军营。在此之前，文坛上有一部流传很广影响很大的文章选本，那就是姚鼐主编的《古文辞类纂》。

曾氏很尊敬姚鼐，把他列入心目中的圣哲之一。尤其是他很服膺姚氏所提出的文章分阳刚之美与阴柔之美的说法。笔者曾在二〇〇八年岳麓书社重印《十八家诗钞》《经史百家杂钞》的序文中说："曾氏在姚的基础上，参照邵雍的四家之说，将阳刚分为太阳、少阳，阴柔分为太阴、少阴四类。太阳代表气势，少阳代表趣味，太阴代表识度，少阴代表情韵。后来，他又将四类分成八类，即气势类分为喷薄之势与跌宕之势，趣味类分为诙诡之趣与闲适之趣，识度类分成闳括之度与含蓄之度，情韵类分为沉雄之韵与凄恻之韵。吴汝纶称曾氏此种分类，是关于古文的'前古未有'的发现。曾氏自己多次说过，他对古文下过苦功夫探索，有独到的心得体会。他甚至担心若过早去世，他的寸心所得有可能成为广陵之散。对古文的这个分类，应是他古文研究成果的一部分。"

既有姚鼐的《古文辞类纂》在先，曾氏为何还要编这部《经史百家杂钞》呢？他的这篇《题语》回答了这个问题。缘由有二：其一为姚氏所分的十三类不够妥当，他改为十一类。其二为姚氏选文不选六经。曾氏认为这样做有数典忘祖之嫌。"涓涓之水，以海为归"，六经乃文章之海，怎能不选呢？且不说分类是否更妥当，这中间有一个见仁见智的区别；六经冠首，并博采史传的做法，应该是比姚鼐更高一筹。

第二年，曾氏又专为老九从该选本中精挑四十八篇，并加以评点讲解，称之为简编。

老九少年时代对于治学未曾用过"猛火"，后来投身军营，更无多少闲暇读书，于是曾氏优中选优，遂有杂钞简编版。老九武运颇好，这一年打下安庆，朝廷赏他布政使衔，以按察使遇缺题奏，开始进入大员行列。同治元年被授为浙江按察使实缺，一个月后，升为江苏布政使。同治二年三月，擢为浙江巡抚。老九的官阶，简直如火箭般快速直升。同治三年十月，老九回籍养病。为培植老九草拟奏折的能力，曾氏又为之选择自汉至明十七篇名臣奏疏，并详细评点，谆谆开导。曾氏对于这个胞弟，真可谓倾尽了心血！

□箴言书院记

原文

国藩以道光戊戌通籍于朝，湘人官京师者，多同时辈流。其射策先朝，耆年宿望，凋散略尽。而少詹事益阳胡云阁先生，独为老师祭酒。乡之人，就而考德稽疑，如幽得烛，众以无陨，而哲嗣润之，亦以编修趾美名父，回翔馆阁。今兵部侍郎、湖北巡抚，海内称为宫保胡公者是也。

少詹君晚而纂《弟子箴言》十四卷，国藩实尝受而读之。自洒扫应对，以暨天地经纶，百家学术，靡不毕具。甄录古人嘉言，衷以己意，辞浅而指深，要使学者自幼而端所习，随其材之小大，董劝渐摩，徐底于成而已。

窃尝究观夫天之生斯人也，上智者不常，下愚者亦不常，扰扰万众，大率皆中材耳。中材者，导之东而东，导之西而西；习于善而善，习于恶而恶。其始瞳焉无所知识，未几而骋耆欲，逐众好。渐长渐贯，而成自然。由一二人以达于通都，渐流渐广，而成风俗。风之为物，控之若无有，鳍之若易靡；及其既成，发大木，拔大屋，一动而万里应，穷天人之力，而莫之能御。先王鉴于此，欲民生蚤慎所习，于是设为学校以教之：琴瑟鼓钟以习其耳，俎豆登降以习其目，诗书讽诵以习其口，射御投壶以习其筋力，书升以作其能，而郊遂以作其耻。故其高材，则道足济天下，而智周万汇。其次亦不失为圭璧自饬之士。贾生有言：“习与正人居之，不能毋正。犹生长于齐，不能不齐言也。”其不然欤?

侍郎自开府湖北以来，即以移风易俗为己任。自部曲之长，郡县之吏，暨百执事，片善微长，不敢自襮，而褒许随之。曰：“尔之发见者微，而善端宏大，不可量也。”或有过差，方图盖覆，谴亦及之。曰：“此犹小眚，过是，诛罚重矣。”与其新，不苛其旧；表其独，不遗其同。上下兢兢，日有课，月有举。当世推湖北人才极盛。侍郎则曰：“吾先人箴言中，育才之法如此。吾讵能继述直什一耳?”咸丰十年，侍郎治鄂六载矣，功成而化洽。又以一湖之隔，吾教成于北，而反遗吾父母之邦，其谓我何？于是建箴言书院，将萃益阳之士而大淑之。置良田以廪生徒，储典籍以馈孤陋。宽其涂辙，而严其教条。崇实而黜华，贱通而尚介。循是不废，岂惟一邑之幸！即汉之十三家法，宋之洛闽渊源，于是乎在。

后有名世者出，观于胡氏父子仍世育才肫肫之意，与余小子慎其所习之说，可以兴矣。

评点　以移风易俗为己任

这篇文章乃应胡林翼之请而作。

胡林翼之父胡达源四十二岁那年，以一甲三名即探花身份中式，随即出任翰林院编修。第二年，胡林翼随母汤氏夫人进京。胡达源的官运并不顺畅，直到五十六岁才做到他一生中的最高职务詹事府詹事：一个四品衔的中级京官，但很快又因武会试失察而降为从四品的翰林院侍讲。六十岁那年，胡达源因母丧离京，后主讲长沙城南书院。六十四岁病逝于京师。咸丰八年，胡林翼之母汤太夫人以八十四岁高龄病逝于武昌抚署。胡林翼扶棺回里，在家乡益阳泉交河为父建祠堂，并在祠堂旁兴建书院，用以教化里中弟子。书院以胡父所著《弟子箴言》一书为名，曰箴言书院，请曾氏为之作记。

咸丰十一年六月下旬，得知胡林翼病危，冒着酷暑，曾氏写下这篇文章。曾氏作此文，除因与胡氏的朋友之情战友之谊深厚外，还基于两点：一是缅怀胡父。曾氏道光二十年进京做翰苑检讨。胡氏父子对于他来说，既是乡贤，又是翰林前辈。曾氏常去胡府串门。胡父去世后，曾氏亲至吊唁，并撰写诔文。出殡之日，曾氏又到胡府为之送别。二是曾氏十分赞赏胡氏办学兴教的义举。

于是文章便立足在这两点上，尤其是在教化人心移风易俗这点所下笔墨更多。

文章的中心在这样几句话上："窃尝究观夫天之生斯人也，上智者不常，下愚者亦不常，扰扰万众，大率皆中材耳。中材者，导之东而东，导之西而西；习于善而善，习于恶而恶。"其意为：天下人群，特别聪明的不多，特别愚蠢的也不多，大多数属于中等资质。这种人，引导他向东则东，引导他向西则西；在好的环境里生存则变好，在坏的环境里生存则变坏。教育之所以重要，其源盖出于此。

曾氏一向本着这种认识而重视教育，尤其看重处高位者引领风尚的作用。文章对胡氏父子育才心愿的推崇，对胡林翼"以移风易俗为己任"的赞许，皆出于他本人的重教化重引导之心。

可惜，胡氏并没有看到箴言书院的落成。此文完成后不到两个月，胡林翼便溘然长逝。曾氏闻讯十分悲痛，嘱托治丧者，将丧事完后剩余的奠仪用于箴言书院的建设与管理。在以后的岁月，箴言书院培养了一批又一批优秀学子，为益阳的教育事业作出了巨大的贡献。此举应是胡林翼为家乡所做的最大好事。

□邓湘皋先生墓表

原文

先生新化邓氏，讳显鹤，字子立，晚岁学成，远近称为湘皋先生。先生自甫掇科名，即已厌薄仕进，慨然有志于古之作者。与同里欧阳绍洛磵东以诗相厉。客游燕、齐、淮阳、岭南，所至悲愉抑塞，一寓于诗。觑幽刺怪，遏之使平，终岁颛颛，誓不履近人之藩，而又耻不逮古人。每有篇什，辄就磵东，与相违覆，引绳落斧，剖晰毫厘；书问三反，或终不得当，交嘲互讼，神囚形瘁。已而窒极得通，则又互慰大欢，以为解此者，天下之至豪也。

先生以嘉庆九年甲子科举于乡。道光六年大挑二等，官宁乡县训导，凡十有三年，引疾归。其遗外时荣而有事著述，与磵东略同。然磵东持律矜严，体势稍褊；先生则波澜益壮，跌宕昭彰。磵东墙宇自峻，与人少可；先生则阐扬先达，奖宠后进，知之惟恐不尽，传播之惟恐不博且久。用是门庭日广，而纂述亦独多。诗歌所不能表者，益为古文辞以彰显之。

其于湖南文献，搜讨尤勤。如饥渴之于食饮，如有大谴随其后驱迫而为之者。以为洞庭以南服岭以北，旁薄清绝，屈原、贾谊伤心之地也，通人志士，仍世相望，而文字放佚，湮郁不宣，君子惧焉。于是搜访滨资郡县名流佳什，辑《资江耆旧集》六十四卷。东起漓源，西接黔中，北汇于江，全省之方舆略备，巨制零章，甄采略尽，为《沅湘耆旧集》二百卷。遍求周圣楷《楚宝》一书，匡谬拾遗，为《〈楚宝〉增辑考异》四十五卷。绘乡村经纬图以诏地事，详述永明播越之臣以旌忠烈，为《宝庆府志》百五十七卷，《武冈州志》三十四卷。衡阳王夫之，明季遗老，《国史儒林传》列于册首，而邦人罕能举其姓名，乃旁求遗书，得五十余种，为校刻者百八十卷。浏阳《欧阳文公元全集》久佚，流俗本编次失伦，为复审补辑若干卷。大儒周子权守邵州，录其微言，副以传谱之属，为《周子遗书》十一卷。所至厘定祀典，褒崇节烈，为《召伯祠从祀诸人录》一卷，《朱子五忠祠传略考正》一卷，《五忠祠续传》一卷，《明季湖南殉节诸人传略》二卷。呜呼！可谓勤矣！

盖千秋者，人与人相续而成焉者也。惟众人甘与草木者伍，腐而腐耳。自稍有知识，即不能无冀于不朽之名。智尤大者，所冀尤远焉。人能宏道，无如命何。或碌碌而有声，或瑰材而蒙诟，或佳恶同、时同、位同，而显晦迥别，或覃思孤诣而终古无人省录。彼各有幸有不幸，于来者何与？先生乃举湖南之仁人学子薄技微长，一一掇拾而光大之，将非长逝者之所托命耶？何其厚也！

先生生于乾隆四十二年十二月十六日，卒于咸丰元年闰八月二十五日，春秋七十有五。曾祖元臣，祖胜逵，父长智。妻曹氏，仁厚淑慎，里党钦之。妾何氏。子二：琳，廪贡生，候选训导，前卒；琮，道光丁酉科拔贡生，癸卯科举人，父殁后一月，以毁终。女子子三人。孙四：光黼，光缃，光绂，光组。曾孙：大程。自先生以名儒笃行昌其家，群从子姓，皆孝友力学。兄子瑶尤贤而能文章。先生之书，其不系于湖南文献者，又有《南村草堂诗钞》二十四卷，《文钞》二十卷，《易述》八卷，《毛诗表》二卷，《校勘〈玉篇〉〈广韵〉札记》二卷，自订年谱二卷，瑶皆敬谨弆藏。其未刻者，皆写定，可传于世。

先生内行完粹，教泽在人，瑶所为行状甚详，兹故不著。独著其治诗之精，与其有功于乡先哲者，揭于墓道，以式乡邦而讯异世。

评点　近代湖湘编辑家邓湘皋

湘皋先生为近代湖南著名的学者兼编辑家、出版家。《清史稿·文苑传》是这样介绍他的："少与同里欧阳绍洛以诗相励，客游四方，所至倾动。嘉庆九年举人，厌薄仕进，一以纂著为事，系楚南文献者三十年。尝以为洞庭以南服岭以北、屈原贾谊伤心之地也。历代通人志士相望，而文字湮郁不宣，乃从事搜讨。每得贞烈遗行于残简断册中，为之惊喜狂拜，汲之彰显，若大谴随其后。""凡所著有《资江耆旧集》《沅湘耆旧集》《楚宝增辑考异》《武冈志》《宝庆志》《朱子五忠祠传略》及《续略》《明季湖南殉节传略》。又，《易述》《毛诗表》《南村草堂诗文集》，共数百卷。"

将《清史稿》的本传与这篇墓表作一个比较，我们可以很明显地看出，本传其实就是这篇墓表的缩写。毕竟，《清史稿》是正史，能在正史上留下这些文字，也叫做青史留名，是千千万万做大事者的最终向往，而曾氏的文章毕竟是个人行为，还没上升到这个层面。《清史稿》本传中诸如"以为洞庭以南，服岭以北、屈原贾谊伤心之地也。历代通人志士相望，而文字湮郁不宣，乃从事搜讨"，简直就是照抄曾氏原文。由此，我们可以看出，曾氏这篇文章的分量，以及在学界的影响。

曾氏与邓似未有过直接交往，他之所以写这篇墓表，固然是出于对邓的尊崇，更主要的原因是邓之侄子邓瑶的关系。

邓瑶是其兄显鹍之子，以贡生身份多次进京应试均告罢。道光二十四年，曾氏有诗三首送邓瑶，其中第二首就是专写邓显鹤的："君家老痴叔，海内久词宗（曾氏自注：谓湘皋广文）。岁晚餐出菊，空山依冷筇。我今方速谤，兹味亦非浓。他日庞公榻，来寻物外踪。"邓瑶后为曾氏佐幕多年。邓显鹤去世后，邓瑶请曾氏为之表墓，并请曾氏推荐其叔在史馆立传。同治二年十一月下旬，曾氏终于写下这篇应允十年之久的文章。

□江忠烈公神道碑

原文

公讳忠源，号岷樵，新宁江氏。曾祖登佐，太学生。祖献鹏。父上景，岁贡生。母陈太夫人，生子四，公其长也。少而豁朗英峙，以县学附生选为道光十七年丁酉科拔贡生，旋中是科乡举。久客京师，以大挑得教职。与曾国藩、陈源兖、郭嵩焘、冯卓怀数辈友善。尝从容语国藩："新宁有青莲教匪，乱端兆矣！"既归二年，而复至京。余戏诘公："青莲会匪竟如何？何久无验也？"公具道家居时，阴戒所亲，无得染彼教。团结丁壮，密缮兵仗，事发有以御之。逮再归，而果有雷再浩之变。公部署夙定，一战破焚其巢。诱贼党缚再浩，磔之。湖广总督上其功，赏戴蓝翎，以知县用。公入都谒选，又语国藩："前事虽定，而大吏姑息，不肯痛诛余党。难犹未已。"逾年，而复有李沅发之变。又逾年，而广西群盗蜂起，洪秀全、杨秀清之徒出，大乱作矣！

公为县令浙江岁余，咸丰元年丁家艰归。大学士赛尚阿公督师广西，驰疏调公赴粤。既至，则大为副都统乌兰泰公所宾敬。事无巨细，必再咨而后行；人无疏戚贵贱，必察公意向而薄厚之。叙公之劳，请擢同知直隶州，换戴花翎。公亦竭诚赞画，募楚勇五百人助战。湖南乡勇出境讨贼，自此始也。

乌公慷慨负气，与提督向公荣积有违言。公以书晓譬乌公礼下之已甚，冀感动向公，卒不能得。逮围贼于永安，复代为一书抵向公，力谏围师缺隅之说，请合围而尽歼之，又不能得。因引疾归。归而永安贼出，大败官军，遂至桂林。公闻警，募勇倍道赴援，将终佐乌公以平岭表。未至而乌公阵没。自是独领一队，贼中往往指目江家军矣。既解广西之围，旋大捷于蓑衣渡。贼不得掠舟而北，衡、永以安。贼攻长沙，公与力争南门天心阁，筑坚垒，据要害，长沙以完。贼之渡洞庭而东也，实惟咸丰二年十月之杪，旌旗帆樯，蔽江而下。公痛时事之益坏，怨吾谋之不见纳，怅然不复欲东。巡抚张公亮基亦奏公留守湖南。是冬，破贼目晏仲武于巴陵，剿平征义堂会匪于浏阳。明年春，署湖北按察使，翦叛民刘立简于通城，膊陈北斗于崇阳。皆以疲卒千余，荡寇数万。天子褒叹，由是有帮办江南军务之命。

公拜疏将赴金陵，中途闻广济宋关佑为乱，移师讨之。事甫定而朝廷命公速救凤阳。不数日，而江西巡抚檄公速援南昌。公曰："金陵、凤阳，虽有朝命，然残破之区，效迟而事易；江西虽无朝命，然完善之土，祸急而事难。吾当先其难者。"遂挈师由九江踔四百里，猋入南昌。翼日贼至，则设施略备，上下恃以无恐。贼昼夜环攻，阙地十道，分扰旁郡，以眩我谋，终不得穷公方略。凡九十余日而围解。上嘉公功，赏二品顶戴，赐翎管、班指诸物。厥后田家镇失利，上疏自劾。诏旨虽许镌四级，然旋有安徽巡抚之命，又诏公楚皖一体，当相缓急为去留，不必拘于成命。盖圣主倚公办贼，不复中制。而海内企踵喁喁，亦咸知非公莫属也。

公以为武昌差足自保，庐州新立行省，危在旦夕。法宜经营淮南，以分吴楚贼势。遂拜疏自鄂之皖，趱雨而行。将卒终岁奔命，道病，公亦病。至六安，病甚。六安吏民遮道请留，不许。舁疾竟达庐州，部分未定而贼大至。公设策应敌，一如守长沙、南昌时。而城无见粮，药铅罄竭。元从之士，不满千人。诸军屯四十里外，观望莫救。公弟忠浚自楚来援，为贼所梗，咫尺不得通问。公病益困，不食数日矣。城陷，发愤投水死。咸丰三年十二月十七日也，春秋四十有二。越八日，募人入贼中，负公尸以出。事闻，天子震悼。追赠总督，赐祭葬，命庐州及湖南、江西皆立专祠，褒公三代如其官，予谥忠烈。

咸丰五年，刘公长佑间关归公丧新宁。六年某月，葬于某里某山。公弟三人，仲即忠浚，以兵事积功至道员，历官安徽、四川布政使。次忠济，战功最伟，殉难岳州，予谥壮节。次忠淑，县学附生，保叙知府。夫人陈氏，无子，以弟子孝椿为嗣。妾杨氏，公既没而生子孝棠。

国藩昔与公以学行相切䃺，文宗御极，荐公以应求贤之诏。公尝疏请三省造舟练习水师，又尝寓书国藩，坚嘱广置炮船，肃清江面，以弭巨祸。其后，国藩专力水军，幸而有成，从公谋也。自公之薨，忠浚等数乞余文，表公墓道。大义相许，神人共鉴，余其敢让！军兴以来，死事者多矣！或邂逅及难，而幸厕忠义之林，何可胜道！当公赴江西之急，有诏令至金陵。及赴庐州之急，有诏且留楚中。宜可少安，以惜有用之身；而公必蹈危地，甘死如饴，但求无疚于神明。岂所谓皎然不欺者耶？呜呼，忠已！余既揭其用兵始末，乃并述他行义，声之铭诗，用告异世治国闻者。铭曰：

儒文侠武，道不并张；命世英哲，乃兼厥长。惟公之兴，颓俗实匡。明明如月，肝胆芬芳。有师邓君，有友邹子；卧病长安，朝夕在视。亦有曾生，燕南旅死；谋归三丧，反葬万里。两以躬致，义泣鬼神；近古之侠，孰与比伦？作宰吴越，风教露养；秀水振饥，翼民以长。苏其枯胔，衣以文裍。儒吏之风，并时无两。蕴此两美，风雷入怀；砰然变化，阴阖阳开。宜戡大难，重奠九垓；半驾而税，天乎人哉！楚师东征，倏逾十秋。三十万人，金甲貔貅；死者半之，白骨嵩邱。人怀忠愤，如报私仇；千磨百折，有进无休。终殪元恶，尽复名城。天河荡秽，海宇再清。公创其始，不观其成。九原可作，慰以兹铭。

评点 三湘士人的榜样

江忠源这个人，无论是对于曾氏本人还是对湘军运动，都是一个重要的人物。

对于曾氏来说，早在道光二十四年，江忠源便以他的豪迈倜傥，引起曾氏的真心喜爱。后来，江的多次千里护棺的侠义行为，又赢得曾氏对江的由衷敬重。再后来，江以在家暗组团练平定乡乱的壮举，让曾氏看出江的办事才干。于是，便有了咸丰元年，曾氏郑重其事地向朝廷推荐江忠源，认定他为当今可委以重任的五个人才之一。

对于湘军运动来说，江忠源在家乡招募五百团练，在几乎未经训练的情况下，于蓑衣渡一战成功，为日后的湖湘农民结伴搭伙去猎取功名富贵增加极大的自信心。咸丰三年，江忠源被授予安徽巡抚之职。三年前，江还是一个举人出身的代理县令，就在短短三年之间，因军功而频频迁升，居然一步登天成了封疆大吏。这给千千万万或困于仕途，或陷于贫困的湖南人，带来多大启发与点拨！很快，江忠源又因庐州失守而投水自杀。这种宁死不屈的行为，又给湖湘血性士人树立一个人格榜样。

无论于公于私，江忠源在曾氏的心目中，都有着沉甸甸的分量。同治四年二月初，曾氏为江撰写神道碑。碑文中所流露出的感情深厚而诚挚。

江忠源一生丰富多彩，碑文自然不能一一细述。曾氏着重说了几件事情：对青莲教起事的预测，受乌兰泰的绝对信任，建言向荣而不被采纳，归而复出大捷于蓑衣渡，激战三个月解南昌之围，庐州失守投水自尽。

通过这几件大事，江忠源这位谋勇兼备、慷慨节烈的湘军统领的形象，便跃然纸上呼之欲出。曾氏以解急难、蹈危地来概括江忠源为将的特点，其评价是很中肯的。

文未尽意，更以铭为申之。结尾的铭辞，情意深长，既颂江氏，更赞湘军。其中“楚师东征，倏愈十秋。三十万人，金甲貔貅；死者半之，白骨嵩邱。人怀忠愤，如报私仇；千磨百折，有进无休”可以视为湘军之史诗。

这篇神道碑情文并茂，是曾氏所写的这类文章中的代表作。同治七年岁末、八年年初，曾氏在京师小住一段时期。他在八年一月十日的日记中写道：“是日，单地山尚书于席间盛称余所作《江忠烈神道碑》，背诵如流。老辈好善不可及也。”由此可知，这篇碑文在当时广为流传。吏部尚书单懋谦居然可以在酒席上背诵如流，这一方面固然见单的记诵过人，另一方面也可看出当时重视文章的社会风气。

□《王船山遗书》序

原文

王船山先生遗书，同治四年十月刻竣，凡三百二十二卷。国藩校阅者，《礼记章句》四十九卷，《张子正蒙注》九卷，《读通鉴论》三十卷，《宋论》十五卷，《四书》《易》《诗》《春秋》诸经稗疏考异十四卷，订正讹脱百七十余事。军中鲜暇，不克细紬全编，乃为序曰：

昔仲尼好语求仁，而雅言执礼，孟氏亦仁礼并称，盖圣王所以平物我之情，而息天下之争，内之莫大于仁，外之莫急于礼。自孔孟在时，老庄已鄙弃礼教。杨墨之指不同，而同于贼仁。厥后众流歧出，载籍焚烧，微言中绝，人纪紊焉。汉儒掇拾遗经，小戴氏乃作记，以存礼于什一。又千余年，宋儒远承坠绪，横渠张氏乃作《正蒙》，以讨论为仁之方。船山先生注《正蒙》数万言，注《礼记》数十万言，幽以究民物之同原，显以纲维万事，弭世乱于未形。其于古昔明体达用，盈科后进之旨，往往近之。

先生名夫之，字而农，以崇祯十五年举于乡。目睹是时朝政刻核无亲，而士大夫又驰骛声气，东林、复社之徒，树党伐仇，颓俗日蔽。故其书中黜申韩之术，嫉朋党之风，长言三叹而未有已。既一仕桂藩，为行人司，知事终不可为，乃匿迹永、郴、衡、邵之间，终老于湘西之石船山。

圣清大定，访求隐逸。鸿博之士，次第登进。虽顾亭林、李二曲辈之艰贞，征聘尚不绝于庐。独先生深閟固藏，邈焉无与。平生痛诋党人标谤之习，不欲身隐而文著，来反唇之讪笑。用是，其身长遁，其名寂寂，其学亦竟不显于世。荒山敝榻，终岁孳孳，以求所谓育物之仁，经邦之礼。穷探极论，千变而不离其宗；旷百世不见知，而无所于悔。先生没后，巨儒迭兴，或攻良知捷获之说，或辨《易》图之凿，或详考名物，训诂、音韵，正《诗集传》之疏，或修补三礼时享之仪，号为卓绝。先生皆已发之于前，与后贤若合符契。虽其著述大繁，醇驳互见，然固可谓博文约礼，命世独立之君子已。

道光十九年，先生裔孙世全始刊刻百五十卷。新化邓显鹤湘皋实主其事。湘潭欧阳兆熊晓晴赞成之。咸丰四年，寇犯湘潭，板毁于火。同治初元，吾弟国荃乃谋重刻，而增益百七十二卷，仍以欧阳君董其役。南汇张文虎啸山、仪征刘毓嵩伯山等分任校雠。庀局于安庆，蒇事于金陵。先生之书，于是粗备。后之学者，有能秉心敬恕，综贯本末，将亦不释乎此也。

评点　治国大计：内仁外礼

打下南京后，摆在曾氏面前的是疮痍满目、百废待兴，而曾氏却在许多迫切要做的民生事业中，做了一件看似可有可无或可移至日后办理的事情，那就是在南京建金陵书局，举全局之力刻印王船山的遗书。

这件事令许多人感兴趣，他们都在琢磨曾氏做此事的背后原因。有一个研究成果特别令人关注。研究者说：曾氏深知自己办湘军灭掉太平天国，是在帮助满人残杀汉人，罪孽深重，于是他要借抬高反清复明思想强烈的王船山，来为自己洗刷与救赎，并以广为印发船山的著作，来培植反清势力，最终完成驱逐满人光复汉人江山的大业。

这个说法在当时似乎也还有不少人相信，因为那时中国已被一股“驱逐鞑虏恢复中华”的革命之风所弥漫。但在笔者看来，这种研究是缺乏根据的，是站不住脚的。笔者认为，曾氏此举，若从个人私心来说，他要借此显示自己的“文治”。“武功”已得到公认，再加上印书便是“文治武功”的全面功德了。这也符合曾氏一贯的对圣贤境界的追求。若从国家层面这个角度来说，他是要借王船山的学说与思想让社会长治，让人心久安。他的这篇写于同治五年九月中旬的序言，便是立足在这点上的。

序言的核心在这几句话中：“圣王所以平物我之情，而息天下之争，内之莫大于仁，外之莫急于礼。”“船山先生注《正蒙》数万言，注《礼记》数十万言，幽以究民物之同原，显以纲维万事，弭世乱于未形。”

曾氏说，圣贤治国，是以仁爱来化育人心，以礼制来规范秩序；仁与礼二者结合，国家就整治好了。王船山正是以一生之精力在阐述仁与礼。民众与万物同一源头，这是船山学说的深层次内核；将各种事理纳入规矩制度之中，这是船山学说的经世功能，它可以将世界的混乱消弭于无形。这些，其实也就是曾氏本人的治国理念。所以，曾氏要在大乱甫平之时，便开书局印好书，其意便在于借此长弭世乱。

□鸣原堂论文八则

原文

序

《棠棣》为燕兄弟之诗，《小宛》为兄弟相戒以免祸之诗，而皆以脊令起兴。盖脊令之性最急，其用情最切。故《棠棣》以喻急难之谊；而《小宛》以喻征迈努力之忱。余久困兵间，温甫、沅浦两弟之从军，其初皆因急难而来。沅浦坚忍果挚，遂成大功，余用是获免于戾。因与沅弟常以暇逸相诫，期于夙兴夜寐，无忝所生。爰取两诗脊令之旨，名其堂曰“鸣原堂”云。曾国藩记。

评点　曾氏家族的家学与秘传

同治三年十月，曾国荃离开金陵，以养伤病为由解甲归田。曾老九当时是巡抚一级的官员，家居是暂时的，随时都有复出的可能。这一点，曾家兄弟心中都是有数的。曾国荃在同治二年初便被实授浙江巡抚，但他一直在军营带兵打仗，并未就任，其军事上的奏报，也由兄长处代劳。一旦复出，则必须履行巡抚实职，而给朝廷上折，自然是封疆大吏的第一等大事。做大哥的再有心，也不可能为九弟代为上奏了。为了提高老九草拟、审读奏疏的能力，在老九回乡养病的一年多时间里，曾氏陆续选了十七篇前代著名的奏疏，亲自为之逐段点评，并在篇末给予总论。如同二十多年前一样，大哥为九弟耐心细致地讲学授课。

曾氏是文章大家，学生又是自己立有大功的胞弟，这种讲授，无疑是最坦诚彻底的。世间所谓的家学，所谓的秘传，莫过于此。

这十七篇奏疏与曾氏的评点合起来，以《鸣原堂论文》为名收录在曾氏全集中。之所以取名鸣原堂，曾氏说其意出于《诗经》中的《棠棣》《小宛》。《棠棣》中有“脊令在原，兄弟急难”两句诗，说的是鹡鸰鸟在平原上鸣叫，它的兄弟前来解救。咸丰六年，曾氏在江西处境艰难，六弟国华、九弟国荃赴赣相助，借“鸣原”两字表示不忘兄弟急难的情意。

曾氏对所选的这些奏疏，都做了不少指导性的批评。如圈画重点文句，对个别词语作简短说明，指明段落大意等，在有的奏疏前面，他还作了相关交代。最为重要的是，在每篇奏疏的后面，他都用心写了一段文字。这些文字，或议论该道奏疏的长处，或提出自己的为文见解。曾氏素有古文大师、奏章高手之称，在这些议论中，他传授自己的写作秘诀。笔者从中选择八则篇末总论，并为大家略作解读。

一、匡衡《戒妃匹劝经学威仪之则疏》

原文

三代以下陈奏君上之文，当以此篇及诸葛公《出师表》为冠。渊懿笃厚，直与《六经》同风，如“情欲之感，无介于仪容；宴私之意，不形乎动静”等句，朱子取以入《诗经集传》，盖其立言为有本矣。

此等奏议，固非后世所能几及，然须观其陈义之高远，着语之不苟，乃能平躁心而去浮词。

评点　匡衡对汉成帝的三条规劝

匡衡是西汉著名经学家，汉元帝时出任丞相，安帝时遭人陷害，后免官。这是汉成帝即位之初，匡衡规谏皇帝的一道奏疏。匡衡劝成帝对待后宫妃嫔要做到“采有德，戒声色，近严敬，远技能”，也就是说选妃嫔重在德性而不是色艺。匡衡规劝成帝的第二件事是要认真读儒家经书，第三件事要动静有节，注意保持天子的威仪。

曾氏认为这篇奏疏与诸葛亮的《出师表》一样，是三代以下给君王上的奏折中的最好者。他对它的评价是渊懿笃厚。什么是渊懿，当指上疏者学问渊博德行美好。作为经学家，匡衡自然是当之无愧的。什么是笃厚？当指上奏者对君王的情感深挚笃实。匡衡作为先帝朝丞相，自然对新天子情意深厚，谈的是关于个人的切身修养，平直实在，也能够让少年天子听得进。曾氏说这样的奏疏能使人“平躁心而去浮词”。

写到这里，笔者想起咸丰皇帝登基之初，曾氏也上过一道《敬呈圣德三端预防流弊疏》，指出青年皇帝身上的三个毛病：谨于小而疏于天；徒尚文饰而忽视实质；厌薄恒俗而长骄矜之气。曾氏是否想步匡衡的后尘，我们不得而知，但可以作一点比较。

笔者认为，在这件事上，曾氏至少有两个方面要逊于匡衡。第一，这种规谏性的奏疏，作者本人的身份非常重要。匡衡是前朝丞相，比时为礼部侍郎的曾氏要贵重得多。第二，匡衡奏疏用的是正面启发，曾氏却直陈君上的过失。咸丰帝看后很不高兴。由此可知，曾氏当年的那道奏疏，基本上不会起到实际作用，反而显示出他本人政治上的不成熟不老到。

二、贾谊《陈政事疏》

原文

奏疏以汉人为极轨，而气势最盛、事理最显者，尤莫善于《治安策》。故千古奏议，推此篇为绝唱。可流涕者少一条，可长太息者少一条，《汉书》所载者，殆尚非贾子全文。贾生为此疏时，当在文帝七年，仅三十岁耳。于三代及秦治术无不贯彻，汉家中外政事无不通晓，盖有天授，非学所能几耳。

奏议以明白显豁、人人易晓为要。后世读此文者，疑其称名甚古，其用字甚雅，若仓卒不能解者。不知在汉时乃人人共称之名，人人惯用之字，即人人所能解也。即以称名而论，其称淮南、济北，如今日称端华、肃顺也；其称匈奴，如今日称英吉利也；其称淮阴侯、黥布、彭越、韩信、张敖、卢绾、陈豨六七公，犹今日称洪秀全、李秀成、石达开、张洛刑、苗沛霖、畲匪、回匪也；其称樊、郦、绛、灌，犹今日称江、塔、罗、李也；其称郡国，犹今日称府厅也；其称傅、相、丞、尉，犹今日称司、道、守、令也。又以用字而论，其用“厝”字，犹今日用“置”字也；其用“虖”字，犹今日用“乎”字也；其用“虑”字，犹今日用“大致”也；其用“执”字，犹今日用“势”字也；其用“亡”字，犹今日用“无”字也；其用“亶”字，犹今日用“但”字也。其用“几幸”，犹今日用“冀幸”也；其用“隃”字，犹今日用“逾”字也；其用“县”字，犹今日用“悬”字也。由此等以类推，则当日通称之名，通用之字，断无不共喻者。然则居今日而讲求奏章，亦用今日通称之名、通用之字可矣。

评点　奏议以明白易晓为要

贾谊的这篇《陈政事疏》，又被称之为《治安策》。左宗棠的诗：

“世事悠悠袖手看，谁将儒术策治安。”这个“谁”，就是指对湖湘士人影响最大的人物之一贾谊。贾谊曾以长沙王太傅的身份在长沙住过四年，后世尊称之为贾长沙。贾谊是个天才式人物，少年成名，去世时才三十三岁。曾氏说，汉代人写的奏疏，是这种文体的最高准则，而气势最盛的就是这篇《陈政事疏》，堪称奏议中的千古绝唱。贾谊当时只有三十岁。三十岁的人能如此通晓政事、见识高远，曾氏认为这是天授，不是靠勤学苦练就可以做到的。贾谊还有一篇《过秦论》影响更大。一个文人，能有这样两篇千古传诵的文章，足以不朽。

曾氏在《陈政事疏》篇末中谈的话题，是奏折写作的一个最重要的原则：明白、显豁、易晓。他告诉其弟：今人读这篇奏疏，觉得有些文字太古太雅，这是时代的隔膜造成的，而不是作者有意为之。那些看似古雅的文字，在当时是人人都晓得的。

奏折写作的这个原则，是基于它的独特性所决定的。奏折是写给皇帝看的。皇帝日理万机，每天要看的奏折很多，所以奏折一定要写得让他容易看：若说事，则事情必须说得简洁明了；若讲理，则道理必须讲得清楚通透。过分的文学化、过度的学术性，都不宜出现在奏折这种文体上。

奏折其实就是下级给上级的报告。报告这种文本是一定需要的，过去有，现在有，今后也不能少。我们今天各级报告的起草者，都宜读一点古代的名奏名疏，从中汲取营养。

三、刘向《极谏外家封事》

原文

奏疏惟西汉之文，冠绝古今。西汉前推贾、晁，后推匡、刘。贾、晁以才胜，匡、刘以学胜，此人人共知者也。余尤好刘子政忠爱之忱，若有所甚不得已于中者，足以贯三光而通神明。是故识精而不炫，气盛而不矜，料王氏之必篡，思有以早为之所，而又无诛灭王氏之意。宅心平实，指事确凿，皆本忠爱二字，弥纶周浃而出。吾辈欲师其文章，先师其心术，根本固则枝叶自茂矣。

评点　心术乃立论之根本

刘向为西汉著名经学家、目录学家、刘氏宗亲，官居光禄大夫、中垒校尉。

西汉元帝的皇后王氏家族，在元帝成帝时代，执掌朝廷大权，王家先后有九人封侯，出过五个大司马，最终王皇后的娘家侄儿王莽取代汉朝自立。就在王氏家族不可一世的时候，刘向向成帝呈上了这份极谏封外家的奏疏。刘向历数从春秋时代到刘汉吕后时代，外戚权力膨胀之后对君主不利的历史事实，劝告皇帝严重关注王氏家族非同寻常的强势，建议他培植宗室而罢黜外戚。

上这样的奏疏是要冒极大风险的。因为那时朝廷政令已出于王氏，汉成帝实际上已形同傀儡。事实上，刘向的这道奏疏也没有起到任何作用。西汉王朝不久之后也便易姓于王氏新朝。作为处在政治旋涡中的刘向，对这种情势心中自然也清楚，但之所以还要这样做，是他怀抱着曾氏所说的“忠爱”二字。曾氏认为，这种心术是上奏者最需要拥有的，这是根本。根本固则枝叶自茂。

“忠爱”二字，仍然是今天我们各级报告草拟者的根本出发点。有了对团队、对事业的忠诚，对上司、对领导的关爱，才有了报告的坚实基础。

四、贾捐之《罢珠厓对》

原文

贾君房在当世有文名，故杨兴曰：“君房下笔，语言妙天下。”昔亡弟愍烈公温甫好“语言妙天下”五字，尤好读《罢珠厓对》。大抵西汉之文，气味深厚，音调铿锵，迥非后世可及。固由其措词之高，胎息之古，亦由其义理正大，有不可磨灭之质干也。如此篇及路温舒《尚德缓刑书》，非独文辞超前绝后，即说理亦与六经同风已。

评点　议论当义理正当

贾捐之，字君房，贾谊的曾孙。汉武帝征讨南越后，立儋耳、珠厓两郡。自初为郡至昭帝始元元年，二十多年里，六次反叛中央政府。至成五年，罢置儋耳郡，将其并入珠厓郡。至宣帝神爵三年，珠厓郡内有三个县造反。到甘露元年，郡内有九县造反。朝廷发兵，将造反平定。元帝即位后，珠厓郡内又有人造反，朝廷再发兵，但郡内又造反。连年如此，用兵不止。元帝于是与大臣们商讨，拟发大兵南下征讨。就在这时，贾捐之上《罢珠厓对》，反对朝廷的这个动议。

贾捐之认为国家的领土并不一定要很广阔，“以三圣之德，地方不过数千里”。武帝时，凭借着国力富足，以武力扩大疆域，却带来很多不利，尤其是连年征战给百姓带来灾祸，“父战死于前，子斗伤于后，女子乘亭鄣，孤儿号于道”。方今关东久困民生艰难，这才是国家的忧虑所在。珠厓之地偏僻荒凉，不值得因此发动大战争。为此，贾捐之请求朝廷放弃珠厓，专心经营关东，改善关东百姓的生活。

元帝采纳贾捐之的建议，罢置珠厓郡。

曾氏在抄录这篇奏疏之后，对九弟说，两汉时期的好文章，内涵深厚，音调响亮，这些方面都是后世不可企及的。两汉文章为何能如此辞意高轩、传承古圣呢？关键的原因是它的义理正大。这种正大的义理，使得文章内质充实、主干坚固，文章也便因此而挺立起来。

凡提出自己的一种见解，尤其是这种见解若还带有争议性的话，则必须有足够的正大义理予以充实，否则难以被执政者接受采纳。当年安徽巡抚翁同书弃城逃命，曾氏要参劾他，但翁氏门庭高贵。其父翁心存乃同治帝师傅，深得慈禧信任。曾氏为这道奏疏的措辞，很费了一番心思。短短的六百多字的参折，他用了四个层次予以推进。一是翁身为巡抚，连失两城，文武官绅殉难甚多，唯他弃城远遁。二是依附苗沛霖，养痈遗患，祸乱安徽。三是所有失城督抚皆获严责，翁不能例外。四是作为两江总督，参翁是分内之事，不能因他的门庭鼎盛而有所顾虑。曾氏所说的这些，义理充沛，正大光明，慈禧即便有心照顾，也不能冒天下之大不韪。

五、诸葛亮《出师表》

原文

古人绝大事业，恒以精心敬慎出之。以区区蜀汉一隅，而欲出师关中，北伐曹魏，其志愿之宏大，事势之艰危，亦古今所罕见。而此文不言其艰巨，但言志气宜恢宏，刑赏宜平允，君宜以亲贤纳言为务，臣宜以讨贼进谏为职而已。故知不朽之文，必自襟度远大、思虑精微始也。

前汉宫禁，尚参用士人；后汉宫中，如中常侍、小黄门之属，则悉用阉人，不复杂调他士，与府中有内外之分，大乱朝政。诸葛公鉴于桓、灵之失，痛憾阉官，故力陈宫中府中宜为一体。盖恐宦官日亲，贤臣日疏，内外隔阂也。公以丞相而兼元帅，凡宫中、府中以及营中之事，无不兼综。公举郭、费、董三人治宫中之事，举向宠治营中之事，殆皆指留守成都者言之。其府中之事，则公所自治，百司庶政，皆公在军中亲为裁决焉。

评点　父执对子侄辈的情谊

在两千年的封建社会里，臣工给君王所上的奏章不计其数，但能被后世广为传诵者却极少，而这极少的奏章中，却有一道历代中国人几乎家喻户晓、人人皆知的奏章，那就是诸葛亮的《出师表》。它对于铸造中国人的民族品格有着极为深远的影响。《出师表》的巨大影响，与作者的传奇人生当然关系甚大。作为忠诚与智慧的化身，诸葛亮受到人们的普遍敬仰，然而《出师表》的受重视却并不完全因为此。作为一篇文章，它本身有着让人倾倒的魅力。

诸葛亮就要统率大军离开成都上前线打仗了，临走前，他对年幼的君主有很多话说。他要说先主的宏大志向与自己与先帝的结盟，要说创业的艰辛与眼下蜀国处境的危险，他要说国家治理的大道，和当前特别要注重的事宜。所有的这些话语，诸葛亮都把它放在一种独特的氛围中。营造这种氛围的，则是超乎寻常君臣之义的父执对子侄辈的情谊。要说后主所拥有的这份家当，其实是刘备与诸葛亮、关、张等人共同打下的。所以，诸葛亮对蜀国的这份情，一点儿也不亚于甚至还要超过他所面对的君王。先主生前，已让后主视诸葛亮为父亲。所以，诸葛亮对后主本人的情感，更不是其他奏章的作者所能拥有的。

于是这道《出师表》，便有了将臣工对君王的忠心，与父执对子侄辈的爱心融合起来的独特氛围。《出师表》之所以动人，其关键之处就在这里。

曾氏为老九选奏章，自然不能不选《出师表》。他则从襟度远大、思虑精微这两点上来点拨自家兄弟。

当今天下无论哪一级的文官武将，都不可能再写出如同《出师表》这样的报告，不是乏才，而是乏情。今天从《出师表》学什么？学其志气之恢宏，学其识度之高远，学其思考之精当，学其计虑之细微。具备这些，依然可以写出不朽之报告！

六、苏轼《代张方平谏用兵书》

原文

东坡之文，其长处在征引史实，切实精当，又善设譬喻。凡难显之情，他人所不能达者，坡公则以譬喻明之。如“百步洪”诗首数句设譬八端，此外诗文亦几无篇不设譬者。此文以屠杀膳羞喻轻视民命，以棰楚奴婢喻上忤天心，皆巧于构想，他人所百思不到者，既读之而适为人人意中所有。古今奏议推贾长沙、陆宣公、苏文忠三人为超前绝后。余谓长沙明于利害，宣公明于义理，文忠明于人情。吾辈陈言之道，纵不能兼明此三者，亦须有一二端明达深透，庶无格格不吐之态。

七、苏轼《上皇帝书》

原文

奏疏总以明显为要，时文家有典、显、浅三字诀，奏疏能备此三字，则尽善矣。典字最难，必熟于前史之事迹，并熟于本朝之掌故，乃可言典。至显、浅二字，则多本于天授，虽有博学多闻之士，而下笔不能显豁者多矣。浅字与雅字相背，白香山诗务令老妪皆解，而细求之，皆雅饬而不失之率。吾尝谓奏疏能如白诗之浅，则远近易于传播，而君上亦易感动。此文虽不甚浅，而典显二字，则千古所罕见也。

评点　利益义理人情与典浅显

苏轼是中国文化史上罕见的奇才全才，即便是奏疏写作，也雄视千古。曾氏用这样的话称赞他："古今奏议推贾长沙、陆宣公、苏文忠，三人为超前绝后。"

贾谊、陆贽、苏轼，是曾氏眼中别人不可比拟的三座高峰。曾氏选了两篇苏东坡写的奏疏，并就此发表他对奏疏写作的一些重要观点。

首先，他通过对贾、陆、苏三人的比较，指出一篇好的奏疏可以建筑在三个支撑点上，一为利害，一为义理，一为人情。

所谓利害，是说从利与害两层关系上去打动读奏疏的人。执政者无论是政治家也好、政客也好，功利是他第一要考虑的事，这也是他们与思想家、理论家、文学艺术家的根本区别所在。政治家或政客，他们想的是当下的利益，支持他们最强大的力量是人生只有百年光阴。孙中山说得好："俟河之清，人生几何！"这句话最精准地说出从政者的心态。所以，当下的利与害是否说到点子上，是奏疏采纳程度的第一个原因。

所谓义理，就是讲道理。道理充足与否，关系极大。曾氏在谈到科场文章时说：议论勃兴，层出不穷，文章必发之品。这里说到两个诀窍。一曰勃兴，其中"勃"最重要。勃有充满力度、引人注意、让人振作等多方面的内涵。一曰层出。道理一个接一个地出来，就像剥包心菜一样，使人读起来有兴奋感、新鲜感、快乐感。如果层出的某个议论是考官信服而又不曾想到的，那么这篇文章就真正地发了！

所谓人情，指的是人类社会的情感好恶习俗风尚等等。判断一件事情，通常有三个侧面：理、法、情。情即人情。苏轼代张方平写的劝阻用兵，用的最主要的法宝，便是人情。战争带来最大的不利就是百姓遭灾：生命不保，财产被损，背井离乡，妻离子散，于人情大大的不合。执政者虽谋的是功利，但功利也得符合大多数人的利益。倘若你的功利是建立在广大民众灾难的基础上，那这个功利能持久吗？对于明智的执政者来说，人情也是足以打动他的因素之一。

一份奏疏，只要在这三个支撑点中的任一点上站得很牢实，那么这份奏疏都有可能成功。

其次，曾氏还指出奏疏的行文三字诀：典、浅、显。关于典，曾氏说的是一种事实依据，或是前人的，或是当代的。典可大为加强奏疏的说服力。显，即明朗、晓畅、显豁，让人一看即明了，旁敲侧击、转弯抹角、欲言又止等方式均不可取。浅，即浅白。人们常说深入浅出，深刻的道理能用浅直易懂的语言表达出来，这才是高手。事实上，任何深奥的道理，只要你真正地弄明白了，都可以用浅白的语言表达出来。有些文章，读起来使人一头雾水，艰涩费解，看起来似乎高深莫测，实际上很可能为文者自己都还不甚了解。

八、王守仁《申明赏罚以厉人心疏》

原文

文章之道，以气象光明俊伟为最难而可贵。如久雨初晴，登高山而望旷野；如楼俯大江，独坐明窗净几之下，而可以远眺；如英雄侠士，裼裘而来，绝无龌龊猥鄙之态。此三者皆光明俊伟之象，文中有此气象者，大抵得于天授，不尽关乎学术。自孟子、韩子而外，惟贾生及陆敬舆、苏子瞻得此气象最多。阳明之文亦有光明俊伟之象，虽辞旨不甚渊雅，而其轩爽洞达，如与晓事人语，表里粲然，中边俱彻，固自不可几及也。沅弟之文笔光明豁达，得之天授，若更加以学力，使篇幅不失之冗长，字句悉归于精当，则优入古人之域，不自觉矣。

评点　文风贵在光明俊伟

若要盘点中国历史上的三立完人，王守仁阳明先生可算得一个。其事功或许不如曾氏的宏大，但在学问上的成就无疑要超过曾氏。曾纪泽说曾氏治学是“笃守程朱，不废陆王”，可见曾氏对王阳明是尊敬的。在《鸣原堂论文》里，曾氏也选取王阳明的一篇奏疏，并在篇后写下一段极富文采的议论。

曾氏提出，文章之道，以气象光明俊伟为最难而可贵。什么是光明俊伟？这是个不大好说明了的问题。中国文人有一个本事，就是善于用譬喻来解释这一类难题。曾氏就说过苏东坡“善设譬喻，凡难显之情，他人所不能达者，坡公则以譬喻明之”。曾氏也以譬喻来解读“光明俊伟”。

他一连用了三个譬喻：一是久雨初晴，登高而望远；二是独坐明窗之下，俯视大江远远流去；三是英雄豪杰气宇轩昂地迎面走来。将曾氏这三个譬喻汇合起来，让我们能形象地感受到“光明俊伟”的模样：恢阔、澄明、轩朗、大气。这种文章风貌属阳刚之美、豪放之美。

曾氏认为，光明俊伟的气象以天赋为主，学力也可以成全。学力的作用在于明理晓事。只有把道理弄得透彻之后，笔下才有酣畅淋漓的文字。作为金陵之战的前敌总指挥，老九颇具磊落豪雄的气概。磊落豪雄，被吕坤称之为人类的第二种美质，极为难得。老九具备写光明俊伟文章的天赋，再益之以学力，是可望进入孟、韩、贾、陆、苏、王这一行列的。大哥以此作为勉励。

对于大哥的这番良苦用心，老九深为感激。同治十二年九月，因为要编曾氏全集，老九为《鸣原堂论文》写了一篇序言。序言说：“大功告蒇，兄弟荷蒙殊宠，惴惴焉惧以不才致罪戾，乞身归里。公虑其昧所择也，选古今名臣奏疏若干首，细批详评，命之曰《鸣原堂论文》。国荃受而读之。盖人臣立言之本，与公平生得力之所在略备于此……此后之读公书者，知其人，论其世，其必低徊往复而叹公之文章、德业与身世遭逢为均不可及云。”

从古至今，人世间的兄弟如曾家老大与老九者，能有几人？

□金陵湘军陆师昭忠祠记

原文

同治三年六月既望，大军克复金陵。国藩至自安庆，犒劳士卒，见吾弟国荃面颜焦萃，诸将枯瘠，神色非人。盖盛暑攻战，昼夜暴露城下，半月而未息。余既惊痛而抚慰之，乃遍行营垒，周视所开地道，览战争之遗迹。彭君毓橘、刘君连捷、萧君孚泗、朱君南桂相与前导而指示曰：“某所某将尽命处也，某所贼困我之地也。”诸君所不备述，吾弟又太息而缕述之。

弟之言曰：“自吾围此城，壮士多以攻坚而死。贼于城外环筑坚垒数十，大者略与城埒，攒以小营，障以长坞，甃石如铁，掘堑如川，牢不可拔。我军以元年五月之初，始克江宁镇、三汊河、大胜关各垒。二年五月，李臣典等克雨花台及南门各垒；刘连捷等会同水师克九洑洲、中关、下关各垒。其江东桥之垒，则陈湜等于八月克之。上方门、高桥门、七瓮桥、土山、方山各垒，则萧庆衍、萧孚泗等于九月克之。是时，朱南桂亦克博望镇，赵三元等亦克中和桥、秣陵关。至十月，克解溪、隆都、湖墅，而东南划削略尽。三年正月，彭毓橘、黄润昌等乃克钟山高垒，贼所署为天保城者也。每破一垒，将士须臾陨命，率常数百人，回首有余恸焉。其穿地道以图大城者，凡南门一穴，朝阳至钟阜门三十三穴，篝火而入地，崖崩而窟塞，则纵横聚葬于其中。贼或穿隧以迎我，熏以毒烟，灌以沸汤，则趫者幸脱，而憃者就歼。

最后神策门之役，城陷矣而功不成；龙脖之役，功成矣而死伤亦多。”于是叹攻坚之难，而逝者之可悯也。

毓橘之言曰：“我军薄雨花台，未几疾疫大行，兄病而弟染，朝笑而夕僵，十幕而五不常爨；一夫暴毙，数人送葬，比其反而半殕于途。近县之药既罄，乃巨舰连樯，征药于皖、鄂诸省。当是时也，群医旁午，而伪王李秀成等大至。援贼三十万，围我营者数重。我军力疾御之，一夕筑小垒无数，障粮道以属之。江贼益番休迭进，蚁傅环攻，累箱实土以作橹楯，挟西洋开花炮自空下击，子落则石裂铁飞，多掘地道，屡陷营壁。凡苦守四十五日，至冬初而围解，军士物故殆五千人。会有天幸，九帅独免于病，目不交睫者月余，而勤劬如故；虽枪伤辅颊，血渍重襟，犹能裹创巡营。用是转危而为安。靖毅公则病后过劳，竟以不起。”九帅者，军中旧呼国荃之称；靖毅者，吾季弟贞幹谥也。

连捷之言曰：“李酋解围去后，率众渡江，连陷江浦、和州、含山、巢县。皆我军新取之城，得而复失。九帅乃分兵守西梁山，遣连捷与彭毓橘辈救援江北，既解石涧埠之围，破运漕、铜城闸之贼，遂偕水师连收四城，江北大定，剧贼益衰。然我众死者亦不可胜数也。”

南桂之言曰：“方金陵官军围困之际，同时鲍超之军亦困于宁国，水师亦困于金柱关。金柱关者，水阳江及群湖所自出，芜湖之藩卫也。九帅乃分兵守东梁山，而遣南桂与朱洪章、罗洪元辈力扼此关，夹河而与之上下，乱流而相攻。卯而战，酉而不休，水营捷，陆营或挫，一夕数起，一餐屡辍，凡七阅月而事稍定。百里内外，白骨相望。时闻私祭夜泣之声，天下之至惨也。”

于是国荃与诸将并进称曰：“此军经营安庆，剪伐沿江诸城，凋丧尚少。独至金陵而死于攻，死于守，死于疾疫，死于北援巢、和，南援芜湖、太平，乃筹计而不能终。今存者，幸荷国恩，封赏进秩，而没者抱憾无穷。鸡鸣山下有贼造府第一区，若奏建昭忠祠，春秋致祭，庶以慰忠魂而塞吾悲耳。”

国藩具疏上闻，制曰可。黄君润昌爰董其事，取有册可稽者，造神主一万一千六百三十有奇；无册者姑阙焉。甫历三载，楹栋杇桡，墙宇敧陊。同治六年，省中僚友集议，廓而新之，基扃固护，笾豆有严。国藩乃追叙所闻于诸君者，而系以诗章，用备乐歌。诗曰：

人无贵贱，夭寿贤愚，终归于死，万古同途。死而得所，身殄魂愉。六朝旧京，逆竖所都。濯征十载，莫竟天诛。嗟我湘人，锐师东讨；非秘非奇，忠义是宝。下誓同袍，上盟有昊；昊天藐藐，成务实难；祚我百顺，阨我千艰。狂寇所噬，刈人如菅；沴厉乘之，积骴若山。伟哉多士！夷险一节；万死靡他，心坚屈铁。鉴彼巧偷，守兹贞拙。缕血所藏，后土长热。卒收名城，获丑擒王。宠贲冥漠，千祀馨香。新庙孔赫，彝斝将将。天子之锡，烈士之光！

评点　湘军金陵围城简史

湘军吉字营于同治三年六月中旬，从太平军手中夺回金陵城。十月下旬曾氏具折，请求以江宁城内太平天国听王府为基础建湘军陆军昭忠祠。朝廷同意后即于修建，三年后再次重修。同治七年八月初四至十四日，曾氏“或作或辍”，用了十天工夫写成这篇碑文。

记录的是当时一场最重要的战争，主持此事的统帅是他本人，前敌总指挥又是他的胞弟，写这篇文章，曾氏自然是充满感情倾注全力的。后人说曾氏的文章有雄直之气，此文可称得上这种风格的代表作。

碑文的主要内容为五段，分别以吉字营的主要将领的口吻来予以表述。

第一段，以主帅曾国荃的口吻，述说从同治元年五月到同治三年六月，包围金陵城两年时间里的主要战况，如同以极粗犷之笔勾画出湘军金陵战役的简史。

第二段，以偏师统领、曾氏表弟彭毓橘的口吻，述说围金陵期间所遭遇的瘟疫以及与太平天国援军激战的艰难。

第三段，以江北军队统领刘连捷的口吻，述说金陵外围战之艰苦。

第四段，以金柱关守军统领朱南桂的口吻，述说东梁山一带战争之残酷。

第五段，以诸将共同请求的口吻，述说建江宁昭忠祠以祭奠两年来死于战事者之必要。

五段话一道，组成这篇碑文的主体。

碑文气势雄直，情感沉郁，尤其是写瘟疫一段，令人心情沉重而压抑："疾疫大行，兄病而弟染，朝笑而夕僵，十幕而五不常爨；一夫暴毙，数人送葬，比其反而半殆于途。"历来记叙军营疾疫的文章，极少见如此惨痛的场面。为什么军营会出现这样的人间悲哀？显然是死亡过多，掩埋不及时，以及没有采取消毒杀菌措施等等原因而造成。而这一切，都因为战争！

以别人的述说来行文，是这篇碑记的主要特点，这令我们想起韩愈的名文《平淮西碑》。曾氏是韩愈的崇拜者，也可以算得上是韩文在晚清的传承者。同是为战胜者立碑，同是用述说的形式，笔者揣测，曾氏是有意在模仿韩愈，有意在文学史上再留存一篇《平淮西碑》。

□湖北按察使赵君神道碑

原文

君讳仁基，字厚子，号悔庐，武进赵氏。五世祖恭毅公申乔，户部尚书，清正有大节，为世名臣。恭毅次子凤诏，官太原知府者，君高祖也。曾祖讳枚，廪膳生员，举孝廉方正。祖汇增，监生；考钟书，举人，丰县训导，两世皆以君贵，赠朝议大夫。妣杨氏、恽氏，皆赠恭人。

君少而端视矩行，恒言无诳。年十三，居王考之丧，哀礼周至，父老惊叹。毗陵故文献之邦，名儒相望，君出而从训导君于丰县，趋庭问业；归而造请里巷耆宿，若李君兆洛、陆君继辂、吴君育、周君仪玮辈，咸从捧手稽经讲艺，穆然如笙磬之克谐。其学既大进，誉望亦翕翕日隆。以试于有司，则连蹇而不得一当。久之，嘉庆丙子，乃北上应顺天乡试，未归而遭母恽恭人之丧。又五年，再试顺天，未归而又遭父训导君之丧。君性笃孝，两丁大故，不克亲视含敛，平生以为至痛。又以壮年丧元配高淑人，复丧继配钱淑人，复丧其长子铸。客游湖北，孑身浮寄，块然若委枯枝于大泽，废兴不复厝意。盖自道光五年举于乡，六年，以进士官知县，而君年且近四十。人世纷华之念，洗除尽矣！

初仕为江西宜春县，旋补崇仁县知县，调安徽泾县知县，既又署怀宁县事。所至，判决滞狱，感格凶顽，斋祷于深室，而四境时雨立应。道光十三年，捕获桃源掘河奸民陈端，优诏褒勉，赏戴花翎，以直隶州升用。明年，补滁州知州。召见便殿，宣宗嘉之。归任滁州、六安州。甫历数月，即升平阳府知府。在晋数月，又升江西南赣兵备道。君感荷恩知，益思有以自靖。名捕椎埋盗铸，盐枭大猾，躬追而擒治之。禁止鸦片，约坚条明。是时，天子方申严诏，拒绝西洋。而英吉利窥天津，陷定海，割香港，寇广东省城。君综理南安粮台，晨夜忧劳，自伤无裨于时。而海氛日棘，往往被酒泣下，或力疾绕室徬徨。适奉升湖北按察使之命，阅十八日而卒。实道光二十一年六月十九日也。春秋五十有三。

君既再失偶，最后娶方淑人。子熙文，某官；烈文，某官。女三人：适增生李岳生，候选主事周腾虎，乌程县知县陈钟英。孙六人。咸丰六年七月某甲子，葬于荆溪之东山。

所著书有《江水论》一卷，杂文一卷，歌诗曰《幽栖集》《登楼集》等者凡七卷，和陶诗一卷，词一卷。君中怀淡定，中岁频遘忧戚，泊然不知穷通得丧之于己何与。自诗篇外，若无一足关其虑；自奖诱后进外，若无一堪自愉乐者。论者疑其超旷忘世，及海上事起，乃独郁郁不能终日。岂有大志者，常颓然不易测耶？抑中年悲感，晚节一触而不自克耶？匪可详已。铭曰：

达人离垢，遗弃万事；圣人忘身，不忘拯世。迹若相反，义乃相成。赵公落落，衷道而行。积困始亨，将大厥施。方驾而税，谁实尸之？有子克家，志亢行俯。天右劳臣，永锡来许。

评点　为赵氏之父写的碑文

曾氏所撰的不少文章，乃人情之文，如受人所请，为书作弁、为寿作序、为墓作铭等等。这类文字，自古便有。作者自然或是位高，或是名重，请者有的与之有关系，有的毫无瓜葛，辗转相托。请者得到文章后当然感激不已，重金相酬，重物相谢；有的还先预付酬金，若文章对所请者及其亲属有特别的赞赏，则再重重加付。于是，这类文章常常是名实不符，出格称誉的很多。如韩愈当年经常为人表墓，为了多得酬金，便不惜对死者大加赞誉，被人刻薄地称之为谀墓。

同治七年十月中旬，曾氏这篇为湖北按察使赵仁基所写的神道碑，便属于受人所请的范围。所请者谁？很有可能就是碑文中所写的赵仁基的儿子烈文。

赵烈文是曾氏的幕僚。他在曾氏幕府中任文字草拟之职多年。曾氏幕府中走出不少高官大吏、名士贤达，但赵烈文似不在此列。论官位，他最高只做到知州；论名气，他也不大为时人所知。幸而他有一部日记，在他去世半个世纪后为史学界看重。这部日记名曰《能静居日记》。借助这部书，我们可以看出赵烈文很受曾氏的器重。他曾经有一段与曾氏极为亲密的交往。他可以自由进入曾氏卧室，与之开诚布公彻夜长谈。此人学问深厚，尤长于史学与佛学；头脑清晰，对政治形势，时有洞若观火之见，尤其是他对清王朝崩溃时间上的预估，形式上的推测，以及清政权被颠覆后中国政局状况的分析等等，其准确度有如神符。

由此，我们知道赵烈文确非凡夫俗子，他之所以深得曾氏的赏识是有道理的。但赵为什么又没有大为显达呢？曾氏常说功名富贵，半由人力半由天命。天命的部分不说，人力方面的原因至少有这么两点。从客观上说，曾氏幕僚走向显达得具备两个条件：一为自领一军而战功赫赫，如李鸿章；一为功名高而实绩突出，如许振祎。赵烈文出身监生，既未领兵打仗，又未有行政实绩，故而难以获得显位。从主观上来说，赵有点恃才自负、夸夸而谈的文人习气，曾氏曾对赵有“浮谈”的批评，且赵有吐血之疾，不能胜任繁剧。这些都妨碍了他的仕进之途。

曾氏与江苏武进人赵仁基无任何交集之点，他为什么会给赵作神道碑文，当然是赵烈文的请求所致。曾氏在文章中称赞赵“端视矩行，恒言无诳”，勤于政事，忧国忧民。这些都属于一般性的称赞，并无出格之处。可见，即便是为自己所器重的幕僚之父作文，曾氏也还是能够做到心有原则下笔谨慎的。

倒是，我们能从这篇文章中看到功名富贵于人的吊诡。赵仁基从青年时代便积极投身科举考试，但命运乖蹇，一次遭母丧，又一次遭父丧，均被拒之门外，直到快四十才考中进士得到一个七品知县的小官。不料从那时起官运亨通，十三四年间便做到三品大员。从秀才到进士，这段路走得太艰难；从七品到三品，这段路又走得太顺利。可惜，天不假年，只做了十八天按察使便匆忙结束一生。人的一辈子真难以预料，尤其在功名富贵方面更是如此。借助这篇碑文，我们又看到一个在这方面颇具代表性的人物。

因为纯粹出于人情，所以这篇文章应属平平。

□书赠仲弟六则

原文

清

《记》曰：“清明在躬。”吾人身心之间，须有一种清气。使子弟饮其和，乡党熏其德，庶几积善可以致祥。饮酒太多，则气必昏浊；说话太多，则神必躁扰。弟于此二弊，皆不能免。欲葆清气，首贵饮酒有节，次贵说话不苟。

俭

凡多欲者不能俭，好动者不能俭。多欲如好衣、好食、好声色、好书画古玩之类，皆可浪费破家。弟向无癖嗜之好，而颇有好动之弊。今日思作某事，明日思访某客，所费日增而不觉。此后讲求俭约，首戒好动。不轻出门，不轻举事。不特不作无益之事，即修理桥梁、道路、寺观、善堂，亦不可轻作。举动多则私费大矣。其次则仆从宜少，所谓食之者寡也。其次则送情宜减，所谓用之者舒也。否则今日不俭，异日必多欠债。既负累于亲友，亦贻累于子孙。

明

三达德之首曰智，智即明也。古来豪杰，动称英雄。英即明也。

明有二端：人见其近，吾见其远，曰高明；人见其粗，吾见其细，曰精明。高明者，譬如室中所见有限，登楼则所见远矣，登山则所见更远矣。精明者，譬如至微之物，以显微镜照之，则加大一倍、十倍、百倍矣。又如粗糙之米，再舂则粗糠全去，三舂、四舂则精白绝伦矣。高明由于天分，精明由于学问。吾兄弟忝居大家，天分均不甚高明，专赖学问以求精明。好问若买显微之镜，好学若舂上熟之米。总须心中极明，而后口中可断。能明而断谓之英断，不明而断谓之武断。武断自己之事，为害犹浅；武断他人之事，招怨实深。惟谦退而不肯轻断，最足养福。

慎

古人曰钦、曰敬、曰谦、曰谨、曰虔恭、曰祗惧，皆慎字之义也。慎者，有所畏惮之谓也。居心不循天理，则畏天怒；作事不顺人情，则畏人言。少贱则畏父师，畏官长。老年则畏后生之窃议。高位则畏僚属之指摘。凡人方寸有所畏惮，则过必不大，鬼神必从而原之。若嬉游、斗牌等事而毫无忌惮，坏邻党之风气，作子孙之榜样，其所损者大矣。

恕

圣门好言仁，仁即恕也。曰富，曰贵，曰成，曰荣，曰誉，曰顺，此数者，我之所喜，人亦皆喜之。曰贫，曰贱，曰败，曰辱，曰毁，曰逆，此数者，我之所恶，人亦皆恶之。吾辈有声势之家，一言可以荣人，一言可以辱人。荣人，则得名、得利、得光耀。人尚未必感我，何也？谓我有势，帮人不难也。辱人则受刑，受罚，受苦恼，人必恨我次骨。何也？谓我倚势，欺人太甚也。吾兄弟须从恕字痛下工夫，随在皆设身以处地。我要步步站得稳，须知他人也要站得稳，所谓立也。我要处处行得通，须知他人也要行得通，所谓达也。今日我处顺境，预想他日也有处逆境之时；今日我以盛气凌人，预想他日人亦以盛气凌我之身，或凌我之子孙。常以恕字自惕，常留余地处人，则荆棘少矣。

静

静则生明，动则多咎，自然之理也。家长好动，子弟必纷纷扰扰。朝生一策，暮设一计，虽严禁之而不能止。欲求一家之安静，先求一身之清静。静有二道：一曰不入是非之场，二曰不入势利之场。乡里之词讼曲直，于我何干？我若强为剖断，始则赔酒饭，后则惹怨恨。官场之得失升沉，于我何涉？我若稍为干预，小则招物议，大则挂弹章。不若一概不管，可以敛后辈之躁气，即可保此身之清福。

评点　恪守家风的万宜堂主

此文作于同治七年十月二十四、二十五日。文后有跋语："澄侯老弟自家来金陵，三千里之远，十一年之别，老年昆弟，乱后相聚，其乐可知。昼夜剧谈，杂忆少年嬉戏时事，间以谐笑。会晤月余，余将北上，弟即南归，书此六则，用以赠别，以见吾兄弟谐谑之际，不忘箴规敬慎之义也。"

据曾氏日记载：九月二十八日，四弟国潢从湖南老家来金陵。自从咸丰八年六月复出后，兄弟之间有十一年没有见面了。此时曾氏五十八岁，国潢也快五十，在那个时代，可以算得上老年兄弟，相聚自然特别欢喜。早在七月下旬，曾氏便接到调任直隶总督的上谕，即将北上赴任。国潢这个时候来，既是看望，亦为送行。

兄弟分手之前，曾氏写了这篇文章相送。这里所说的六个字，既是针对国潢而言，也是曾氏一贯的思想。

第一个字“清”。清与浊相对。浊，多指世俗间那种过头了的喧闹、热烈、荣华、光亮、欲望、情感等酿成的气氛。清则反是。国潢好热闹，喜欢酒，爱吹唢呐。曾氏认为太爱好这些，人身上的浊气就多了，要除掉这些浊气，让人清爽、清新、清洁。

第二个字“俭”。曾氏提倡的君子八德，其中第二德便是俭。俭是关于节省、节约、节制的理念与行为，与奢侈、铺张、浪费等相对应。曾氏认为多欲好动者难以做到俭。针对国潢的性格，曾氏提出节制行动的规劝。看来，曾氏的这位兄弟是个好事者。当今之时代，好事者特别多。今天一聚会，明日一活动，自己既伤财，别人亦劳命。社会之浮躁，此为一大原因。

第三个字“明”。《中庸》说，世有三大德：一曰智，二曰仁，三曰勇。曾氏解释：智即明。他的八德中的第四德即明。善于思索的曾氏就“明”字提出高明与精明两个概念。高明指看得高远，精明指观察细微。高明与天分有关，精明则与后天的学习有关。心中明白，则办事不糊涂，不武断。这一则大概是委婉地告诫国潢在乡间办事不要专横武断，并劝他要善于学习。

第四个字“慎”。曾氏解析：古人所说的钦、敬、谦、谨、虔恭、祗惧等等，都包含慎的意思。谦在曾氏八德中位列第七。从慎再上升到畏。我们常说的敬畏之心，其实就是谨慎。谨慎敬畏，是对人类的思想行为所作的限制，所谓人不能无法无天，不能胡作非为也。曾氏将好嬉游、好打牌这些事也列在缺乏敬畏之列，大概是他的四弟好此类游戏。

第五个字“恕”。此字在曾氏八德中居第六位。曾氏认为恕源于仁。恕的培植的最好方式是设身处地，民间也叫将心比心，就是孔子所说的“己欲立而立人，己欲达而达人”。以己及人，是中国学问的最大特色，也唯其如此，才特别晓畅易行，不需要高深的道理与繁琐的推论。一句“己所不欲，莫施于人”，让今天全世界各个民族、各个阶层的人都能明白都能接受，便是最好的说明。

第六个字“静”。曾氏早年修身中一个主要内容便是静。静在养心，心静则行动自然减杀。这里所指的不入是非之场、不入势利之场，显然是针对国潢的毛病而说的。国潢上有毅勇侯之兄，下有威毅伯之弟，其在湘乡的声望地位可想而知，多少人想借助他来为自己撑门面、办事情！若本人不深切地认识到进入是非、势利之场的危害，那身与家岂有宁时？

曾国潢这个人，在曾家兄弟中可能只算作平庸。曾氏给诸弟画像：辰君平正午君奇，屈指老沅是白眉。这两句话精准到位。国潢虽平庸，也还能听得进大哥的规劝。大致说来，国潢还是守住了的人，既守住了自身，也守住了他的万宜堂家族。他的长子纪梁是曾氏男性中寿命最长的人，活了八十四岁。因为长寿，在很长时间里，他是曾氏大家族中的人望，对维护这个大家族起了很大的作用。他的子孙也很成器。他的曾孙子昭抡、曾孙女昭燏也算得上人中之龙凤。后人发达如此，开堂祖宗自然功不可没。

□《国朝先正事略》序

原文

余尝以大清达人杰士超越古初而纪述阙如，用为叹憾。道光之末，闻嘉兴钱衎石给事仪吉仿明焦竑《献征录》，为《国朝征献录》，因属给事从子应溥写其目录，得将相、大臣、循良、忠节、儒林、文苑等凡八百余人，积二三百卷，借名人之碑传，存名人之事迹。自别京师，久从征役，而此目录册者不可复睹。同治初，又得鄢陵苏源生文集，具述其师钱给事于《征献录》之外，复节录名臣，为《先正事略》。于是知钱氏颇有造述，不仅钞簒诸家之文矣。又二年而得吾乡李元度次青所著《先正事略》，命名乃适与钱氏相合。前此二百余年未有成书，近三十年中，钱氏编摩于汴水，次青成业于湖湘，斯足征通儒意趣之同，抑地下达人杰士，其灵爽不可终閟也。

自古英哲非常之君，往往得人鼎盛。若汉之武帝，唐之文皇，宋之仁宗，元之世祖，其时皆异材勃起，俊彦云屯，焜耀简编。然考其流风所被，率不过数十年而止。惟周之文王暨我圣祖仁皇帝，乃阅数百载而风流未沫。周自后稷十五世，集大成于文王。而成、康以洎东周，多士济济，皆若秉文王之德。我朝六祖一宗，集大成于康熙。而雍、乾以后，英贤辈出，皆若沐圣祖之教，此在愚氓亦似知之。其所以然者，虽大智莫能名也。圣祖尝自言：年十七八时读书过劳，至于咯血而不肯少休，老耄而手不释卷。临摹名家手卷，多至万余；写寺庙扁榜，多至千余。盖虽寒畯，不能方其专。北征度漠，南巡治河，虽卒役不能逾其劳。祈雨祷疾，步行天坛，并醢酱齑盐而不御。年逾六十，犹扶病而力行之。凡前圣所称至德纯行，殆无一而不备。上而天象、地舆、历算、音乐、考礼、行师、刑律、农政，下至射御、医药、奇门、壬遁，满蒙、西域、外洋之文书字母，殆无一而不通，且无一不创立新法，别启津途。后来高才绝艺，终莫能出其范围。然则雍、乾、嘉、道累叶之才，虽谓皆圣祖教育而成，谁曰不然?

今上皇帝嗣位，大统中兴，虽去康熙时益远矣，而将帅之乘运会立勋名者，多出一时章句之儒，则亦未始非圣祖余泽陶冶于无穷也。如次青者，盖亦章句之儒从事戎行。咸丰甲寅、乙卯之际，与国藩患难相依，备尝艰险，厥后自领一队，转战数年。军每失利，辄以公义纠劾罢职。论者或咎国藩执法过当，亦颇咎次青在军偏好文学，夺治兵之日力，有如庄生所讥挟策而亡羊者。久之，中外大臣数荐次青缓急可倚，国藩亦草疏密陈："李元度下笔千言，兼人之才，臣昔弹劾太严，至今内疚，惟朝廷量予褒省。"当时虽为吏议所格，天子终右之，起家，复任黔南军事。师比有功，超拜云南按察使。而是书亦于黔中告成。

圣祖有言曰：学贵初有决定不移之志，中有勇猛精进之心，末有坚贞永固之力。次青提兵四省，屡蹶仍振，所谓贞固者非耶？发愤著书，鸿篇立就，亦云勇猛矣。愿益以贞固之道持之，寻访钱氏遗书，参订修补，矜练岁年，慎褒贬于锱铢，酌群言而取衷，终成圣清巨典，上跻周家雅颂誓诰之林，其尤足壮矣哉！

同治八年三月曾国藩序

评点　曾李之间的恩怨离合

此文作于同治八年三月下旬。

《国朝先正事略》是李元度的一部著作。关于李元度本人以及他与曾氏之间的关系，前面已有叙述，这里不再重复。

同治元年，再度遭到曾氏严参的李元度离开军营回到老家。在乡居的两三年里，他完成一部大书，名曰《国朝先正事略》。李元度在这部皇皇六十卷的著作中，为一千一百余清朝名人立传，分别安置于名臣、名儒、经学、文苑、遗逸、循良、孝义七大类中。曾氏一向看重李元度的学问才情，对他所著的这部书评价很高，认为该书"博雅公核，近数十年无此巨制"。

应李元度之求，曾氏写了这篇序文。

这篇文章的内容，其实只有两点。

一是清朝的人才茂盛，奠基于康熙。一篇并不长的序文却用很大的篇幅来写康熙的至德纯行、博学高才，不仅开创康熙盛世，且为后来的雍正、乾隆、嘉庆、道光各朝营造了化育人才的风气。在这件事上，前朝帝王能与之相比的，只有周文王。曾氏这样说，虽有讨好朝廷之嫌，但大体上还是不离谱的。康熙的确是一个少有的全才国君。将两百年来的人才之盛归之于康熙，也是说得过去的。我们知道，曾氏对道光中后期疲软的人才局面是非常不满的。早在咸丰帝刚登基之初，他就在奏折中对此一局面作出尖锐的批评，并断言“将来一有艰巨，国家必有乏才之患”。后来的事实，证明曾氏所判不误。所以，曾氏这样写，也含有对年轻的同治帝的激励与劝勉一层在内。

二是借序文再次向李元度本人以及世人厘清二人之间恩怨离合的复杂关系。两次参劾一事，始终是曾氏的一块心病。曾氏所要厘清者为：一、他一直记得李与之共患难的情谊。二、纠劾系出于公义。三、他也曾密荐李。李之复出贵州，能官拜按察使，他亦有荐举之功。此刻的曾氏，离他的谢世已不足三年。晚年曾氏常为过去的愆误而自悔自责，《国朝先正事略序》也传递出此一信息。

前后这两点，以“将帅之乘运会立勋名者，多出一时章句之儒，则亦未始非圣祖余泽陶冶于无穷也”作为联结，终使得文气贯通而无拼凑之嫌。于此可见曾氏文章之功夫。

□劝学篇示直隶士子

原文

人才随士风为转移，信乎？曰：是不尽然，然大较莫能外也。前史称燕赵慷慨悲歌，敢于急人之难，盖有豪侠之风。余观直隶先正，若杨忠愍、赵忠毅、鹿忠节、孙征君诸贤，其后所诣各殊，其初皆于豪侠为近。即今日士林，亦多刚而不摇，质而好义，犹有豪侠之遗。才质本于士风，殆不诬与？

豪侠之质，可与入圣人之道者，约有数端。侠者薄视财利，弃万金而不眄；而圣贤则富贵不处，贫贱不去，痛恶夫墦间之食、龙断之登。虽精粗不同，而轻财好义之迹则略近矣。侠者忘己济物，不惜苦志脱人于厄；而圣贤以博济为怀。邹鲁之汲汲皇皇，与夫禹之犹己溺，稷之犹己饥，伊尹之犹己推之沟中，曾无少异。彼其能力救穷交者，即其可以进援天下者也。侠者轻死重气，圣贤罕言及此。然孔曰成仁，孟曰取义，坚确不移之操，亦未尝不与之相类。昔人讥太史公好称任侠，以余观此数者，乃不悖于圣贤之道。然则豪侠之徒，未可深贬，而直隶之士，其为学当较易于他省，乌可以不致力乎哉？

致力如何？为学之术有四：曰义理，曰考据，曰辞章，曰经济。义理者，在孔门为德行之科，今世目为宋学者也。考据者，在孔门为文学之科，今世目为汉学者也。辞章者，在孔门为言语之科，从古艺文及今世制义诗赋皆是也。经济者，在孔门为政事之科，前代典礼、政书及当世掌故皆是也。

人之才智，上哲少而中下多；有生又不过数十寒暑，势不能求此四术遍观而尽取之。是以君子贵慎其所择，而先其所急。择其切于吾身心不可造次离者，则莫急于义理之学。凡人身所自具者，有耳、目、口、体、心思；日接于吾前者，有父子、兄弟、夫妇；稍远者，有君臣，有朋友。为义理之学者，盖将使耳、目、口、体、心思，各敬其职，而五伦各尽其分，又将推以及物，使凡民皆有以善其身，而无憾于伦纪。夫使举世皆无憾于伦纪，虽唐虞之盛有不能逮。苟通义理之学，而经济该乎其中矣。程朱诸子遗书具在，曷尝舍末而言本、遗新民而专事明德？观其雅言，推阐反复而不厌者，大抵不外立志以植基，居敬以养德，穷理以致知，克己以力行，成物以致用。义理与经济初无两术之可分，特其施功之序，详于体而略于用耳。

今与直隶多士约：以义理之学为先，以立志为本，取乡先达杨、赵、鹿、孙数君子者为之表。彼能艰苦困饿，坚忍以成业，而吾何为不能？彼能置穷通、荣辱、祸福、死生于度外，而吾何为不能？彼能以功绩称当时，教泽牖后世，而吾何为不能？洗除旧日晻昧卑污之见，矫然直趋广大光明之域；视人世之浮荣微利，若蝇蚋之触于目而不留；不忧所如不耦，而忧节概之少贬；不耻冻馁在室，而耻德不被于生民。志之所向，金石为开，谁能御之？志既定矣，然后取程朱所谓居敬穷理、力行成物云者，精研而实体之。然后求先儒所谓考据者，使吾之所见，证诸古制而不谬；然后求所谓辞章者，使吾之所获，达诸笔札而不差，择一术以坚持，而他术固未敢竟废也。其或多士之中，质性所近，师友所渐，有偏于考据之学，有偏于辞章之学，亦不必遽易前辙，即二途皆可入圣人之道。其文经史百家，其业学问思辨，其事始于修身，终于济世，百川异派，何必同哉？同达于海而已矣。

若夫风气无常，随人事而变迁。有一二人好学，则数辈皆思力追先哲；有一二人好仁，则数辈皆思康济斯民。倡者启其绪，和者衍其波；倡者可传诸同志，和者又可禮诸无穷；倡者如有本之泉放乎川渎，和者如支河沟浍交汇旁流。先觉后觉，互相劝诱，譬之大水小水，互相灌注。以直隶之士风，诚得有志者导夫先路，不过数年，必有体用兼备之才，彬蔚而四出，泉涌而云兴。

余忝官斯土，自愧学无本原，不足仪型多士。嘉此邦有刚方质实之资，乡贤多坚苦卓绝之行，粗述旧闻，以勖群士；亦冀通才硕彦，告我昌言，上下交相劝勉，仰希古昔与人为善、取人为善之轨，于化民成俗之道，或不无小补云。己巳

评点　总督对士人的希望

同治八年正月下旬，曾氏抵达保定府，就任直隶总督。直隶为京师屏障，故直隶总督向有天下第一总督之称。朝廷将此重任委以曾氏，

当然是对他的信任。但对曾氏来说，这实在是他晚年的不幸。一年多后发生的天津教案，给予他的精神和身体以双重的残酷打击，加速他生命的终结。这年七月上旬，他用三天的时间写了这篇对直隶读书人谈为学的文章。

作为读书人出身的高级官员，曾氏既深知文化的重要性，又很清楚士人在四民之中的领导地位以及对社会稳定的独特作用。以劝学为题来劝勉士人，确实是履任之初的总督该做的先务。但在两江时，曾氏为何没有这样做呢？笔者想，曾氏任职时的两江，是处在特殊的时期。历经十多年的战争后，民生凋敝，百业瘫痪，压倒一切的事自是安顿百姓，恢复元气，况且江南虽是人文荟萃之地，但当时文人与文化一样地凋零殆尽，也需要一段时期的休养生息。而直隶却不一样，战争对它的影响不大，且直隶素来文风茂盛，底蕴深厚，面对着政风疲沓、民风涣散的直隶，曾氏希望借助士人的影响来扭转社会风气，并最终点滴践行他陶铸人心移风易俗的儒家信徒的崇高理想。

燕赵自古被称为慷慨悲歌之地，豪侠之风盛行。文章由此切入。曾氏高度肯定直隶地面的这种由来已久的风尚，并以明末反对阉党主持正义的河北籍著名人物杨继盛、赵南昌、鹿善继等人为例，说明这种刚质之气的可贵。

曾氏认为，豪侠之质是可以导入圣人之道的。这是因为，一则豪侠轻财，可以通向圣贤的好义；二则豪侠舍己为人，可以通向圣贤的博济苍生；三则豪侠轻死重气，可以通向孔孟的成仁取义。靠什么来导入呢？曾氏以“为学”二字作了坚定而明确的答复，并指出为学的四条途径：义理、考据、辞章、经济。通过致力于学问，可以顺利地将直隶的豪侠之风引向圣人之道。

这种转移风气的重任就落在士人的肩上。曾氏与直隶士人相约：以修身立本为先导，以乡贤杨、赵、鹿等人为榜样，致力于义理、考据、辞章、经济诸学问，最后落到治理直隶这个实处。

《呻吟语》说：“要天下太平，满朝只消三个人，一省只消两个人。”文章的结尾，曾氏重申这种他一贯的以一二人带头形成风气，以先知先觉启后知后觉的治世理念。向直隶士子表示：从自身做起，希望得到士人的支持，培植直隶的好学力行的良好风尚。

以劝学篇为题的文章很多，在曾氏之前有著名的荀子的《劝学篇》，在曾氏之后有风行一时的张之洞的《劝学篇》。

荀子的《劝学篇》意在说明学问的重要以及为学之途在于积累坚持，对历代读书人有启蒙指南的作用。张之洞面临中国传统文化遭受巨大冲击的剧变时代，通过对各种学问的阐明来宣传他“中体西用”的治国理念。在近代中国的转型年代，其对国民的心智启发意义不可低估。曾氏的这篇《劝学篇》，论影响力的确不及荀子与张之洞。他是以一种平等的谈心的方式，来与所辖士子对话。曾氏这种对待知识分子的态度，至今仍可给各级执政者以启迪。

□湘乡昭忠祠记

原文

咸丰二年十月，粤贼围攻湖南省城。既解严，巡抚张公亮基檄调湘乡团丁千人至长沙备防守。罗忠节公泽南、王壮武公鑫等，以诸生率千人者以往。维时国藩方以母忧归里，奉命治团练于长沙。因奏言团练保卫乡里，法当由本团醵金养之，不食于官，缓急终不可恃，不若募团丁为官勇，粮饷取诸公家。请就现调之千人，略仿戚元敬氏成法，束伍练技，以备不时之卫。由是吾邑团卒，号曰“湘勇”。

三年春，平土寇于衡山，破逆党于桂东。其夏，粤贼围江西省城。

国藩募湘勇二千、楚勇千人，罗忠节公辈率之东援。初战失利，营官谢邦翰、易良幹等殉难。湘勇之越境剿贼，将领之力战捐躯，实始于此。余闻而悼之，议立忠义祠于县城，祀湘人与于南昌之难者。

其冬，余奉命筹备舟师，乃募湘勇水陆万人。明年，率之东讨。岳州之役，陆兵败挫，虽旋有湘潭之捷，而湘士中熸。既而整军再出，罗公暨李忠武公续宾率湘勇以从。于是大隽于岳州，克武汉，下蕲、黄，破田家镇，复江西弋阳、信州、宁州。又以其间由江还鄂，扫荡枝县，再克武昌省会。

咸丰五、六年间，罗、李湘勇之名震天下，而王壮武公与刘武烈公腾鸿、萧壮果公启江暨巡抚蒋公益澧，皆提湘勇征战湖北、江西、广西、广东等省，所在有声。然罗公、王公、刘公遂以六、七年间先后徂谢，而将士伤亡者滋益多。前所议建之忠义祠，规制隘庳，不足以严典祀。咸丰八年秋，国藩乃与李公具疏会奏，请立昭忠祠于湘乡，令有司春秋致祭。天子许之。吾邑军士，没有余荣已。

未几而舒城、三河之难作，李公殉节，部下死者殆六千人。国藩私忧以谓湘中士气恐不复振。其后李公之弟勇毅公续宜重辑部曲，转战皖北，张忠毅公运兰及唐总戎义训辈之师转战皖南，而吾弟国荃遂以湘士克复安庆、金陵两省，蒋公暨杨公昌濬亦用湘人平浙江，伐福建，张忠毅公亦战没于闽。东南数省，莫不有湘军之旌旗，中外皆叹异焉。

其西北诸道，则提督刘君松山追逐捻匪于河南、山东、直隶，征叛回于陕西、甘肃，而按察使陈君湜防守山西。其西南诸道，则萧壮果公率师入蜀，而巡抚刘公蓉屡平蜀寇，总督刘公岳昭暨诸湘军又自蜀而南入黔，西入滇。一县之人，征伐遍于十八行省，近古未尝有也。

当其负羽远征，乖离骨肉，或苦战而授命，或邂逅而戕生，残骸暴于荒原，凶问迟而不审，老母寡妇，望祭宵哭，可谓极人世之至悲。

然而前者覆亡，后者继往，蹈百死而不辞，困厄无所遇而不悔者，何哉？岂皆迫于生事，逐风尘而不返与？亦由前此死义数君子者为之倡，忠诚所感，气机鼓动，而不能自已也。

君子之道，莫大乎以忠诚为天下倡。世之乱也，上下纵于亡等之欲，奸伪相吞，变诈相角，自图其安而予人以至危，畏难避害，曾不肯捐丝粟之力以拯天下。得忠诚者起而矫之，克己而爱人，去伪而崇拙，躬履诸艰而不责人以同患；浩然捐生，如远游之还乡而无所顾悸。由是众人效其所为，亦皆以苟活为羞，以避事为耻。呜呼！吾乡数君子所以鼓舞群伦，历九州而戡大乱，非拙且诚者之效与？亦岂始事时所及料哉！

今海宇粗安，昭忠祠落成有年，而邑中壮士效命疆场者，尚不乏人。能常葆此拙且诚者，出而济世，入而表里，群材之兴也，不可量矣！又岂仅以武节彪炳寰区也乎！

评点　克己爱人，去伪存拙

世人皆知湘军作风死硬，骁勇善战，但要问它的动力来自何处，答案则会有五花八门。为名为利固然是它的最主要原因，而湘军军营各级统领善于用“忠义”来激励人心，也是士气常葆的一个极为重要的原因。忠义源于儒家学说的正统理念，而它在民间草根，又有着更宽广的内涵与更大范围的认可度。

对江湖而言，忠，不一定局限在忠于朝廷上，听命于某一个人、某一团队，信守自己的诺言，不因利害原因而改变初衷等等，这些都是忠；义，也不局限在对朝廷的情谊上，看重朋友知交之间的友谊，为维护正道而不惜牺牲自己的利益，这些都是义。这种忠义，自古以来都受到社会各阶层的尊重，为忠义而死的人，更是受到大众的敬仰。

理学家曾氏一向重视精神的力量。当他身为湘军统帅时，他更善于利用信念、信仰、情谊等来维系军心，激扬士气。早在咸丰三年，当罗泽南率部赴江西救援失利，营官谢邦翰、易良幹殒命时，曾氏便有建湘乡昭忠祠的念头，借崇祀死者来鼓励生者。后来湘军中的一些重要将领如王鑫、罗泽南、刘腾鸿等人都死在沙场，曾氏更意识到此事的重要性。他奏请朝廷在湘乡建昭忠祠，以国家与政府的名义定期祭奠。死者虽逝，但可以让其亲属感受荣誉，更可以让社会弘扬忠义之风，从此来转化为军队的实际战斗力。这种昭忠祠，湘军建过不少，仅曾氏为之作记的祠便有湖口楚军昭忠祠、金陵湘军陆师昭忠祠、金陵楚军水师昭忠祠、金陵军营官绅昭宗祠。

不仅为军营战死者表彰，曾氏还关注与战事有关的地方上的死难官员、绅士百姓，派专人去调查这方面的情况，以“忠义采访录”的形式上报朝廷，请求朝廷予以褒扬。此种“忠义采访录”，仅收集在曾氏奏折中的便有十七份。

曾氏的这种作为，无疑对提高军营战斗力、培植社会崇尚忠义的风气，都起了重要作用。

同治八年九月上旬，曾氏以三日之功写下这篇《湘乡昭忠祠记》。曾氏是饱蘸感情来写这篇文章的。这不仅因为他本人是湘乡人，更因为湘乡是湘军的发源地，湘乡为这场运动出力最多、贡献最大，所付出的牺牲也最为惨烈。

以大笔勾勒湘乡之勇诞生、成长、壮大乃至建功立业的过程，是这篇文章的史料价值。更为重要的是，曾氏借此文楬橥当时盛行于湘乡勇之间的一种社会风尚，即克己爱人、去伪崇拙。这种风尚可以称之为湘乡精神。在更多的时候，曾氏将它概括为两个字：拙诚。他常说：“天道忌巧”，“人以伪来，我以诚应；人以巧来，我以拙应”，“以天下之至拙应天下之至巧，以天下之至诚应天下之至伪”。曾氏大力倡导的拙诚，后来也便成为整个湘军的推崇。在近代，“拙诚”更成为湖湘文化的一个重要内涵。笨拙而诚实，几乎成了许多湖南人的共同特征。湖南人之所以能担重任成大事，与这种“拙诚”关系极大。

□罗忠节公神道碑铭

原文

公讳泽南，字仲岳，号罗山，湘乡罗氏。咸丰四、五年间，公以诸生提兵破贼，屡建大勋。朝野叹仰，以为名将，而不知其平生志事学，盖素定者久矣。

公之学，其大者以为天地万物本吾一体，量不周于六合，泽不被于匹夫，亏辱莫大焉。凛降衷之大原，思主静以协中，于是乎宗张子而著《西铭讲义》一卷，宗周子而著《人极衍义》一卷。幼仪不慎，则居敬无基；异说不辨，则谬以千里，于是乎宗朱子而著《小学韵语》一卷、《姚江学辨》二卷。严取与出处之义，参阴阳消息之幾，旁及州域之形势，百家之述作，靡不研讨，于是乎有《读孟子札记》二卷、《周易本义衍言》若干卷、《皇舆要览》若干卷、诗文集八卷。其为说虽多，而其本躬修以安四海，未尝不同归也。

始，公家世贫甚。曾祖王父日阮、王父拱诗皆以公贵，赠通奉大夫。父嘉旦，公没后赏加头品顶戴。曾祖王母萧氏、王母贺氏、母萧氏皆赠夫人。公少就学，王父屡典衣市米，节缩于家，专饷于塾。年十九，即藉课徒取资自给。丧其母，又丧其兄，旋丧王父。十年之中，连遭期功之戚十一。尝以试罢，徒步夜归，家人以岁饥不能具食，妻以连哭三子丧明。公益自刻厉，不忧门庭多故，而忧所学不能拔俗而入圣；不耻生事之艰，而耻无术以济天下。

其后年逾三十，乃补学官附生。逾四十，乃以廪生举孝廉方正。假馆四方，穷年汲汲与其徒讲论濂洛关闽之绪，无日不熟于口，悦诸心，因以措诸事为，显诸笔札。未几，兵事起，湘中书生多拯大难、立勋名，大率公弟子也。

咸丰二年，粤贼度岭北犯，攻围长沙，县令召公练乡勇以备不虞，会城解围。明年春，巡抚张公亮基檄公带勇至长沙。维时国藩奉命督治团练，因与公讲求束伍技击之法，晨夕训练，击土寇于桂东，擒逆党于衡山。其夏，贼围江西省城，乃益募湘勇二千，附以新宁之勇、镇筸之兵，檄公赴援南昌。湘军越境讨贼，自此始矣。既解南昌之围，复破贼于安福。归及衡州，歼土匪于永兴。无何，湖北之贼大举南侵，官军失利于岳阳，克捷于湘潭。提督塔齐布公追贼至岳州，余檄公与李公续宾佐之。公扼大桥以遏其冲，凡七战而群贼溃，岳州平，乘胜逐北，连复三县。将攻武昌，公手一图，就余决策。师出两路，以塔公进洪山一路，而自请攻花园一路，当其坚者。如其策，果克武昌、汉阳两城。贼既东奔，追及于兴国，大膊于田家镇。公提卒二千，御数百倍之寇，蹙之江滨，挂石坠崖死者万计。而水师亦断横江铁锁，燔贼舟数千。当是时，公名震天下。前此累功保至道员、花翎，至是有宁绍台道之命，加按察使衔。既而引兵北渡，克广济、黄梅，赏叶普铿额巴图鲁名号。又引兵南渡，攻围九江，进规湖口。贼坚守不可遽下。适会水师分兵入宫亭湖，江上之军不利，而湖北诸军屡败，贼自黄梅长驱西上，武昌再陷。公太息深忧，叹利钝之无常，世变之未已，或解说《周易》以自遣。时别贼陷饶州、弋阳。檄公入江西援剿，大战弋阳，克之。贼陷广信，又战信州，克之。又以其间收复德兴、景德镇。东路甫定，而义宁复陷。公军渡湖汉而西，至则示形杭口，而暗进鳌岭，屯高峰以瞰敌，设三伏以要之，四战而贼大熸。义宁既克，有诏加布政使衔。

公以书抵国藩，具论吴楚形势：欲取九江、湖口，法当先图武昌；欲取武昌，法当先清岳、鄂之交。于是草奏，以公回援武汉，遂略通城，克崇阳，挫衄于濠头堡，大捷于蒲圻。将达武昌，巡抚胡文忠公欢迎劳问，凡事咨而后行。城外贼垒铲除略尽，殄灭有绪矣。公以雾中搏战，中枪子伤，创甚，咸丰六年三月初八日卒于军，春秋五十。病中索笔作书，皆军国要事、艰危支拄之语，左右藏去宝之。事闻，天子震悼，照巡抚例赐恤，二子皆赏给举人，三省建立专祠，予谥忠节。

公在军四载，论数省安危，皆视为一家骨肉之事，与其所注《西铭》之指相符。其临阵审固乃发，亦本主静察幾之说。而行军好相度山川脉络，又其讲求舆图之效。君子是以知公之功，所蓄积者夙也，非天幸也。

配张氏，诰封夫人，妾周氏。子兆作，配胡氏；兆升，配曾氏，国藩第三女也。余与公以学行相勖，又相从于金革，申之以婚姻，乃摭其大节，铭诸墓道。铭曰：

渐车之涧，积潦纵横；崇朝即涸，卷势收声。大江西来，其源万里；泽溥寰区，不矜厥美。无本者竭，有本者昌。罗公渊默，所蓄孔长。洞澈天人，潜睎往圣；一物未康，终亏吾性。提师苦战，荆扬二州；斧彼凶竖，为民复仇。矫矫学徒，相从征讨；朝如鏖兵，暮归讲道。洛闽之术，近世所捐；姚江事业，或迈前贤。公慎其趋，既辨其诡；仍立丰功，一雪斯耻。大本内植，伟绩外充。兹谓豪杰，百世可宗。

评点　近代湘人的杰出代表

说起近代湖湘学子的杰出代表，人们必定首举曾、左。这当然不错。但说句实在话，更具典型形象的是罗泽南。

之所以称罗泽南为典型的近代湖湘学子，大致有这么几条缘由。

一、罗出身贫寒，是艰苦力学的典型。

据罗氏年谱记载：罗氏少年时“家业零落，四壁萧然，至不能具饘粥”。二十九岁那年，他省试告罢归来，饿极欲食，家中居然“无一米之存”。又加之十年之中，至亲相继而死达十一人之多。年谱作者禁不住发出如此感叹：“奇穷至戚，为人世所罕者。”即便如此，罗泽南依旧读书求学问不止。

湖湘自古以来土地坚硬贫瘠，穷苦人多，读书人皆靠艰苦力学而成功，但像罗这等苦困者则少有。

二、罗止于秀才，是功名坎坷的典型。

湖南一则因穷，二则因闭塞，三则受南蛮遗风之影响，在功名科举上一向远不如中原、江浙，也不如邻省湖北、江西。困于科场，乃湖湘学子的普遍现象。罗从十九岁开始童子试，直至三十三岁那年才入县学，然一生功名，亦止于此。

三、著作丰富，为勤于治学之典型。

罗泽南虽然功名不顺，但并不意味着罗资质愚钝。尽管科举制度也的确选拔了不少学识兼备的官员，然不能不承认，它压抑了更多有真才实学的人才。在不断科考、忙于授徒的过程中，罗泽南撰写不少学术专著，著名的有《人极衍义》《周易朱子本义衍言》《姚江学辨》《孟子解》《西铭讲义》《小学韵语》《皇舆要览》等。罗氏的这些著作，使他在三湘学术界赢得很大的声望。时居京城的曾氏，在家书中对六弟温甫能附学罗泽南甚感欣慰。罗也因此长期被贺长龄家族聘为西席。

四、最先下海，为力行湘学的典型。

湘学是经世致用之学，学问之优劣真假，最后要靠经邦济世来检验。就在太平军进入湖南之初，罗泽南便率领他的弟子们在家乡办起团练。年谱说："先生仿戚氏法部署其众，教之击刺，勖以忠义，纪律肃然。"罗氏的这支队伍，即最初的湘勇。正是基于此，有人称罗泽南为湘军之母。

咸丰二年底曾氏在长沙办大团，完全得力于罗泽南：得力于他已组建的湘勇，更得力于他的"仿戚氏法"。后来，罗亲率湘勇转战东西。可惜，天不成全。咸丰六年三月，丧命于武昌城下，年仅五十，谥忠节。

同治八年十月，应罗之后人所请，曾氏写了这篇铭文。

曾氏以战友深情回顾罗泽南的一生，文字简洁而内涵丰厚。这篇碑铭应属曾氏此类文章中的力作。其中不少精彩句子广为传诵。如"公益自刻厉，不忧门庭多故，而忧所学不能拔俗而入圣；不耻生事之艰，而耻无术以济天下"等，不仅精确评价了罗泽南本人高远的境界，也成为那个时代湖湘学子群体品格的最恰当表述。

□大界墓表

原文

王考府君以道光二十九年十月四日弃养，倏历二十三年。当初葬时，吾父以书抵京师，命国藩为文，纪述先德，揭诸墓道。国藩窃观王考府君威仪言论，实有雄伟非常之概，而终老山林，曾无奇遇重事一发其意。其型于家，式于乡邑者，又率依乎中道，无峻绝可惊之行。独其生平雅言，有足垂训来叶者，敢敬述一二，以示后昆。

府君之言曰："吾少耽游惰，往还湘潭市肆，与裘马少年相逐，或日高酣寝。长老有讥以浮薄，将覆其家者。余闻而立起自责，货马徒行，自是终身未明而起。余年三十五，始讲求农事。居枕高嵋山下，垅峻如梯，田小如瓦。吾凿石决壤，开十数畛而通为一，然后耕夫易于从事。吾昕宵行水，听虫鸟鸣声以知节候，观露上禾颠以为乐。种蔬半畦，晨而耘，吾任之；夕而粪，庸保任之。入而饲豕，出而养鱼，彼此杂职之。凡菜茹手植而手撷者，其味弥甘；凡物亲历艰苦而得者，食之弥安也。吾宗自元明居衡阳之庙山，久无祠宇。吾谋之宗族诸老，建立祠堂，岁以十月致祭。自国初迁居湘乡，至吾曾祖元吉公，基业始宏。吾又谋之宗族，别立祀典，岁以三月致祭。世人礼神徼福，求诸幽遐。吾以为神之陟降，莫亲于祖考，故独隆于生我一本之祀，而他祀姑阙焉。后世虽贫，礼不可隳；子孙虽愚，家祭不可简也。吾早岁失学，壮而引为深耻，既令子孙出就名师，又好宾接文士，候望音尘，常愿通材宿儒接迹吾门，此心乃快。其次老成端士，敬礼不怠，其下泛应群伦。至于巫医、僧徒、堪舆、星命之流，吾屏斥之惟恐不远。旧姻穷乏，遇之惟恐不隆。识者观一门宾客之雅正疏数，而卜家之兴败，理无爽者。乡党戚好，吉则贺，丧则吊，有疾则问，人道之常也，吾必践焉，必躬焉。财不足以及物，吾以力助焉。邻里讼争，吾尝居间以解两家之纷。其尤无状者，厉辞诘责，势若霆摧而理如的破，悍夫往往神沮。或具樽酒通殷勤，一笑散去。君子居下则排一方之难，在上则息万物之嚣，其道一耳。津梁道途废坏不治者，孤嫠衰疾无告者，量吾力之所能，随时图之，不无小补。若必待富而后谋，则天下终无可成之事。”

盖府君平昔所恒言者如此。国藩既稔闻之，吾父暨叔父又传述而告诫数数矣。

府君讳玉屏，号星冈。声如洪钟，见者惮慑；而温良博爱，物无不尽之情。其卒也，远近感唏，或涕泣不能自休。配我祖妣王太夫人，孝恭雍穆，娣姒钦其所为，自酒浆缝纫以至礼宾承祭，经纪百端，曲有仪法。虔事夫子，卑诎已甚，时逢愠怒，则竦息减食，甘受折辱以回眷睐。年逾七十，犹检校内政，丝粟不遗。其于子妇孙曾，群从外姻，童幼仆妪，皆思有惠逮之。权量多寡，物薄而意长，阅时而再施。太夫人道光二十六年九月十八日卒，春秋八十，葬于木兜冲。其后三年而府君卒，春秋七十有六，葬于八斗冲，迁太夫人之柩祔焉。其后十年为咸丰九年己未十二月，均改葬于大界。

府君之先，六世祖曰孟学，初迁湘乡者也。曾祖曰元吉，别立祀典者也。祖曰辅臣，考曰竟希。曾祖妣氏曰刘，祖妣氏曰蒋，曰刘，妣氏曰彭。以国藩忝窃禄位，府君初貤封中宪大夫，后累赠为光禄大夫，大学士、两江总督。祖妣初封恭人，后累赠为一品夫人。圣朝推恩，追而上之，竟希公累赠光禄大夫，妣彭氏亦赠一品夫人。府君生吾父兄弟三人，仲父上台早卒，季父骥云无子，以吾弟国华为嗣。孙五人。军兴以来，惟国潢治团练于乡，四人者皆托身兵间。国华、贞幹没于军，国藩与国荃遂以微功列封疆而膺高爵，而高年及见吾祖者，咸谓吾兄弟威重智略不逮府君远甚也。其风采亦可想已。曾孙七人，元孙七人，凡兹安居足食，列于显荣者，繄维祖德是赖。于是叙其大致，表于斯阡，令后嗣无忘彝训，亦使过者考求事实，知有众征，无虚美云。

长孙太子太保武英殿大学士两江总督一等毅勇侯国藩谨撰

第四孙太子少保兵部侍郎前任湖北巡抚一等威毅伯国荃谨书

评点　孙子心目中的祖父母

曾氏在同治八年十一月初五日至初八日，花了三个夜晚，写六百多字的祖父母墓表。但他对这篇文章很不满意："阅之无一字当意者。"同治十年七月初四日至初七日，曾氏又花了四天时间再为祖父母表墓。文章写成后，他仍然不满意。他在初七日的日记中发出如此感慨："一文作至四日，文成，视之无一当意之处。甚矣，余思之钝学之浅而精力之衰也！”

为自己的祖父母写一篇追思的短文，花费许多精力，但又不满意。这是为什么？曾氏认为是他的思钝、学浅、精力衰。

“学浅”肯定不是理由。写这种文章，不需要太深的学问。“思钝”，是一个原因，但曾氏此时尚不足六十岁，一生以文章自负的翰林不应该为一篇短文而思路枯窘。关键的原因是第三个：精力衰。半年后谢世的曾氏，此时实际上生命力已到枯竭的阶段，难以胜任这种创造性的写作。何况是为了他心目中至亲至尊的祖父母表墓，心志既端肃，期望又很高，这些都是无形的沉重压力，更让他的思绪与文笔放不开。对于曾氏来说，《大界墓表》与后一篇他同样不满意的《台州墓表》，简直是在掏空他的心血。尽管如此，但这还是两篇好文章，至少对研究曾氏家族以及父祖两辈对曾氏的影响，有着不可替代的史料价值。

《大界墓表》为文的一大特色是以大段祖父自叙的文字，来形象地勾画出一位不平凡乡民的人生经历与性格特征，让我们看到一个这样的星冈公：早年为放荡浮浪子弟，三十五岁之后，痛改前非，规规矩矩做农人。他凿石开垦，连小田为大丘，以勤于农事为快乐。又亲手种菜，养鱼养猪，并由此而领悟到亲历亲为之虽艰苦但心安味甜的人生真谛。他既首建曾氏祠宇，又牵头建迁居湘乡始祖元吉公祠堂。鉴于自己的早岁失学，他对子孙的读书十分重视，喜欢与儒林文士交往。他摒斥巫术、僧道、地仙、看命算八字等江湖之流，而对邻里亲戚，则热情关怀。他乐于为乡民排难解纷，热心公益事业。他认为，对于一个君子而言，若在底层则应排解一方之困难，若居高层则要安定社会，这里面的道理是一致的。

祖父素日的点点滴滴言行，通过曾氏的筛选与组织，一个强悍农人、乡党领袖、有方家长的形象，便跃然纸上。这些为曾氏所看重之处，即是对曾氏影响最深之处，也是曾氏终生敬服之处。曾氏以“高年及见吾祖者，咸谓吾兄弟威重智略不逮府君远甚”结束全文，虽是借用别人的话，却是曾氏本人的心声！曾氏在各种场合说过：他的祖父有大过人之处，只是欠缺其他条件的配合，故未能做出大事业来。

笔者深为赞成这个观点。草莽之间，平民之中，历来都不乏才智优秀的人，只是因为缺乏平台，他们终被湮没无闻。三国时代为什么会有那么多英雄人物涌现？清咸丰、同治年间，为什么会那么多书生农民出人头地？说到底，皆因时代所赐。王闿运曾指着身边的一群仆役轿夫，对某高官说：此辈若生在咸同年代皆可为督抚。此话历来被世人视为湘绮老人嘲弄大员的戏说，其实是一句真话！

□《湖南文征》序

原文

吾友湘潭罗君研生以所编撰《湖南文征》百九十卷示余，而属为序其端。国藩陋甚，齿又益衰，奚足以语文事？窃闻古之文，初无所谓法也。《易》《书》《诗》《仪礼》《春秋》诸经，其体势声色，曾无一字相袭。即周秦诸子，亦各自成体。持此衡彼，画然若金玉与卉木之不同类，是乌有所谓法者。后人本不能文，强取古人所造而摹拟之，于是有合有离，而法不法名焉。

若其不俟摹拟，人心各具自然之文，约有二端：曰理，曰情。二者人人之所固有。就吾所知之理而笔诸书，而传诸世，称吾爱恶悲愉之情而缀辞以达之，若剖肺肝而陈诸简策，使吾缱绻之怀的然呈露，斯皆自然之文。性情敦厚者，类能为之。而浅深工拙，则相去十百千万而未始有极。自群经而外，百家著述，率有偏胜。以理胜者，多阐幽造极之语，而其弊或激宕失中；以情胜者，多悱恻感人之言，而其弊常丰缛而寡实。自东汉至隋，文人秀士大抵义不孤行，辞多俪语。即议大政，考大礼，亦每缀以排比之句，间以婀娜之声。历唐代而不改。虽韩、李锐志复古，而不能革举世骈体之风。此皆习于情韵者类也。宋兴既久，欧、苏、曾、王之徒崇奉韩公，以为不迁之宗。适会其时，大儒迭起，相与上探邹鲁，研讨微言。群士慕效，类皆法韩氏之气体，以阐明性道。自元、明至圣朝康、雍之间，风会略同，非是不足与于斯文之末。此皆习于义理者类也。

乾隆以来，鸿生硕彦稍厌旧闻，别启途轨，远搜汉儒之学，因有所谓考据之文。一字之音训，一物之制度，辨论动至数千言。曩所称义理之文，淡远简朴者，或屏弃之，以为空疏不足道。此又习俗趋向之一变已。

湖南之为邦，北枕大江，南薄五岭，西接黔蜀，群苗所萃，盖亦山国荒僻之亚。然周之末，屈原出于其间，《离骚》诸篇为后世言情韵者所祖。逮乎宋世，周子复生于斯，作《太极图说》《通书》，为后世言义理者所祖。两贤者，皆前无师承，创立高文，上与《诗经》《周易》同风，下而百代逸才举莫能越其范围，而况湖湘后进沾被流风者乎？兹编所录，精于理者盖十之六，善言情者约十之四，而骈体亦颇有甄采，不言法而法未始或紊。惟考据之文搜集极少，前哲之倡导不宏，后世之欣慕亦寡。研生之学，稽《说文》以究达诂，笺《禹贡》以晰地志，固亦深明考据家之说。而论文但崇体要，不尚繁称博引，取其长而不溺其偏，其犹君子慎于择术之道欤！

评点　湖湘文章的源头

这篇作于同治十年五月的序文，是曾氏文章中的代表作。

曾氏好友罗汝怀字研生，一生孜孜不倦于学问诗文，尤其热心文献史料的整理汇编。《湖南文征》即罗汝怀所编的一部影响很大的湖湘文章汇辑。曾氏为之作序，除表彰罗所做的这桩事的本身外，还怀着一份对罗氏之子伯宜的思念之情。就在写序文的前十天，曾氏写了《罗伯宜墓志铭》一文。

从墓志铭中，我们可以知道，罗伯宜是当时湘军的特殊现象——书生领兵的典型人物。罗伯宜颖慧早熟，两岁即能识字，长大后无论书法、诗文，还是科举制艺，样样精通，并有秀才功名。咸丰四年，罗伯宜即投身湘军，随军从岳阳到武汉再进入江西。先是为曾氏充当文字秘书，后来亲领一军，转战江西南北。咸丰七年，曾氏回籍守父丧，罗亦离开军营重操文人旧业。尔后，罗或往来浙江、江西、广东与闻军事，但都为时不久。同治八年正月，应黄润昌之邀来到贵州参与军事。这年三月，战死于黄平。

罗伯宜文武全才，但事功不大，官位亦不高。曾氏认为自己有责任，如果始终让他统率一支军队的话，罗之所成足可以与当世名将相比。正是怀着这种内疚之心，曾氏认真地为罗父作这篇序文。

曾氏晚年，对自己所写的文章均不满意。对这篇序文，他同样不满意。他在完成此文那天的日记中写道："全无是处，深为愧闷。"但实事求是地说，这是一篇好文章。

曾氏这篇序文绝不是应付，除传递自己与罗氏父子的情感外，他还要借此文发表自己的文章理念。

在曾氏看来，先哲为文，原本无所谓法与不法。正如一副著名的联语中所说的："世外人法无定法，然后知非法法也。"四书五经、周秦诸子，彼此不相沿袭，各自成体。到了后来，许多本不是写文章那块料的人，勉强为文，于是只有去模拟前人。模仿的结果，自然有模仿得像与不像、得法与不得法的区别。于是，文章开始有法度之称了。

假若大家都不去模拟，纯粹去写存在于自心的那篇文章，其实为文也简单。人心对外部世界的感触和表述，无非就是理与情两个字而已，将心中所明白的道理所存在的爱恨情仇，用文字表现出来，这就是自然而然的文章。凡性情敦厚的人都可以为之，其区别只在或深或浅、或精或粗而已。当然，这中间的差距或十里百里、或千里万里，甚至根本无法相比。

除开五经外，诸子百家的著作，各有偏向。以理取胜的，探索常人不能企及的境地，但其弊病又多在偏激。以情取胜的，以富有感官色彩的文字打动读者，但往往又过于繁缛而少真实。自东汉到隋代，文人为文，大多喜欢用排比句讲究声韵，即便谈论那些庄严郑重的国家大政大礼的文章，也如此写。这种风气到了唐代也没有改变。虽然韩愈、李翱等人立志复古，也不能革掉这种满世界已形成的风气。这种风尚，是看重情韵的积习由来已久的缘故。到了宋代，学术界喜好探讨先圣的微言大义，学术文章大多效法韩愈的文风。自元朝明朝直到清朝的康熙、雍正年间，文风都与宋代差不多，认为若不如此为文，则不能列入文化人的行列。文风的转变是由于为文者重视义理的结果。乾隆以来，有学问者大多厌弃这种文风，他们转而精研汉儒的著述。对其中的一字一事，动辄予以数千字的考订，对那些谈论义理的文章，反而以空疏无用视之。这是文坛习俗的又一番改变。

曾氏这一通六百来字的述说，其实勾勒的是一个文章发展演变的粗略轮廓，是他三四十年来对古文孜孜研究后的思考。从这个角度来看，这段话是真正的厚积而薄发。

文章最精彩的当属最后那一段。这一段楬橥湖湘文章的两个源头人物。一是情韵流派的源头屈原及其代表作《离骚》；一是义理流派的源头周敦颐及其代表作《太极图说》《通书》。曾氏指出，这两个人都是具有开创性价值的大师。他们前无师承，自立高文，他们的作品与《诗经》《周易》在同一个档次上，千百年来无人能够超越，对湖湘文学影响巨大而深远。毫无疑问，曾氏的这个观点是对的。他的这个认识，是对湖湘文学研究的有益开启。

这一段话在为文上更是代表湘乡文派的特色：气势宏大，声光炯然，朗朗上口，铿锵有力，如“湖南之为邦，北枕大江，南薄五岭，西接黔蜀，群苗所萃，盖亦山国荒僻之亚”。这二十九个字，一百多年来，不知为多少人所引用，成为对湖南人文地理特色的经典概括。

□台洲墓表

原文

呜呼！惟我先考先妣既改葬于台洲之十三年，小子国藩始克表于墓道。

先考府君讳麟书，号竹亭，平生困苦于学，课徒传业者盖二十有余年。国藩愚陋，自八岁侍府君于家塾，晨夕讲授，指画耳提，不达则再诏之，已而三复之；或携诸途，呼诸枕，重叩其所宿惑者，必通彻乃已。其视他学僮亦然，其后教诸少子亦然。尝曰：“吾固钝拙，训告若辈钝者，不以为烦苦也。”府君既累困于学政之试，厥后挈国藩以就试，父子徒步橐笔以干有司，又久不遇。至道光十二年，始得补县学生员。府君于是年四十有三，应小试者十七役矣。

吾曾氏由衡阳至湘乡五六百载，曾无人与于科目秀才之列。至是乃若创获，何其难也。自国初徙湘乡，累世力农，至我王考星冈府君乃大以不学为耻，讲求礼制，宾接文士，教督我考府君穷年磨厉，期于有成。王考气象尊严，凛然难犯。其责府君也尤峻，往往稠人广坐，壮声诃斥；或有所不快于他人，亦痛绳长子。竟日嗃嗃，诘数愆尤。间作激宕之辞，以为岂少我耶？举家耸惧，府君则起敬起孝，屏气负墙，踧踖徐进，愉色如初。王考暮年大病痿痹瘖哑，起居造次必依府君，暂离则不怡，有请则如响。然后知夙昔之备责府君，盖望之厚而爱之笃，特非众人所能喻耳。

咸丰二年，粤贼窜湘，攻围长沙，府君率乡人修治团练，戒子弟，讲阵法，习技击。未几，国藩奔母丧回籍，奉命督办湖南团练。明年，又奉命治舟师援剿湖北。府君僻在穷乡，志存军国。初令季子国葆募勇讨贼，既又令三子国华、四子国荃募勇北征鄂，东征豫章。粗有成效，而府君遽以咸丰七年二月四日弃养。阅一年而国华殉难于三河，又四年而国葆病没于金陵。朝廷褒恤，并予美谥。而国藩与国荃遂克复安庆、江宁两省。虽事有天幸，然亦赖先人之教，尽驱诸子执戈赴敌之所致也。

初，国藩以道光间官京师，恭遇覃恩，封王考暨府君皆为中宪大夫，祖妣暨先母皆为恭人。逮咸丰间，四遇覃恩，又得封赠，三代皆为光禄大夫，妣皆一品夫人。今上嗣位，四遇覃恩，又以战绩，兄弟谬膺封爵。于是曾祖府君儒胜，王考府君玉屏，暨府君皆封为大学士、两江总督、一等侯爵；曾祖妣氏彭，祖妣氏王，先妣氏江，仍封一品夫人。呜呼！叨荣至矣！

江太夫人为湘乡处士沛霖公女，来嫔曾门，事舅姑四十余年，饎爨必躬，在视必恪，宾祭之仪，百方检饬。有子男五人，女四人，尺布寸缕，皆一手拮据。或以人众家贫为虑，太夫人曰："某业读，某业耕，某业工贾。吾劳于内，诸儿劳于外，岂忧贫哉?"每好作自强之言，亦或谐语以解劬苦。咸丰二年六月十二日疾卒，九月二十二日葬于下腰里宅后。府君以七年闰五月初三日葬于周璧冲，至九年八月某日并改葬于台洲之猫面脑。府君有弟二人，仲曰上台，年二十有四而没。府君视病年余，营治医药，旁皇达旦。季曰骥云，推甘让善，老而弥恭。无子，以国华为之嗣。后府君三年而没。女四人者，其二先卒，其二继逝。诸子今存者，惟国藩与国潢、国荃三人。诸孙七人，曾孙七人。于是略述梗概，以著先人懿德，垂荫无穷。而小子才薄能鲜，忝窃高位，兢兢焉惟不克负荷是惧云。

长男太子太保武英殿大学士两江总督一等毅勇侯国藩谨表

四男太子少保前湖北巡抚一等威毅伯国荃谨书

评点　懦弱的父亲，刚强的母亲

曾氏之父竹亭公去世后，曾氏为父亲写了两篇文章。一篇写于咸丰七年夏间，即其父安葬前后。另一篇即写于同治十年六月的这篇文章。咸丰七年的文章重点只有一个，那就是记述父亲在祖父患病期间的周到服侍。咸丰九年，由曾国潢出面，将父母之柩迁出原葬地，再合葬于台洲。十三年后，曾氏再作这篇墓表。

这篇文章追忆父亲生前的言行较之上篇为详。着重讲了四件事。一、诲人不倦。不仅教诸子如此，教其他学僮亦如此。二、屡试不疲。应秀才试十七次，终于在四十三岁那年考中，算是打破曾氏家族五六百年来无人有功名的纪录。三、恭顺侍父。父亲严责于大庭广众之下，坦然受之。病重期间，尽心侍奉。四、送儿上前线。命国华、国荃、国葆三子募勇上战场，既为国，亦为家。

曾氏的这些追忆，让我们对这位竹亭公有了较为丰满的印象。这位一辈子以启蒙为业的乡间塾师，大致是这样的一个人：资质平平而心地仁厚，性格懦弱却有一股倔劲，不多探俗事但大事不糊涂。曾氏常自称鲁钝、胆气薄弱、性强能忍。这些方面，都可以从其父身上看到影子。

这篇墓表说到其母江氏，虽然着墨不多，但给人印象深刻，尤其是这几句话更显精彩：“或以人众家贫为虑，太夫人曰：‘某业读，某业耕，某业工贾。吾劳于内，诸儿劳于外，岂忧贫哉？’”它让我们看到一位多子女多劳累却达观、自强、见识高远的乡村妇女的不平凡形象。曾氏常说他和九弟在好强这点上都像母亲，看来其言可信。

□笔记十八篇

原文

一、赦

牧马者，去其害马者而已；牧羊者，去其乱群者而已。牧民之道，何独不然。诸葛武侯治蜀，有言公惜赦者。答曰：“治世以大德，不以小惠。故匡衡、吴汉不愿为赦。先帝亦言：‘吾周旋陈元方、郑康成间，每见启告治乱之道悉矣，曾不语赦也。若刘景升、季玉父子，岁岁赦宥，何益于治?’”蜀人称亮之贤。厥后费祎秉政，大赦。河南孟光责祎曰：“夫赦者，偏枯之物，非明世所宜有也。”国藩尝见家有不肖之子，其父曲宥其过，众子相率而日流于不肖。又见军士有失律者，主者鞭责不及数，又故轻贯之。厥后众士傲慢，常戏侮其管辖之官。故知小仁者，大仁之贼，多赦不可以治民，溺爱不可以治家，宽纵不可以治军。

评点　小仁与大仁

曾氏诗文集收有《笔记二十七则》《笔记十二篇》。这三十九则笔记，应是曾氏平日读书、思考时的札记，或论人，或论事，或辨析一字一词，皆简短直白，不刻意为文，其中不乏对今人仍有启发性的文字。现选录十八篇，并作一点浅评。

这篇标题为《赦》的札记，讲的是管理学中的宽严之道。从文章中可以看出曾氏是主张严的。他认为赦体现的只是小仁，即人们常说的妇人之仁，执法严厉，才是大仁。曾氏的这种理念，在他以团练大臣身份整治长沙社会秩序以及统率湘军的早期，表现得特别突出。他笃信“乱世当用重典”，坚决奉行申韩之法，欲以霹雳手段显菩萨心肠，即便得“曾剃头”之恶名亦在所不辞。

法家奉行过头，则易失左右依附之心。曾氏早期兵事不利，原因固然很多，严苛过分或许也是原因之一。野史记载，咸丰八年夏，曾氏再度出山时，在长沙城里拜访左宗棠，请左书“敬胜怠，义胜欲；知其雄，守其雌”。左不同意写这副联语，而另撰“集众思，广忠益；宽小过，总大纲”送给曾。左的这副联语借集思广益来批评曾的刚愎自用，借拾大放小来规劝曾的苛刻严厉。曾氏接受左的讽谏，后来在这方面改正不少。

其实，宽也罢、严也罢，都是治理的手段。何时用宽，何时用严，要看当时的形势，正如成都武侯祠的那副楹联所说的：“能攻心则反侧自消，从古知兵非好战；不审势即宽严皆误，后来治蜀要深思。”

二、悔吝

原文

吉凶悔吝，四者相为循环。吉，非有祥瑞之可言，但行事措之咸宜，无有人非鬼责，是即谓之吉。过是则为吝矣。天道忌满，鬼神害盈，日中则仄，月盈则亏，《易》爻多言贞吝。《易》之道，当随时变易以处中，当变而守此不变，则贞而吝矣。凡行之而过，无论其非义也，即尽善之举，盛德之事，稍过，则吝随之。余官京师，自名所居之室曰求阙斋，恐以满盈致吝也。人无贤愚，遇凶皆知自悔，悔则可免于灾戾。故曰：“震无咎者，存乎悔。”动心忍性，斯大任之基；侧身修行，乃中兴之本。自古成大业者，未有不自困心横虑、觉悟知非而来者也。吝则驯致于凶，悔则渐趋于吉。故大易之道，莫善于悔，莫不善于吝。吾家子弟将欲自修，而免于愆尤，有二语焉，曰："无好快意之事，常存省过之心。"

评点　修身自律的理论基础

修身自律是儒学所提倡的行为方式，其理论基础应出于《易经》。这篇札记说的就是从《易经》中得到的这个体悟。曾氏认为，《易经》最重要的思想就是"吉凶悔吝，四者互为循环"。吉，吉利；凶，危险；悔，悔改；吝，过错。《易·系辞》说："是故吉凶者，失得之象也。悔吝者，忧虞之象也。"吉过了头则为吝，吝则将走向于凶，悔则渐趋于吉。这就是四者循环的路径。这中间有一个关键的字，即悔，也就是札记中所引用的《系辞》中的话"震无咎者，存乎悔"：行动无过失的原因在于悔。通过悔改、反思，则可以化凶为吉。这个悔改、反思就是修身自律中的主要内容。于是，曾氏借此再次告诫子弟：自我修身、免于灾祸的方式就是不要耽于享受快乐，时常保存反思的心态。

值得注意的是，曾氏认为"吉"并非人们所通常理解的喜庆荣耀，行事得宜、不遭人指摘即为吉利。这种对"吉"的诠释应引起我们的注意。

三、儒缓

原文

《论语》两称"敏则有功"。敏，有得之天事者，才艺赡给，裁决如流，此不数数觏也。有得之人事者，人十己千，习勤不辍，中材以下，皆可勉焉而几。余性鲁钝，他人目下二三行，余或疾读不能终一行。他人顷刻立办者，余或沉吟数时不能了。友人阳湖周弢甫腾虎尝谓余儒缓不及事，余亦深以舒缓自愧。《左传》齐人责鲁君不答稽首，因歌之曰："鲁人之皋，数年不觉；使我高蹈，惟其儒书。以为二国忧。"言鲁人好儒术，而失之皋缓。故二国兴师来问也。《汉书·朱博传》：齐部舒缓养名，博奋髯抵几曰："观齐儿欲以此为俗邪？"皆斥罢诸吏。门下掾赣遂，耆老大儒，拜起舒迟。博谓赣老生不习吏礼，令主簿教之拜起闲习。又以功曹官属，多褒衣大袑，不中节度，敕令掾史衣皆去地二寸。此亦恶儒术之舒缓，不足了事也。《通鉴》：凉骠骑大将军宋混曰："臣弟澄政事愈于臣，但恐儒缓，机事不称耳。"胡三省注曰："凡儒者多务为舒缓，而不能应机，以趋事赴功。"大抵儒术非病，儒而失之疏缓，则从政多积滞之事，治军少可趁之功。王昕儒缓，见《北史》，王宪从孙；唐相张镒儒缓，见《通鉴》二百二十八卷。

评点　儒家子弟不能办军事

什么是儒缓？儒缓即像儒生那样行动缓慢迟钝。儒生为何会缓呢？可能因为儒生博览群书，熟记往事，一事当前喜欢思前想后，寻经查典，自然事情的处置就变慢了。也可能儒生峨冠博带，宽袖长袍，还喜欢讲究礼节，注意尊卑谦让，于是参加活动时，行动便难以敏捷。因为这样，虽然儒家学说可以治理天下，但儒家信徒多不能办实事，尤不能办军事。军情瞬息千变，需要高度的敏锐与决断，儒缓岂不大大误事！

作为湘军统帅，曾氏的儒缓是他的大病。不仅周腾虎批评他，李鸿章也曾当面指出，左宗棠更是常常以此讥讽他，指责他"呆滞""贻误军机"。好在曾氏有自知之明，这篇札记便是一份自我检讨。他在给儿子的信中也坦率承认这点："行军本非余所长，兵贵奇而余太平，兵贵诈而余太直。”湘军草创之初，他亲自指挥的靖港之役大败。从那以后他再也不上前线，不做前线指挥官，或许正是出于这种清醒的自我认识。

四、英雄诫子弟

原文

古之英雄，意量恢拓，规模宏远，而其训诫子弟，恒有恭谨敛退之象。

刘先主临终敕太子曰：“勉之！勉之！勿以恶小而为之，勿以善小而不为。惟贤惟德，可以服人。汝父德薄，不足效也。汝与丞相从事，事之如父！”西凉李暠手令戒诸子，以为“从政者，当审慎赏罚，勿任爱憎，近忠正，远佞谀，勿使左右窃弄威福。毁誉之来，当研核真伪。听讼折狱，必和颜任理，慎勿逆诈亿，必轻加声色，务广咨询，勿自专用。吾莅事五年，虽未能息民，然含垢匿瑕，朝为寇仇，夕委心膂，粗无负于新旧。事任公平，坦然无类，初不容怀有所损益。计近则如不足，经远乃为有余。庶亦无愧前人也”。宋文帝以弟江夏王义恭都督荆湘等八州诸军事，为书诫之曰：“天下艰难，国家事重，虽曰守成，实亦未易。隆替安危，在吾曹耳！岂可不感寻王业，大惧负荷！汝性褊急，志之所滞，其欲必行；意所不存，从物回改，此最弊事！宜念裁抑。卫青遇士大夫以礼，与小人有恩，西门安于矫性齐美。关羽、张飞，任偏同弊。行己举事，深宜鉴此！若事异今日，嗣子幼蒙，司徒当周公之事，汝不可不尽祗顺之理。尔时天下安危，决汝二人耳！汝一月自用钱，不可过三十万。若能省此益美。西楚府舍，略所谙究，计当不须改作，日求新异。凡讯狱多决，当时难可逆虑，此实为难。至讯日，虚怀博尽，慎无以喜怒加人！能择善者而从之，美自归已；不可专意自决，以矜独断之明也。名器深宜慎惜，不可妄以假人，昵近爵赐，尤应裁量。吾于左右，虽为少恩，如闻外论，不以为非也。以贵凌物，物不服；以威加人，人不厌。此易达事耳。声乐嬉游，不宜令过。蒱酒渔猎，一切勿为。供用奉身，皆有节度。奇服异器，不宜兴长。又宜数引见佐史。相见不数，则彼我不亲。不亲，无因得尽人情；人情不尽，复何由知众事也。”数君者，皆雄才大略，有经营四海之志，而其教诫子弟，则约旨卑思，敛抑已甚。

伏波将军马援，亦旷代英杰。而其诫兄子书曰：“吾欲汝曹闻人过失，如闻父母之名。耳可得闻，口不可得言也。好议论人长短，妄是非政法，此吾所大恶也，宁死不愿子孙有此行也！龙伯高敦厚周慎，口无择言，谦约节俭，廉公有威。吾爱之重之！愿汝曹效之！杜季良豪侠好义，忧人之忧，乐人之乐，父丧致客，数郡毕至。吾爱之重之！不愿汝曹效也！效伯高不得，犹为谨敕之士，所谓刻鹄不成尚类鹜者也。效季良不得，陷为天下轻薄子，所谓画虎不成反类狗者也。”此亦谦谨自将，敛其高远之怀，即于卑迩之道。盖不如是，则不足以自致于久大。藏之不密，则放之不准。苏轼诗：“始知真放本精微。”即此义也。

评点　英雄以谦退诫子弟

曾氏读史，看到历史上这样一个带有普遍性的现象：古时的许多英雄人物，他们本人胸襟气度恢阔，谋划事业宏远，但他们教育子弟，则往往注重于谦恭谨慎、收敛退抑这些方面。

曾氏举出四个例子来予以验证。

三国时蜀国之君刘备临终对太子刘禅说：勿为小恶，勿不为小善，唯有贤与德可以服人，以父亲之礼事丞相诸葛亮。

西凉国之君李暠告诫诸子：审慎赏罚，不要感情用事；亲近正人君子，远离小人，管束身边人。在批评与表扬面前，应注意分辨真伪。审查案件，切莫随意；多咨询，防独断；坦诚用人，处事公平。

南朝宋文帝刘义隆叮嘱握有大权的弟弟义恭：要时时意识到自身责任的重大，戒褊急，戒奢华，戒自专，戒浪赏，戒游乐，戒疏离人情等等。

汉代伏波将军马援告诫侄儿：不要随意议论别人的短，也不可轻易批评朝政。龙伯高敦厚周到谦谨节俭，杜季良豪侠仗义，好为人排难解忧。这两个人都很好，但作为人生榜样，宁可取龙而不可取杜。学龙不成尚可做谨敕君子，学杜不成则有可能变为轻薄子弟。

刘备、李暠、刘义隆、马援都是公认的英雄，但他们在对子弟的教导上，却不以四海之志为期望，而以平实卑迩为勉励。这是为什么？

曾氏认为，这是他们明白只有平实卑迩才可以真正地致远致大。他引苏东坡在汝州观吴道子的画后所写的感怀诗中的一句“始知真放本精微”为据。

唐代大画家吴道子的画出神入化，向有“吴带当风”的美誉。吴道子能有如此技艺，是因为他的基本功扎实，一笔一画，一丝一毫，务求精致，决不马虎。苏东坡于是感叹：真正的豪放是建立在精微的基础上！

那些成就大事业的英雄，人们看到的只是他们的光彩与伟岸，至于他们平时点点滴滴的累积，则常被忽视；而他们自己则非常清醒地知道，正是那些点点滴滴才成就了光彩伟岸。所以，他们要把真话实话告诉子弟，让他们懂得由近致远、自卑向高的人生道理。

五、气节·傲

原文

自好之士多讲气节。讲之不精，则流于傲而不自觉。风节守于己者也，傲则加于人者也。汉萧望之初见霍大将军光，不肯露索挟持。王仲翁讥之。望之曰：“各从其志。”魏孙资、刘放用事，辛毗不与往来。子敞谏之，毗正色曰：“吾立身自有本末，就与孙、刘不平，不过令吾不作三公而已。”宋顾恺之不肯降意于戴法兴等，蔡兴宗嫌其风节太峻，恺之曰：“辛毗有言：‘孙、刘不过使我不为三公耳。’人禀命有定分，非智力可移。”因命弟子原著《定命论》以释之。此三事者，皆风节之守于己者也。若汲黯不下张汤，宋璟不礼王毛仲，此自位高望尊，得行其志已，不得以风节目之矣，然犹不可谓之傲也。以傲加人者，若盖宽饶之于许伯，孔融之于曹操，此傲在言词者也。嵇康之于钟会，谢灵运之于孟颛，此傲在神理者也。殷仲文之于何无忌，王僧达之于路琼之，此傲在仪节者也。息夫躬历诋诸公，暨艳弹射百寮，此傲在奏议者也。此数人者，皆不得令终。大抵人道害盈，鬼神福谦，傲者内恃其才，外溢其气，其心已不固矣。如盖、孔、嵇、谢、殷、王等，仅以加诸一二人，犹且无德不报，有毒必发。若息夫躬、暨艳之褊忤同列，安有幸全之理哉？

裴子野曰：“夫有逸群之才，必思冲天之据。”盖俗之量，则偾常均之下。其能守之以道，将之以礼，殆为鲜乎！大抵怀材负奇，恒冀人以异眼相看。若一概以平等视之，非所愿也。韩信含羞于哙等，彭宠积望于无异，彼其素所挟持者高，诚不欲与庸庸者齐耳。君子之道，莫善于能下人，莫不善于矜。以齐桓公之盛业，葵邱之会微有振矜，而叛者九国。以关公之忠勇，一念之矜，则身败于徐晃，地丧于吕蒙。以大禹之圣，而伯益赞之，以满招损，谦受益。以郑伯之弱，而楚庄王曰："其君能下人，必能信用其民矣。"不自恃者，虽危而得安；自恃者，虽安而易危。自古国家，往往然也。故挟贵、挟长、挟贤、挟故勋劳，皆孟子之所不答；而怙宠、怙侈、怙非、怙乱，皆春秋士大夫之所深讥尔。

评点　气节与傲的区别

人们崇尚气节，称赞有气节的人。文天祥《正气歌》："天地有正气，杂然赋流形，时穷节乃见，一一垂丹青。"这首诗的眼，就是"气"与"节"两个字。人们通常不喜欢傲，说人骄傲、狂傲、傲慢，是很严厉的批评。但气节与傲，有时会有点形似。这篇札记谈的便是气节与傲的区分。

曾氏认为萧望之、辛毗、顾恺之等人不依附权贵，这是气节的表现。至于汲黯不愿居张汤之下，宋璟不礼遇王毛仲，那是因为他们自己本就位高望重，不过是按自己的方式待人处世而已，不能称之为气节。而盖宽饶之于许伯、孔融之于曹操、嵇康之于钟会，谢灵运之于孟顗、殷仲文之于何无忌、王僧达之于路琼之、息夫躬之于诸公、暨艳之于百僚，那就是傲了，或傲在言词、或傲在神态道理、或傲在礼仪、或傲在文字。

细揣曾氏文意，守理守分上的不同流俗，可以称得上为气节；若自己的言行神态伤及了别人，那就是傲。有句话说，人可有傲骨，不可以有傲气。这句话说得更直白。同是一个"傲"字，若藏之于心不外露，则为傲骨，受称赞；若形之于言辞神情，则为傲气，不值得称道。

六、成败无定

原文

汉晁错建议削藩，厥后吴楚七国反，景帝诛错而事以成。明齐泰、黄子澄建议削藩，厥后燕王南犯，建文诛齐、黄而事以败。我朝米思翰等建议削藩，厥后吴、耿三叛并起，圣祖不诛米思翰而事以成。此三案者最相类，或诛或宥，或成或败，参差不一，士大夫处大事，决大疑，但当熟思是非，不必泥于往事之成败，以迁就一时之利害也。

唐昭宗以王室日卑，发愤欲讨李茂贞，责宰相杜让能专主兵事。杜让能再三辞谢，言："他日臣徒受晁错之诛，不能弭七国之祸。"厥后李茂贞进逼兴平，禁军败溃，京城大震。茂贞表请诛让能，让能曰："臣固先言之矣！"上涕下不能禁，曰："与卿诀矣！"是日贬让能梧州刺史，寻赐自尽，斯则无故受诛，其冤有甚于晁错、齐泰、黄子澄。昭宗既强之于前，复诛之于后，此其所以为亡国之君也。国藩在军时，有一时与人定议，厥后败挫，或少归咎于人，不能无稍露于辞色者，亦以见理未明故耳。

后唐潞王虑石敬瑭之将反，李崧、吕琦劝帝与契丹和亲，薛文遇沮之；帝欲移石敬瑭镇郓州，文遇力赞成之。厥后敬塘果反，引契丹大破唐兵。唐王见薛文遇曰："我见此物肉颤！"几欲抽佩刀刺之。大抵事败而归咎于谋主者，庸人之恒情也。

评点　知古而不能泥古

人们看重历史，是因为历史可以给我们提供借鉴，让我们面对着一件自己从未经历过的事情，能从前人对类似事情的处置中得到启示，从而较好地处理眼下的事情。这无疑是对的。但是，决不能生搬硬套，一味依着前人的陈迹，苟如此，那就叫作泥古不化。这是因为任何一件事情都有它的关联之处，事越大，关联之处就越多。事情或许类似，但关联之处不同，故而就不可能全盘相同，处置的办法也就不能完全一样。譬如同是削藩，便有多种情况。汉景帝削藩带来吴楚七国之乱，后杀晁错而乱平。明建文帝削藩招致朱棣南下，建文帝杀齐泰、黄子澄，但乱子却越来越大，最后弄得建文丢了帝位，生死不明。清康熙削藩，引发三藩叛乱。康熙不杀米思翰，结果三藩之乱也平定了，天下并因此而大治。

曾氏由此得出结论：士大夫处大事决大疑，当深思熟虑详究是非，不可拘泥于某一桩旧时案例而轻作判断。

历史上这三次削藩，都起源于臣下的建议，因君主的为人不同，而建言者遭到或诛或宥的不同命运。由此，曾氏谈到建言献策的难。

但凡筹谋一桩事，就一定会有成与败两种结局，也就是说有风险性：小事则风险小，大事则风险大，若是军事、政治这一类大事，其风险性就更大，大到可以杀头毁家、乱政亡国。若是自筹自谋，再大的风险也只能自己承担，自认倒霉。若是替人筹谋，败而受责，则会心存委屈感；若是上下之间，处下者本是受命筹谋，事败后成为替罪羊，则更是冤枉透顶。历史上这样的事情很多，曾氏举了唐昭宗与后唐潞王之事为例。的确，谋大事决大疑不容易。出谋者当慎而又慎，决策者不但要谨慎，还得有气度。作为湘军统帅，曾氏也由此而检讨自己的气度不够。

一篇约四百字的简短札记，让我们得到多少启发！

七、功效

原文

天下之事，有其功必有其效；功未至而求效之遽臻则妄矣。未施敬于民，而欲民之敬我；未施信于民，而欲民之信我。卤莽而耕，灭裂而耘，而欲收丰穰十倍之利，此必不得之数也。在《易·恒》之初六曰："浚恒贞凶，无攸利。"胡氏瑗释之曰："天下之事，必皆有渐，在乎积日累久，而后能成其功。"是故为学既久，则道业可成，圣贤可到；为治既久，则教化可行，尧舜可至。若是之类，莫不由积日累久而后至，固非骤而及也。初六居下卦之初，为事之始，责其长久之道，永远之效，是犹为学之始，欲亟至于周孔；为治之始，欲化及于尧舜。不能积久其事，而求常道之深，故于贞正之道，见其凶也。无攸利者，以此而往，必无所利。孔子曰："欲速则不达"也。是故君子之用功也，如鸡伏卵不舍，而生气渐充；如燕营巢不息，而结构渐牢；如木之滋培，不见其长，有时而大；如泉之有本，不舍昼夜，盈科而进。放乎四海，但知所谓功，不知所谓效，而效亦徐徐以至也。

嵇康曰："夫为稼于汤之世，偏有一溉之功者，虽终归于焦烂，必一溉者后枯，然则一溉之益，固不可诬也。"此言有一分之功，必有一分之效也。程子曰："修养之所以引年，国祚之所以祈天永命，常人之至于圣贤，皆工夫到这里，则自有此应。"此言有真积力久之功，而后有高厚悠远之效也。孟子曰："宋人有闵其苗之不长而揠之者，谓其人曰'予助苗长矣'！其子趋而往视之，苗则稿矣。"此言不俟功候之至，而遽期速效，反以害之也。苏轼曰："南方多没人，日与水居也。七岁而能涉，十岁而能浮，十五而能没矣。北方之勇者生不识水，问于没人而求所以没，以其言试之河，未有不溺者也。"此言不知致功之方，而但求速效，亦反以害之也。

评点　积功而致效

此文说的是功与效之间的关系。功者，日积月累之过程；效者，最后所收到的成果。

有功方才有效，此理世人皆知。其误区在于：以小功获大效，以浅功获厚效，以短功获长效。这种观念于今甚烈。今日的世道，是一个快速发展、快速变化的时代，人们的心情很急迫很焦虑，都想一日暴富一夕成名。因为事实上也确乎有人暴富成名于顷刻之间，于是人人都盼望幸运落到自己的头上，急功近利之心史无前例的强烈。

然而，一日暴富者大半行为不轨，一夕成名者大多投机取巧，这样得来的财富与名声决不能持久。老子早就说过：暴得大名者不祥。长久的成功，一定是在正道上获得，这正道就是文章所指出的积功而致效。

八、克勤小物

原文

古之成大业者，多自克勤小物而来。百尺之楼，基于平地；千丈之帛，一尺一寸之所积也；万石之钟，一铢一两之所累也。文王之圣，而自朝至于日中昃不遑暇食。周公仰而思之，夜以继日，幸而得之，坐以待旦。仲山甫夙夜匪懈，其勤若此，则无小无大，何事之敢慢哉？诸葛忠武为相，自杖罪以上，皆亲自临决。杜慧度为政，纤密一如治家。陶侃综理密微，虽竹头木屑皆储为有用之物。朱子谓为学须铢积寸累，为政者亦未有不由铢积寸累而克底于成者也。

秦始皇衡石量书，魏明帝自案行尚书事，隋文帝卫士传餐，皆为后世所讥，以为天子不当亲理细事。余谓天子或可不亲细事，若为大臣者，则断不可不亲。陈平之问钱谷不知，问刑狱不知，未可以为人臣之法也。凡程功立事，必以目所共见者为效。苟有车，必见其轼；苟有衣，必见其敝。苟为博物君子，必见其著述满家，抄撮累箧；苟为躬行君子，必见其容色之睟盎，徒党之感慕。苟善治民，必见其所居民悦，所去见思；苟善治军，必见其有战则胜，有攻则取。若不以目所共见者为效，而但凭心所悬揣者为高，则将以虚薄为辩而贱名检，以望空为贤而笑勤恪。何晏、邓飏之徒，流风相扇，高心而空腹，尊己而傲物，大事细事皆堕坏于冥昧之中，亲者贤者皆见拒于千里之外，以此而冀大业之成，不亦悖哉？孔子许仲弓南面之才，而雍以居敬为行简之本，盖必能敬乃无废事也。

我宣宗成皇帝临御三十年，勤政法祖，每日寅正而兴，省览章奏，卯正而毕，事无留滞。道光二十九年，圣躬不豫，自夏徂冬，犹力疾治事，不趋简便。三十年正月十四日，始命皇四子代阅章奏，召见大臣，即今上皇帝也。对事甫毕而宣宗龙驭上宾，盖以七十天子笃病半载，其不躬亲庶政者仅弥留之顷耳，为人臣者，其敢自暇自逸，以不亲细事自诿乎？

评点　勤于做小事

人们通常以为大人物只办大事不做小事，曾氏一口气数出从文王、周公到他亲眼所见的道光皇帝旻宁十二个大人物，说这些大人物都勤于做小事，将这些小事与他们所做的大事一样看待，不怠慢、不苟且，并且批评何晏、邓飏类的魏晋名士只清谈而不做实事，认为对这种人“冀大业之成，不亦悖哉”。

由这篇笔记，我们可知曾氏的性格与作风：他是一个无论大事小事，皆躬亲为之的人。像曾氏这样的人一定很辛苦，他只活了六十岁，说明他的确劳累过度，倘若不如此勤劳治事，他或许可以多活几年。但这样的执政者一定不会误事，而且活得很踏实，远远强过那些大事做不来小事又不屑于做的眼高手低者。

曾氏一向提倡拙诚。拙者，不使乖弄巧，踏踏实实，一丝不苟，不存侥幸之心，常做笨拙之事。诚者，一心一意，专心专意，不旁骛，不分神，信奉“精诚所至，金石为开”。克勤小物，亲理细微，乃曾氏“拙诚”的内容之一。

九、才德

原文

司马温公曰：“才德全尽，谓之圣人；才德兼亡，谓之愚人；德胜才谓之君子，才胜德谓之小人。”余谓德与才不可偏重。譬之于水，德在润下，才即其载物溉田之用；譬之于木，德在曲直，才即其舟楫栋梁之用。德若水之源，才即其波澜；德若木之根，才即其枝叶。德而无才以辅之则近于愚人，才而无德以主之则近于小人。世人多不甘以愚人自居，故自命每愿为有才者；世人多不欲与小人为缘，故观人每好取有德者，大较然也。二者既不可兼，与其无德而近于小人，毋宁无才而近于愚人。自修之方，观人之术，皆以此为衡可矣。吾生平短于才，爱我者或谬以德器相许，实则虽曾任艰巨，自问仅一愚人，幸不以私智诡谲凿其愚，尚可告后昆耳。

评点　德器为主才能为次

曾氏以善于识人用人而著称于近世，他的人才思想在今天仍不乏积极意义。这篇笔记说的是他对德与才谁主谁次的认识，应是他的人才思想中的重要部分。

德才相较，绝大多数的人都会认为德是主要的，才是次要的。其实，这只是理性的认识，现实中，很多的用人者则常常将才列在德之上。这是因为才是实的、硬性的，德则显得有点虚，属于软性的一类。

曾氏用人，尤其是对那些欲委以大任要职者，始终坚持以德为主、以才为辅的原则，这除开他信奉“太上立德”的传统主流理念之外，还源于他对当时人才弊病的洞悉。

咸丰皇帝登基之初，身为礼部侍郎的曾氏上了一道名曰《应诏陈言疏》的折子。这篇三千余言长折，说的就是人才的问题。他告诉年轻的皇帝，登位之初，虽千头万绪，而“今日所当讲求者，惟在用人一端耳”。接下来曾氏尖刻地指出，当今所缺的就是人才：京官退缩、琐屑，外官敷衍、颟顸，官场“习俗相沿，但求苟安无过，不求振作有为，将来一有艰巨，国家必有乏才之患”。太平天国事起后的朝廷状况，很快印证曾氏的这番预言。

曾氏当时便已看出，朝廷内外官员身上最缺的不是才而是德，朝廷的事坏就坏在这批缺德的官员身上。所以后来他组建湘军，自己挑选人才，对于那些居要职当重任的人，在德上把关很严。他的军营统领多用书生而不大用绿营将领，他的行政管理系统多用绅士而不大用官员，就是出于他长期来对文武官场的厌恶。

在笔者看来，对于要职大任者来说，德的确比才更为重要。因为对于他们来说，忠诚度、表率性、包容量、承受力等等是最为重要的，而这些都属于德的范畴。

十、勉强

原文

孟子曰：“口之于味也，目之于色也，耳之于声也，鼻之于臭也，四肢之于安佚也，性也，有命焉，君子不谓性也。”人性本善，自为气禀所拘，物欲所蔽，则本性日失，故须学焉而后复之，失又甚者，须勉强而后复之。

丧之哀也，不可以伪为者也。然衰麻苫块，睹物而痛创自至；擗踊号呼，变节而涕洟随之，是亦可勉强而致哀也。祭之敬也，不可以伪为者也。然自盥至荐，将之以盛心；自朝至昃，胜之以强力，是亦可以勉强而致敬也。与人之和也，不可以伪为者也。然揖让拜跪，人不答而己则下之；筐篚豆笾，意不足而文则先之，是亦可以勉强而致和也。凡有血气，必有争心。人之好胜，谁不如我，施诸己而不愿，亦勿施于人，此强恕之事也。一日强恕，日日强恕，一事强恕，事事强恕，久之则渐近自然。以之修身则顺而安，以之涉世则谐而祥。孔子之告子贡、仲弓，孟子之言求仁，皆无先于此者。若不能勉强而听其自至，以顽钝之质，而希生安之效，见人之气类与己不合，则隔膜弃置，甚或加之以不能堪，不复能勉强自抑，舍己从人，傲惰彰于身，乖戾著于外，鲜不及矣。庄子有言："刻核太甚，则人将以不肖之心应之。"董生有言："强勉学问，则闻见博而知益明；强勉行道，则德日进而大有功。"至哉言乎！故勉强之为道甚博，而端自强恕始。

魏安釐王问天下之高士于子顺，子顺以鲁仲连对。王曰："鲁仲连强作之者，非体自然也。"子顺曰："人皆作之，作之不止，乃成君子；作之不变，习与体成，则自然也。"余观自古圣贤豪杰，多由强作而臻绝诣。《淮南子》曰："功可强成，名可强立。"《中庸》曰："或勉强而行之，及其成功一也。"近世论人者，或曰某也向之所为不如是，今强作如是，是不可信。沮自新之途，而长偷惰之风，莫大乎此。吾之观人，亦尝有因此而失贤才者，追书以志吾过。

评点　勉强的意义

曾氏以《勉强》为题写了两篇笔记，其意皆在以顽强的意志力去迫使自己向好的方向努力，即儒家学说中的克己自律。刚开始是勉强，久而久之成为习惯，则不再是勉强，而变为自然了。由勉强而成为习惯，由习惯而成为性格，由性格而成为命运。勉强的意义即在于此。

十一、兵气

原文

田单攻狄，鲁仲连策其不能下，已而果三月不下。田单问之，仲连曰："将军之在即墨，坐则织蒉，立则仗锸，为士卒倡。将军有死之心，士卒无生之气。闻君言，莫不挥涕奋臂而欲战，此所以破燕也。当今将军东有夜邑之奉，西有淄上之娱，黄金横带而骋乎淄渑之间，有生之乐，无死之心，所以不胜也。"余尝深信仲连此语，以为不刊之论。

同治三年，江宁克复后，余见湘军将士骄盈娱乐，虑其不可复用，全行遣撤归农。至四年五月，余奉命至河南、山东剿捻，湘军从者极少，专用安徽之淮勇。余见淮军将士虽有振奋之气，亦乏忧危之怀，窃用为虑，恐其不能平贼。庄子云："两军相对，哀者胜矣。"仲连所言以忧勤而胜，以娱乐而不胜，亦即孟子"生于忧患，死于安乐"之指也。其后余因疾病，疏请退休，遂解兵柄，而合肥李相国卒用淮军以削平捻匪，盖淮军之气尚锐。忧危以感士卒之情，振奋以作三军之气，二者皆可以致胜，在主帅相时而善用之已矣。余专主忧勤之说，殆知其一，而不知其二也。聊志于此，以识吾见理之偏，亦见古人格言至论，不可举一概百，言各有所当也。

评点　振奋之气可以激励士气

在这篇笔记里，曾氏检讨自己对士气认识上的偏颇。

庄子有句名言：两军相对哀者胜。哀兵必胜这个成语便由此而生。什么是哀兵？报仇雪恨之情强烈、正义在握之心充沛、战败之后果险恶等等，弥漫着这些氛围的军营都可叫作哀兵。这些氛围能使军队上下一心同仇敌忾，故而容易打胜仗。曾氏笃信这个道理。故而当打下南京后湘军贪图享乐之风大兴时，曾氏断然裁撤全军。

同治四年，曾氏统率淮军北上剿捻。他发现淮军没有哀兵气象，对这支军队缺乏信心，后来果然战事不顺。但是，李鸿章却率领淮军最终平定捻军。这是为什么呢？原来，李鸿章用的是淮军的振奋之气。什么是振奋？以立功受赏、升官发财、衣锦还乡、鲜花掌声等等来振作军营士气，使官兵奋勇向前打胜仗，这就叫作振奋。在以丰厚回报来调动官兵的积极性这方面，李鸿章可能要强过曾氏。

事实让曾氏明白，激励士气的手段是多方面，除忧危之情外，至少还有振奋之气。

十二、忠勤

原文

开国之际，若汉唐之初，异才、畸士，丰功、伟烈，飙举云兴，盖全系夫天运，而人事不得与其间。至中叶以后，君子欲有所建树，以济世而康屯，则天事居其半，人事居其半。以人事与天争衡，莫大乎忠、勤二字。乱世多尚巧伪，惟忠者可以革其习；末俗多趋偷惰，惟勤者可以遏其流。忠不必有过人之才智，尽吾心而已矣；勤不必有过人之精神，竭吾力而已矣。能剖心肝以奉至尊，忠至而智亦生焉；能苦筋骸以捍大患，勤至而勇亦出焉。余观近世贤哲，得力于此二字者，颇不乏人。余亦忝附诸贤之后，谬窃虚声，而于忠、勤二字，自愧十不逮一。吾家子姓，倘将来有出任艰巨者，当励忠勤以补吾之阙憾。忠之积于平日者，则自不妄语始；勤之积于平日者，则自不晏起始。

评点　忠诚勤劳可任艰巨

曾氏常说办大事者天命居半人力居半。人力有哪些方面呢？曾氏在这篇笔记中标出忠与勤两个字。忠，立意于精神、信念、心思、情感等方面。勤，立足在行为上。这与曾氏所倡导的“拙诚”是一致的。忠即诚，勤即拙。一个人若能拙诚忠勤，即便天命不够不能成大事大业，也可以有中等事功，即便不能对社会有大贡献，也可以安身立命做一个实在人。

十三、才用

原文

虽有良药，苟不当于病，不逮下品；虽有贤才，苟不适于用，不逮庸流。梁丽可以冲城，而不可以窒穴，犛牛不可以捕鼠，骐骥不可以守闾。千金之剑以之析薪，则不如斧；三代之鼎以之垦田，则不如耜。当其时当其事，则凡材亦奏神奇之效，否则钽铻而终无所成。故世不患无才，患用才者不能器使而适宜也。魏无知论陈平曰：“今有尾生、孝己之行，而无益胜负之数，陛下何暇用之乎？”当战争之世，苟无益胜负之数，虽盛德亦无所用之。余生平好用忠实者流，今老矣，始知药之多不当于病也。

评点　用人之道：因量器使

曾氏在用人上有一个很重要的理念，即因量器使。量，是指一个人的才能体现在哪些方面，以及这种才能的大小。器，器物、器具。因量器使，就是说依据人的才能如何，将他当作器具使用。既然是器，便一定有其缺陷。所以他说：“不苛求乎全材，宜因量以器使。”

这篇笔记表达的就是这个理念。在曾氏看来，对于人才的使用，关键不在人才的本身而是在用人者的识别与安置。“世不患无才，患用才者不能器使而适宜也”。这一句话，当是对大大小小一切领导的告诫。

十四、史书

原文

《史记》叙韩信破魏豹，以木罂渡军，其破龙且以囊沙壅水，窃尝疑之。魏以大将柏直当韩信，以骑将冯敬当灌婴，以步将项它当曹参，则两军之数殆亦各不下万人，木罂之所渡几何？至多不过二三百人，岂足以制胜乎？沙囊壅水，下可渗漏，旁可横溢，自非兴工严塞，断不能筑成大堰，壅之使下流竟绝。如其宽河盛涨，则塞之固难，决之亦复不易。若其小港微流，易塞易决，则决后未必遂不可涉渡也。二者揆之事理，皆不可信。叙兵事莫善于《史记》，史公叙兵莫详于《淮阴传》，而其不足据如此。孟子曰：“尽信书则不如无书。”君子之作事，既征诸古籍，诹诸人言，而又必慎思而明辨之，庶不至冒昧从事耳。

评点　书不可尽信

《史记·淮阴侯列传》在讲到韩信与魏国打仗时说，“伏兵从夏阳以木罂缻渡军，袭安邑”，最终取胜，灭了魏国。讲到韩信攻齐国时说，“韩信乃夜令人为万余囊，满盛沙，壅水上流，引军半渡，击龙且，佯不胜，还走。龙且果喜，曰固知信怯也，遂追渡水。信使人决壅囊，水大至，龙且军大半不得渡，即急击杀龙且”。

这里一处说的是以木罂缻渡大军。曾氏认为，当时汉军不少于两万人，用木制的类似瓶缸一样的器具能装几个人？顶多不过渡二三百人而已，岂能袭取安邑？一处说的是用沙袋子堵塞河水。曾氏认为这种做法也可疑。

《淮阴侯列传》这篇文章，历朝历代的读者不知有多少，能提出这种质疑者不会有几个。这原因是读者多为文人学者，少有具备淮阴侯经历的带兵者。曾氏带过兵打过仗，所以他能提出这样的疑问。

曾氏以此印证孟子的话：尽信书则不如无书。孟子这句话的确是至理名言。

十五、言命

原文

孟子言治乱兴衰之际，皆由人事主之，初不关乎天命，故曰“以齐王由反手也”，曰“可使制梃以挞秦楚之坚甲利兵”，皆以人谋而操必胜之权。所谓祸福无不自己求之也。董子亦曰“治乱废兴在于己，非天降命不可得反”，与孟子之言相合。孔子曰“天生德于予，桓魋其如予何”，“天之未丧斯文，匡人其如予何”，亦似深信在己者之有权。然凤鸟不至，河不出图，有“吾已矣夫”之叹，又似以天命归诸不可知之数。故其答子服景伯曰“道之将行，命也；道之将废，命也”，语南宫适曰“君子若人，尚德若人”，隐然以天命为难测。圣贤之言微旨不同，在学者默会之焉耳。

评点　天命究竟起多大的作用

曾氏读圣贤书，读出一个困惑，那就是关于天命之说：到底有没有天命，天命究竟起多大的作用？

孟子主张治乱兴衰这些大事是人事决定的，与天命无关。董仲舒也这样认为。孔子的观点复杂些。他有时说人事能起决定作用，有时又说道之行与废，皆取于天命。孔子是最大的圣人，但他的话彼此有矛盾。孟子与董仲舒也是大圣人，而他们的话与孔子显然不完全相同。对此怎么看呢？曾氏说“在学者默会之焉耳”，意谓这要靠读者自己默默地在心中体会领悟。

对于天命与人事这个话题，笔者原则上认同曾氏所说的。大事情的成与否，半由人事半由天命。天命作用力的大小，是要由所办事情的大小而定的：事情越大，天命所起的作用越大。事情越小，天命所起的作用则越小。比如一早起来，你盘算着今天这一天怎么度过。这样的事情，基本上决定于你本人的“人事”，与天命无关。

十六、阳刚

原文

汉初功臣惟樊哙气质较粗，不能与诸贤并论，淮阴侯所羞与为伍者也。然吾观其人有不可及者二：沛公初入咸阳，见秦宫室帷帐，狗马重宝，妇女以千数，意欲留居之。哙辄谏止，谓此奢丽之物，乃秦之所以亡，愿急还霸上，无留宫中，一也。高祖病卧禁中，诏户者无得入群臣！哙独排闼直入，谏之以昔何其勇，今何其惫，且引赵高之事以为鉴，二也。此二事者，乃不愧大人格君心者之所为。盖人禀阳刚之气最厚者，其达于事理必有不可掩之伟论，其见于仪度必有不可犯之英风，哙之鸿门披帷，拔剑割彘，与夫霸上还军之请，病中排闼之谏，皆阳刚之气之所为也。未有无阳刚之气，而能大有立于世者。有志之君子养之无害可耳。

评点　磊落豪雄樊将军

在“秦失其鹿，高才捷足者得之”的时代，刘邦最后成为得鹿的高才捷足者。刘邦所凭者何？实乃凭借着他身旁一大批杰出的人才。樊哙便是其中闪亮者之一。

《鸿门宴》是选入中学课本中的文章，广为人知。就在项庄舞剑意在沛公的危急时刻，樊哙带剑拥盾冲进宴会厅，豪饮大嚼，并以大义斥责项羽，保护了刘邦。在司马迁的笔下，一个粗豪忠勇的武将形象真可谓栩栩如生。

但樊哙出身卑贱，起事之前以屠狗为业，很可能未曾读书识字，故而韩信瞧不起他。然而就是这样一位缺少文化的粗鲁人，除开忠勇之外，还极有见识。曾氏列举两点。一劝刘邦不要贪恋咸阳皇宫的奢华温柔，以秦亡为鉴，立志高远。二劝刘邦不要懈怠懒散，政事宜亲历亲为。曾氏极为赞赏樊哙敢于进忠言的大智大勇。

曾氏认为，樊哙之所以能如此，是因为他身上禀赋着厚重的阳刚之气。所谓阳刚之气，是指天地间那种具备光明磊落、豪雄刚强特色的气象。具备阳刚之气的人，在对事理的认识上必能立足高远阔大，在外形仪表上必能有凛然不可侵犯的雄风。

笔者也曾多次思索过，曾氏是个地地道道的文人，一个三门干部，为何可以组建军队成为军事统帅呢？这个思索后来终于有了答案。原来，曾氏虽为文人，但有着军人身上最必须最重要的气质：倔强好胜。他说他秉承母亲的刚强性格，在京师时便不服梅曾亮、何绍基等人的文章学问，在长沙初办团练更不肯在绿营面前服输。在与太平军打仗的过程中，即便是屡败也要屡战，打脱牙齿和血吞，死撑硬挺。这种性格，可归于天地间阳刚之气中。于是他特别看重樊哙，并把樊哙视为“禀阳刚之气最厚者”。

十七、汉文帝

原文

天下惟诚不可掩，汉文帝之谦让，其出于至诚者乎！自其初至代邸，西向让三，南向让再，已歉然不敢当帝位之尊；厥后不肯建立太子，增祀不肯祈福，与赵佗书曰“侧室之子”，曰“弃外奉藩”，曰“不得不立”；临终遗诏戒重服，戒久临，戒厚葬。盖始终自觉不称天子之位，不欲享至尊之奉。至于冯唐众辱而卒使尽言，吴王不朝而赐以几杖，匄群臣言朕过失，匡朕不逮，其谦让皆发于中心恻怛之诚，盖其德为三代后仅见之贤主，而其心则自愧不称帝王之职而已矣。

夫使居高位者而常存愧不称职之心，则其过必鲜，况大君而存此心乎！吾尝谓为大臣者，宜法古帝王者三事：舜禹之不与也，大也；文王之不遑也，勤也；汉文之不称也，谦也。师此三者而出于至诚，其免于戾矣乎。

评点　谦退自抑汉文帝

汉文帝开创汉初的文景之治，是历史上有名的贤明之君。曾氏在笔记中称颂的是汉文帝的谦抑，并由此总结出身为帝王的三种美德：一是虞舜、大禹的不以天下为私，二是周文王的勤政，三是汉文帝自认为不够资格的谦抑。

曾氏认为汉文帝的谦抑是出于至诚。在笔者看来，汉文帝刘恒可能是一个至诚的人，也可能是一个天性谨慎的人。他的谦抑是出于自保的策略。高后吕雉去世后，周勃、陈平等人联合刘氏宗亲以及跟随刘邦打天下的旧臣发动政变，诛诸吕，杀少帝，掌握着包括废立在内的绝对大权。身为侧室之子远在代地的刘恒，在这种情况下继位做天子，他当然知道只有谦退自抑才可以自保，稍有不慎，丢掉的就不只是帝位，还要搭上性命！

十八、周亚夫

原文

周亚夫刚正之气，已开后世言气节者之风。观其细柳劳军，天子改容，已凛然不可犯。厥后将兵，不救梁王之急，不肯侯王信，不肯王匈奴六人，皆秉刚气而持正论，无所瞻顾，无所屈挠，后世西汉若萧望之、朱云，东汉若杨震、孔融之徒，其风节略与相近，不得因其死于非命而薄之也。惟其神锋太隽，瞻瞩太尊，亦颇与诸葛恪相近，是乃取祸之道，君子师其刚而去其傲可耳。

评点　刚直骄傲周亚夫

周亚夫是汉高祖时的太尉周勃的儿子。景帝时代，在平定吴楚七国叛乱的战争中立了大功，但此人性格太刚直。

文帝到他的军营中去慰问，他的部属居然不买皇帝的账，直到他下令后，文帝才能进营房门。进入军营后，既不准文帝的车马驱驰，又不向文帝跪拜。吴楚叛乱期间，他抗旨不救梁国，与梁王结下怨仇。景帝想封大舅子王信为侯，周亚夫以王信无功阻止。后来匈奴人来投降，景帝欲封降人为侯，周亚夫又阻止。景帝没有接受他的意见，他以称病来表示不满。周亚夫的这些行为，使景帝很不满意。不久，他的儿子因买兵器为父做陪葬物被告发。周亚夫被捕后绝食而死。

周亚夫的过分刚直，从另一个侧面来看，也就是自傲、骄傲。于是，周亚夫便成为历史上因傲致败的一个典型例子。曾氏在这篇笔记中对周亚夫的刚直与傲做了区分。

在曾氏看来，周亚夫对待文帝劳军以及不救梁王、不赞成给王信及匈奴降人封侯等，都是刚直的表现，只是因为他的神情与言辞过于尖利，又处于很高的地位，这种刚直变成傲了。于是，我们也可从中悟出一些道理。什么是刚直？刚直是指道理充足的激烈言行。傲则是指自以为占据道理而伤及了别人的言行，而刚直稍不注意就有可能变为傲。这中间的分寸不易把握，所以，人不能太过于刚直。

笔记中所提到西汉宣帝时大臣萧望之、东汉安帝时大臣杨震、东汉献帝时大臣孔融以及东吴权臣诸葛恪等人，都因言行刚直而自杀或被杀。朱云乃西汉元帝、成帝时人，曾为萧望之门下士，此人亦性格刚直，好上书批评时政，终遭罢黜，后以教书育人为业，七十多岁后病死于家中。朱云寿终正寝，不能说是“死于非命”，这或许是曾氏记忆有误。